Collection Série Noire
créée par Marcel Duhamel

*Nouveautés du mois*

2036 — GARE AU BON SAMARITAIN
(JERRY OSTER)
*Cause toujours ; nous, on tue.*

2037 — LA TOUR, PRENDS GARDE !
(PAUL KINNET)
*Ça vaut pas un bon petit pavillon de banlieue pépère.*

2038 — LA TRAVERSÉE DES ENFERS
(BILL PRONZINI & JOHN LUTZ)
*Dieu était un fou qui se prenait pour Dieu.*

2039 — LE MACCHAB DE MA TANTE
(ALBERT ASHFORTH)
*... qui, en excellente ménagère,
l'a caché dans son placard pendant vingt-huit ans.*

BILL PRONZINI & JOHN LUTZ

# *La traversée des enfers*

TRADUIT DE L'AMÉRICAIN
PAR S. HILLING

nrf

GALLIMARD

*Titre original :*

THE EYE

*Première partie*

# VENDREDI 20 SEPTEMBRE

## TROIS HEURES DU MATIN – MARTIN SIMMONS

La veille à huit heures du soir, Simmons ignorait l'existence de Jennifer Crane. Cinq heures plus tard, il faisait l'amour avec elle. C'est marrant, la vie. Il était allé une demi-douzaine de fois chez Dino's, bar américain de l'East Side, sans lever une fille ; il y était retourné sans grand espoir — peu d'action le jeudi — et il ne s'était pas passé grand-chose pendant la première heure. Il avait pris deux verres, et, s'ennuyant ferme, pensait à s'en aller quand, pan, Jennifer était entrée et était venue s'asseoir au bar à côté de lui.

Elle était jeune, séduisante et bien roulée ; l'emballage lui plaisait. Mais il ne semblait pas l'intéresser plus que ça. Elle s'était laissé offrir une vodka lemon, avait bavardé assez ouvertement avec lui, mais il avait toujours l'impression qu'elle cherchait autre chose. Pas un baiseur ; elle n'avait pas le type. Peut-être quelqu'un de connaissance, peut-être quelqu'un avec qui elle aurait envie de se lier plus durablement. Aussi s'attendait-il plus ou moins à un refus poli quand il lui avait proposé de rentrer chez lui. Et elle l'avait bien étonné en répondant avec le plus grand naturel : « Allons plutôt chez moi. Il faut que je me lève de bonne heure. »

Elle habitait dans un ancien immeuble en brique de la Quatre-Vingt-Dix-Huitième Rue Ouest, entre West End Avenue et Riverside Drive. L'adresse lui rappela vaguement quelque chose qu'il avait lu dans les journaux, deux morts par balle. Mais il n'avait pas suivi l'affaire. Il y avait trop de crimes à New York : coups et blessures, vols, cambriolages, meurtres au couteau et au pistolet. Ça arrivait tous les jours dans tous les quartiers. Question de probabilités : on pouvait passer sa vie sans faire l'expérience de la violence, ni personnellement ni dans son entourage. Il n'avait jamais eu aucun ennui, alors pourquoi se faire de la bile ? C'est que c'était facile de devenir névrosé si on se mettait à ruminer le taux de criminalité new-yorkais.

L'appartement de Jennifer était grand, décoré avec goût, avec, aux murs, des tas d'illustrations de magazines encadrées. Il supposa qu'elles étaient l'œuvre de Jennifer : elle lui avait dit qu'elle était illustratrice à son compte pour différents hebdomadaires — mais il n'avait pas eu le temps de les regarder de près. Deux minutes après avoir refermé la porte sur eux, ils étaient enlacés et elle lui enfonçait sa langue jusque dans la gorge. Et deux minutes plus tard, ils étaient au lit et il la sautait comme un matou. Les New-Yorkaises savaient ce qu'elles voulaient, pour ça oui. Ce qui continuait à étonner Simmons ; ce n'était pas du tout comme ça à Kansas City. Voilà deux ans qu'il vivait à Manhattan, et les femmes de la ville continuaient à le surprendre.

Elle avait joui au moins trois fois, gémissant et griffant, avant qu'il ait un orgasme. Comme la plupart des femmes qu'il avait connues à Manhattan, elle se calma tout de suite après. Pas de ronrons, bécots ou caresses. Elle se dégagea, remonta la couverture, tapota son oreiller, et prit la cigarette obligatoire sur la table de nuit. — Pas mal pour la première fois, dit-elle d'un ton satisfait. Pas mal du tout.

Simmons ne répondit pas. Il avait l'impression vague et familière d'être exploité. Il avait essayé de se convaincre que ce serait différent avec Jennifer, que sous son extérieur réservé, elle serait plus dépendante, plus vulnérable que les autres. Non qu'il cherchât une liaison durable ; il cherchait simplement à baiser. Mais ce serait quand même agréable de trouver une femme qui consentît à ôter son masque au lit, à manifester quelques qualités humaines autres que le désir.

Les masques, pensa-t-il, c'est bien ça. Tout le monde portait un masque dans cette ville de fous, lui compris. C'était un immense bal masqué — où les danseurs se baisaient à l'aveuglette dans le noir.

Jennifer alluma sa cigarette puis lui en offrit une qu'il accepta. Elle semblait avoir envie de parler, mais pas de choses personnelles ou profondes, pas pour qu'il la connaisse mieux ou pour se rapprocher de lui. Simple bavardage new-yorkais après l'amour. Conversation polie entre deux étrangers. Simmons essaya de l'encourager à parler de son métier, mais, bien qu'elle s'exécutât brièvement, ce fut en termes très généraux qui ne lui apprirent rien de ses sentiments, ni de la personne qui vivait sous le masque.

Il parla un peu de lui, de ce qu'il faisait à son agence, et de sa théorie suivant laquelle le véritable talent créateur s'était réfugié dans la publicité et les relations publiques maintenant que les arts étaient morts ou moribonds. Mais ce fut la même chose : il ne sortit que des généralités. Il n'arrivait pas plus qu'elle à ôter son masque. C'était la règle du jeu. Il n'y jouait que depuis deux ans, mais c'était déjà trop.

— Il est près de trois heures, dit-elle.

— Il se fait tard.

— Oui. Et il faut que je me lève de bonne heure. C'était très chouette, Marty... très chouette. Mais il faut que tu penses à rentrer.

— Pas moyen de passer la nuit ici ?

— J'aimerais mieux pas. Une autre fois, peut-être.

— D'accord, dit Simmons. Pas de problème.

— Tu trouveras des taxis dans West End Avenue.

— D'accord, répéta-t-il.

Il sortit du lit et se mit à s'habiller, en proie à un cynisme maussade. Il avait trente ans, il baisait régulièrement, et pourtant les aventures n'avaient plus pour lui le charme qu'il leur trouvait cinq ans plus tôt, quand il menait sa petite vie popote à Kansas City, espérant bien que ça changerait à New York. Tirer un coup, il n'avait rien contre, même avec une étrangère masquée ; mais ça avait quand même quelque chose d'avilissant de se faire mettre à la porte comme ça, par une femme avec qui on venait d'avoir des rapports intimes, — comme l'électricien ou le plombier, mission accomplie.

Il l'observa tout en se passant un peigne dans les tifs. A la lumière de la lampe, avec ses cheveux ébouriffés et son maquillage pratiquement disparu, elle faisait plus jeune que les trente et un ans qu'elle avouait. Elle en paraissait dix-neuf — mais elle était dure, pas douce. Visage froid et bien dessiné, comme sculpté dans du marbre blanc.

— Je te passerai un coup de fil demain, dit-il, juste pour tester sa réaction.

— Demain, c'est aujourd'hui, remarqua-t-elle.

— D'accord. Je te donnerai un coup de fil aujourd'hui. Ce soir.

— Je suis prise, ce soir.

— Alors, après-demain.

— D'accord... si tu veux.

Ce qui signifiait qu'elle voulait bien re-baiser avec lui. Ça s'était bien passé, elle était satisfaite de ses services et elle voulait bien qu'il bisse son numéro. Peut-être deux ou trois fois. Et puis ce serait fini, et elle le virerait pour de bon. Bon, peut-être qu'il appellerait, peut-être pas.

Elle lui donna son numéro qu'il nota dans son agenda. Puis il l'embrassa. Elle avait les lèvres froides et rigides ; elle ne lui donna rien, pas même une promesse. Il laissa sa main errer sur sa poitrine, sous la mince chemise de nuit, mais elle lui saisit le poignet et se dégagea. Elle avait un sourire aussi impersonnel que ses lèvres, que ses yeux.

— Nous n'allons pas remettre ça maintenant, non ? dit-elle.

— Non, dit Simmons. Tu as raison.

Elle l'accompagna à la porte, se laissa embrasser une dernière fois, et le fit sortir sur le palier en disant :

— C'était vraiment chouette, Marty. Je suis contente qu'on se soit rencontrés.

Puis la porte se referma entre eux, et il entendit le déclic de la serrure et le cliquetis de la chaîne de sécurité.

Il prit l'ascenseur jusqu'au rez-de-chaussée, traversa le hall désert et sortit dans la rue.

Dehors, il faisait encore chaud, lourd ; il sentait vaguement l'odeur nauséabonde du fleuve tout proche. De gros nuages roulaient dans le ciel, cachant la lune, et la nuit semblait plus noire que de raison, même avec les réverbères. Et d'un silence poignant, que rompaient uniquement le passage d'une voiture sur West End Avenue, les cris fatigués et distants de quelques fêtards, les pulsations de la ville qui dérivait vers le sommeil.

Simmons pressa le pas vers West End, le claquement de ses talons résonnant dans le silence. C'était le mauvais côté des aventures, ces retours dans les rues sombres au milieu de la nuit. Il n'avait pas peur, mais il n'aimait pas être dehors si tard. Ça le rendait nerveux. Il espérait trouver un taxi sans problème. Rien qu'à l'idée de rentrer à pied jusqu'à son appartement, au coin de Columbus Avenue et de la Soixante-Treizième Rue, il se sentait nerveux.

La gueule noire d'une ruelle s'ouvrait, menaçante, devant lui. Simmons y jeta un coup d'œil en passant ; rien à voir, à part les ombres de deux poubelles. Il enfonça ses mains dans ses poches et pressa le pas.

Il entendit un grattement derrière lui.

Frissonnant, il regarda par-dessus son épaule. Un homme sortait de la ruelle et venait vers lui. Angoissé, il accéléra. Ses réflexes citadins étaient déjà bien huilés ; il fallait fuir l'inattendu, et vite.

Mais il ne fut pas assez rapide.

L'homme n'était qu'à quelques pas. Simmons, l'entendant ordonner d'un ton sans réplique : « Plus un geste », jeta un coup d'œil derrière lui. Et c'est alors qu'il vit le pistolet dans la main de l'homme.

*Non,* pensa-t-il, *mon Dieu, non !* Il aurait voulu courir, mais le pistolet était pointé sur lui, il en voyait la noire embouchure dans la flaque de lumière d'un réverbère. Il se figea. L'homme approcha d'un pas résolu — grand costaud en coupe-vent noir, arme braquée sur lui.

*Garde ton sang froid,* se dit Simmons. *Les gens se font voler tous les jours. C'est un jeu, et cette fois, tu as perdu.*

— Je n'ai pas beaucoup d'argent sur moi, parvint-il à articuler comme l'homme le rejoignait. Trente ou quarante dollars, c'est tout...

— Je n'en ai pas à ton argent, pécheur, dit l'inconnu.

Et alors Simmons comprit. Il comprit, et il ne comprit pas, n'arriva pas à y croire. Les choses comme ça n'arrivaient pas, ne pouvaient pas lui arriver à lui, il venait de baiser, il n'avait que trente ans, il n'avait jamais fait de mal à personne, ce n'était pas juste.

— Non, dit-il tout haut. Mon Dieu, non, non...

Ce furent ses dernières paroles, ses dernières perceptions.

Il n'entendit pas la détonation, et il ne sentit pas la balle qui pénétra par sa tempe et mit fin à sa vie.

*I*

## HUIT HEURES DU MATIN – E. L. OXMAN

Dès qu'E. L. Oxman entra dans le commissariat du Vingt-Quatrième District, il sut que quelque chose n'allait pas.

Il le lut sur le visage du Sergent Drake, au bureau de la réception, et sur ceux des agents en tenue qui traînaient en attendant de prendre leur service. Il y avait aussi quelque chose dans l'air, facile à reconnaître avec un peu d'habitude. Il passa devant la réception et son écriteau annonçant : *tous les visiteurs doivent s'arrêter ici et énoncer la raison de leur visite,* il passa devant l'autre écriteau avec sa flèche pointant vers le premier étage et annonçant : *Service des Inspecteurs,* et monta. Dans la salle de garde, rien d'anormal dans les activités des collègues qui arrivaient, comme lui, pour prendre leur service, ou qui s'apprêtaient à rentrer chez eux. Mais un seul coup d'œil sur Art Tobin, son équipier, et sur le Lieutenant Smiley Manders, conversant devant le bureau de Tobin, suffit à confirmer ses doutes. Quelque chose n'allait pas, pas du tout.

Il suspendit son pardessus et son chapeau et signa le registre de présence. Il avait envie d'un café ; Beth ne s'était pas donné la peine d'en faire ce matin, et lui, il n'avait pas eu le temps, mais déjà, Manders lui faisait signe d'approcher.

— Venez, Ox.

A regret, Oxman passa sans s'arrêter devant la table du café.

— Qu'est-ce qui se passe ?

— Nouveau meurtre dans la Quatre-Vingt-Dix-Huitième Rue Ouest, dit Manders.

Grand, mince, long visage joufflu, Manders fronçait perpétuellement les sourcils. Les inspecteurs placés sous ses ordres l'appelaient Lieutenant Smiley — Lieutenant Sourire — quoique jamais devant lui.

— Ça fait trois en quinze jours. Je crois bien que nous avons un névrosé sur les bras.

— Qui est la victime ?

— Un certain Simmons. Martin Simmons.

— Il habitait le même bloc que les deux autres ?

— Non. Il était rédacteur de publicité et habitait la Soixante-Treizième Rue. Nous ne savons pas ce qu'il faisait dans la Quatre-Vingt-Dix-Huitième.

— C'est arrivé quand ?

— Entre deux et trois heures du matin, dit Manders. Richard Corales, le gardien du 1276, l'a trouvé à six heures du matin à l'entrée de la ruelle adjacente à son immeuble.

— Le vol n'est pas en cause ?

— Non. La victime avait trente-huit dollars dans son portefeuille et une montre de prix.

— Qui a pris la déposition ?

— Gaines et Holroyd. Ils n'ont pas trouvé grand-chose.

— Pas de témoins, pas de piste, dit Oxman, amer.

Manders hocha la tête.

— Même chose que les deux autres fois. Jusqu'à présent, personne n'avoue même avoir entendu une détonation.

— Et que disent les tests balistiques ?

— Trop tôt. Mais vous pouvez être certain que la balle vient du même pistolet que les deux autres fois.

— C'est un dingue qui flingue au hasard, Elliot Leroy, dit Tobin. Pas de doute.

Oxman regarda son équipier. Tobin avait cinquante-quatre ans — douze ans de plus que lui. C'était l'un des premiers Noirs engagés dans la police après la guerre, lors des premières tentatives réticentes pour y inclure des minorités. C'était un homme complexe et secret. Oxman travaillait avec lui depuis huit ans déjà, et il ne le connaissait toujours pas bien, ne comprenait pas ce qui faisait courir Artie. Bon flic. Efficace, intuitif, discipliné. Il avait aussi un humour flegmatique et aimait taquiner les gens, pour se venger peut-être des injustices passées de la majorité blanche. Comme d'appeler Oxman par ses prénoms. Il savait qu'Oxman détestait les prénoms dont ses parents l'avaient affublé, qu'il préférait qu'on l'appelle Ox ou E. L. Mais Tobin ne ratait jamais une occasion de l'appeler Elliot Leroy.

— Pourquoi un dingue se mettrait-il à tuer les gens dans un bloc spécifique ? lui demanda Oxman.

Tobin haussa les épaules.

— Est-ce que les dingues ont besoin de raisons ?

— Oui. Pas forcément de raisons rationnelles. Mais un dingue a toujours un but quelconque. Tu le sais aussi bien que moi, Artie.

— Peut-être qu'il habite dans ce bloc et n'aime pas ses voisins ?

— Alors, pourquoi tuer un étranger comme Simmons ?

— Peut-être que ce Simmons a habité dans ce bloc à un moment donné, dit Tobin, ou était lié à une des précédentes victimes, ou à toutes deux.

— C'est un point à vérifier, dit Manders. Vous êtes chargés des deux meurtres précédents. Je vous donne celui-là en plus. C'est votre bébé ; accouchez.

— Gaines et Holroyd sont toujours Quatre-Vingt-Dix-Huitième Rue ? demanda Oxman.

— Ouais. Mais ils devraient rentrer d'une minute à l'autre. Attendez qu'ils reviennent, ils vous mettront au courant. Je veux que vous vous occupiez uniquement de cette affaire. Vous connaissez les media, merde ! Ils vont se régaler de monter ça en épingle pour déclencher la panique.

Manders s'éloigna et disparut dans son bureau. Quand la porte se fut refermée sur lui, Tobin dit :

— « C'est votre bébé ; accouchez. » Smiley tient la forme olympique, ce matin.

— Il tient toujours la forme olympique.

— Alors, qu'est-ce que tu en penses, Elliot Leroy ?

— Je pense que je vais me boire un café. Puis je pense qu'on devrait revoir ce qu'on sait des deux autres meurtres.

— Les affaires de dingues, j'adore, soupira Tobin.

Oxman se versa du café, ajouta du sucre et du lait, et emporta la tasse à son bureau. Tobin le rejoignit avec les rapports qu'ils avaient rédigés sur les deux homicides précédents de la Quatre-Vingt-Dix-Huitième Rue. En attendant Gaines et Holroyd, ils repassèrent méthodiquement les matériaux qu'Oxman connaissait par cœur, cherchant un dénominateur commun quelconque.

Première victime : Charles Unger. Epicier en retraite. Blanc. Soixante-cinq ans, veuf, natif de Manhattan, domicilié 1250 Quatre-Vingt-Dix-Huitième Rue Ouest. Retrouvé dans une ruelle entre le 1250 et le 1252 par une voiture de police, à huit heures du matin le 7 septembre. Mort d'une balle dans la poitrine, calibre .32, tirée à bout portant. Pas de témoin, pas d'indices sur les lieux. Les voisins et les parents du défunt avaient déclaré que tout le monde l'aimait bien et qu'il n'avait pas d'ennemis. Vol éliminé en tant que mobile : on avait retrouvé sur Unger son portefeuille contenant dix-huit dollars et trois cartes de crédit.

Deuxième victime : Peter Cheng. Négociant en import-export. Chinois, quarante-trois ans, célibataire, né à Hong Kong (pas de parents dans la région de New York), domicilié 1279 Quatre-Vingt-Dix-Huitième Rue Ouest. Cadavre découvert sous un porche de Riverside Drive, juste au coin de la Quatre-Vingt-Dix-Huitième Rue Ouest, par le chauffeur d'une camionnette de livraison de journaux, le 15 septembre à six heures quarante-cinq du matin. Abattu d'une balle entre les deux yeux, tirée à bout portant, avec le même .32. Pas de témoins, pas d'indices sur les lieux du crime. Les amis et les associés du défunt avaient déclaré que c'était un commerçant dur en affaires, mais sans ennemis connus. On avait avancé que Cheng était peut-être homosexuel, mais cela n'avait pas été prouvé. Vérification de ses affaires : négatif. Sa firme d'import-export était respectable et faisait des bénéfices modérés. Pas de lien apparent avec Charles Unger, aucun détail permettant d'établir que les deux hommes se connaissaient.

Zéro. Pas de dénominateur commun, à part le fait que les deux victimes vivaient dans le même bloc de la Quatre-Vingt-Dix-Huitième Rue Ouest.

Et maintenant, avec la victime numéro trois, ce point commun n'existait même plus : Simmons n'habitait pas la Quatre-Vingt-Dix-Huitième Rue Ouest, ni même le voisinage. Le seul lien entre les trois victimes, c'est qu'elles étaient mortes toutes les trois dans le même bloc.

Tobin dit tout haut ce qu'Oxman pensait tout bas :

— Rien à se mettre sous la dent, Elliot Leroy. Un épicier en retraite, un négociant chinois en import-export. Ajoute Simmons, et c'est encore plus incompréhensible.

— A moins que Gaines et Holroyd n'aient découvert un point commun. Ou qu'on y arrive, nous.

— Tu veux parier le contraire ?

— Non. Mais il doit bien y avoir une raison à ces meurtres. Une raison particulière qui pousse même un dingue à effacer les gens dans un bloc spécifique de la ville.

— Ouais, acquiesça Tobin, ironique.

— On la trouvera. Et on ferait bien de la trouver vite, parce que si c'est un dingue, le numéro quatre ne va pas tarder à suivre.

— Le mobile, ce n'est pas la seule chose qu'on ferait bien de trouver en vitesse.

— Tu veux dire, le dingue lui-même ?

— Je veux dire, fit Tobin, que c'est notre bébé. On ferait bien de trouver en vitesse le moyen de l'accoucher.

# LES CASSETTES COLLIER

Il n'habitait pas le bloc.

Martin Simmons n'habitait pas le bloc !

J'aurais dû faire plus attention. Mais que faisait là ce Simmons ? Il n'aurait pas dû se trouver là à une heure pareille. C'est une communauté fermée, très stable, du West Side. Peu de visiteurs tardifs. Comment aurais-je pu savoir en le voyant sortir de l'immeuble que c'était un étranger, un intrus ? Martin Simmons, 112 Soixante-Treizième Rue Ouest, rédacteur en publicité — on l'a dit à la radio ce matin. Comment aurais-je pu savoir ?

Mais j'aurais dû faire plus attention. Jennifer Crane, la catin du 1276, a souvent ramené des hommes chez elle ; elle les trouve dans des bars américains et les fait monter. L'Œil l'a vue descendre de taxi avec au moins une demi-douzaine de compagnons différents. Martin Simmons était sans doute l'une de ses conquêtes. Evidemment : cela explique sa présence dans le bloc à trois heures du matin.

Pauvre Martin. Mes regrets et mes excuses, et je vous promets de ne pas commettre deux fois cette faute. A l'avenir, je serai beaucoup plus circonspect, je ne ferai plus mon choix au hasard. Si je me mets à agir sans discrimination, si je ne me limite pas aux habitants de mon petit univers, si je laisse mon courroux s'abattre sur les visiteurs, les invités, les passants, alors c'est que j'aurai perdu la grâce et serai tombé dans la psychopathologie. Cela ne doit pas arriver.

Lewis B. Collier, ex-maître de conférence d'anglais, Gardien de l'Œil, Seigneur et Conscience de la Quatre-Vingt-Dix-Huitième Rue Ouest, n'est pas un psychopathe.

Je *ne suis pas un* psychopathe.

Je suis le Vengeur, profondément et justement courroucé ; je suis l'Ange de la Mort. Soyez sûrs que votre péché vous détruira. Et la rançon du péché, c'est la mort. Ordre, structure, mobile, discipline. Le tombeau me justifiera et l'Au-Delà me vengera.

Une demi-heure s'est écoulée depuis que j'ai commencé à dicter ces remarques. Je l'ai passée sur le balcon, près de l'Œil.

L'Œil de Dieu.

Ai-je déjà parlé de l'Œil en détail ? Non, je ne crois pas. C'est un puissant télescope de quinze centimètres, version très améliorée du premier instrument construit en 1668 par Sir Isaac Newton. Il pèse approximativement vingt kilos. Il a plusieurs oculaires, y compris un oculaire de six millimètres à fort grossissement que j'ai fait spécialement meuler il y a six mois par un spécialiste qui travaille pour les clubs d'astronomie du quartier. Le miroir concave à la base de l'Œil, qui recueille la lumière et forme l'image, a, lui aussi, été spécialement meulé.

J'ai acheté l'Œil il y a un an, époque où je croyais m'intéresser à l'astronomie. Toutefois, la contemplation des cieux ne m'a pas amusé autant que je l'espérais. Et c'est seulement en réalisant que je pouvais m'en servir pour observer les *gens,* étoiles d'un firmament différent et beaucoup plus imparfait, que j'ai commencé à en apprécier la valeur. Maintenant, il est devenu l'Œil de Dieu, qui me permet de suivre les vies mesquines et parfois pécheresses des habitants de ce bloc de la Quatre-Vingt-Dix-Huitième Rue Ouest, à trois kilomètres de chez moi, de l'autre côté de l'Hudson.

Imaginez ! Me voici, dans mon appartement au vingtième étage des Tours de Crestview, dans Cliffside Park, sur l'autoroute du New Jersey ; braquant l'Œil sur eux, je vois ces habitants de Manhattan avec tant de netteté que je distingue la couleur de leurs yeux et leurs moindres boutons. Je peux évaluer leur vie mieux qu'eux-mêmes : marcher avec eux, vivre avec eux, observer et peser leurs vertus et leurs péchés. Ils appartiennent à mon univers, et moi, très haut au-dessus d'eux, je suis à la fois leur conscience et leur divinité vengeresse. Ils récolteront ce qu'ils auront semé. C'est l'Œil qui juge, pas moi.

Je suis une divinité vengeresse, oui, mais je ne suis pas sans compassion. Cela m'attriste d'avoir été obligé de punir Charles Unger et Peter Cheng. Que j'aie été l'Ange de leur mort ne fait qu'approfondir ma tristesse et rendre leur perte plus déchirante. Ce sont mes enfants ; je n'éprouve aucune joie à leur arracher la vie ; je voudrais qu'il puisse en être autrement. Je pleure sur leurs péchés. Mais la vengeance est mienne, dit la divinité. C'est l'Œil qui juge, mais c'est moi qui exerce la vengeance.

T. S. Eliot avait raison : l'esprit tue. Mais la lettre vivifie.

L'Œil et moi, nous choisirons bientôt le pécheur suivant à punir. Peut-être le méchant du 1272. Mais il y a plusieurs méchants au 1276 ; peut-être l'un d'eux à la place. Ou peut-être un autre du bloc. L'Œil jugera. Et le risque ne compte pas ; ils sont trop nombreux, et ils doivent tous être détruits avant d'avoir contaminé les autres.

L'Œil de Dieu reste ouvert. Et ma vengeance sera rapide et impitoyable.

## MIDI TRENTE – WALLY SINGER

— Tu es stupide, dit Singer. La femme la plus stupide que j'aie jamais connue de ma vie. Je ne sais pas pourquoi je t'ai épousée, nom de Dieu.

— Non ? s'étonna Marian.

Elle était dans une de ses périodes de calme — raisonnable, glaciale, lui parlant comme à un enfant. Il la détestait quand elle était comme ça. Il l'aimait encore mieux furax et vociférante, ou mieux encore, en train de bouder quelque part.

— C'est à cause des dix mille dollars que mon père m'avait donnés pour démarrer ma carrière artistique, rappelle-toi.

— Foutaises.

— Je ne trouve pas. Tu m'as épousée pour mon argent.

— Il y a une paye qu'ils sont croqués, tes putains de dix mille dollars.

— Oui, dit Marian. Et c'est toi qui en a dépensé la plus grande partie. Toutes ces leçons de peinture — quel gaspillage.

— Tu vas recommencer ?

— Pourquoi pas ? C'est vrai. Tu n'as aucun talent, Wally. Aucun. Seulement, tu ne veux pas l'admettre. Combien de tableaux as-tu vendus en quinze ans ? Trois, exactement, pour un total impressionnant de sept cents dollars.

— Je n'ai pas eu de chance...

— Tu as eu de la chance. Quelqu'un de ton talent n'aurait pas dû vendre *un seul* tableau.

— Et toi, tu crois que tu en as, du talent ? Tes sculptures, c'est de la merde. Qui les achète, à part des boutiques de souvenirs ? Pas une galerie qui voudrait y toucher.

— Tu oublies la Galerie Morton, non ?

— Ça remonte à six ans. Un coup de veine, c'est tout.

— Un coup de veine de cinq mille dollars.

Singer n'aimait pas qu'elle lui rappelle son grand succès ; il grinçait des dents chaque fois qu'elle en parlait.

— Bon, alors un connard de pétrolier texan, qui ne distinguerait pas une œuvre d'art d'une bouse de vache, s'amène et crache cinq mille tickets pour un tas de ferraille, et alors ?

— *Effet de Brise* n'est pas un tas de ferraille.

— *Effet de Brise !* Tu parles d'un nom pour cette merde.

— Tu es jaloux, c'est tout.

— Jaloux ? De quoi ? Combien d'autres merdes tu as vendues à cette exposition ? Combien de merdes t'ont rapporté autre chose que de la petite monnaie ?

— Petite monnaie qui nous a permis de manger, dit Marian. De payer le loyer et d'avoir un foyer...

— Tu appelles ça un foyer ? Mais regarde-moi ça, c'est une porcherie.

De la main, il montra l'appartement en désordre : les outils, les bouts de métal, les morceaux de verre, les blocs de bois et d'argile, les douzaines de petites pièces abstraites qu'elle avait commencées et abandonnées. Au moins, son coin à lui, sous la verrière, était rangé et balayé.

— Pourquoi tu ne nettoies pas de temps en temps quand tu as fini de travailler ?

— Pourquoi tu ne nettoies pas toi-même si ça te gêne tant que ça ? Ou mieux, pourquoi ne cherches-tu pas du travail ?

— Ça recommence, dit Singer. Toujours la même chanson.

— Ça fait des années que tu n'as pas mis un *cent* dans le ménage. Tout ce que tu sais faire, c'est traîner en buvant de la bière, et abîmer des toiles vierges parfaitement utilisables. Je ne sais pas pourquoi je te supporte.

— Alors, ne me supporte pas. Mets-moi à la porte ; le bail de cette écurie est à ton nom.

— Tu crèverais de faim.

— Peut-être que oui, et peut-être que non. Il y a des endroits où je pourrais aller.

— Oh, sûrement. Dans l'immeuble d'en face, par exemple ?

— Qu'est-ce que tu veux dire encore, nom de Dieu ?

— Tu le sais bien ce que je veux dire, Wally chéri.

Il avait envie de la battre. La main le démangeait. Ces derniers temps, le désir lui en venait de plus en plus souvent, mais il n'avait toujours pas trouvé le courage de passer à l'action. Pourtant, ça arriverait un de ces jours. Ils recommenceraient à s'engueuler, toujours la même engueulade, elle le provoquerait une fois de trop et il claquerait sa grosse bouille de toutes ses forces. Elle le méritait bien, merde !

Petit homme maigrichon à la barbiche en pointe et aux longs cheveux noirs grisonnants noués en queue de cheval, il s'éloigna et s'approcha d'une fenêtre du mur ouest. Superbe, la vue : Riverside Park, l'autoroute du West Side, l'Hudson qui coulait paresseusement, les gratte-ciel sur la rive du New Jersey. Parfois, quand le soleil les frappait sous un certain angle, toutes les fenêtres semblaient en feu. Il avait essayé de peindre la scène, de reproduire sur la toile cette impression d'embrasement, mais ça n'avait rien donné. Comme la plupart de ses tableaux, pensa-t-il avec amertume. Entre l'œil et la main, quelque chose manquait, et ses toiles n'étaient jamais comme dans sa tête.

Belle vue, vaste appartement avec verrière au dernier étage. Ils n'auraient pas eu les moyens d'habiter là si les loyers n'avaient pas été contrôlés. S'il quittait Marian, où trouverait-il une piaule ne serait-ce qu'à moitié aussi confortable, à moitié aussi stimulante sur le plan artistique ? Pas de l'autre côté de la rue, c'était sûr ; pas avec l'ex-mari de Cindy qui s'amenait toujours à l'improviste. *Regarde les choses en face,* se dit-il pour la énième fois. *Tu n'as nulle pas où aller. Que ça te plaise ou pas, tu es coincé avec Marian jusqu'à la fin de tes jours.*

Au bout d'un moment, il se détourna de la fenêtre. Marian avait enfilé une veste d'été et brossait ses cheveux blond filasse. Une veste par ce temps ! On étouffait déjà avec l'air conditionné ! La veste avait une ceinture, et Marian faisait grosse et boudinée. Elle avait grossi au moins de dix kilos depuis leur mariage, et si elle grossissait encore, il n'arriverait plus à la baiser. La mollesse de ses chairs flasques lui répugnait déjà assez comme ça.

— Où tu vas ? dit-il.

— Faire les courses. Tu ne veux pas les faire. Il faut bien que quelqu'un s'en charge.

— Vas-y, vas-y. Et reste dehors toute la journée, pour ce que je m'en fous.

— Ça te plairait, ça, hein ?

— Merde ! Et rapporte de la bière. On n'en a presque plus.

— Achète ta bière toi-même. Je ne suis pas ta boniche.

Elle prit son sac et sortit sans le regarder. Il alla fermer à clé derrière elle, et attendit une ou deux minutes pour être bien sûr qu'elle n'allait pas revenir chercher quelque chose. Puis il s'approcha du téléphone.

Cindy répondit à la deuxième sonnerie.

— Qu'est-ce qu'il me tardait que tu appelles, dit-elle. Je suis sur les nerfs que c'est pas croyable.

— Pourquoi ? Qu'est-ce qu'il y a ?

— Wally, tu ne sais pas ? Il y a eu un autre meurtre la nuit dernière. Juste devant ton immeuble.

Singer frissonna.

— Nom de Dieu ! Et qui c'est, cette fois ?

— Je ne sais pas. Un étranger au quartier. Un mec qui s'appelle Simmons. Tu n'as pas entendu le remue-ménage, ce matin ?

— Non, dit-il.

L'appartement était sur le derrière de l'immeuble, loin de la Quatre-Vingt-Dix-Huitième Rue, et lui et Marian avaient le sommeil lourd. Il se rappelait vaguement avoir entendu des sirènes, mais il ne faisait jamais attention aux sirènes. Pas à Manhattan. Et personne ne les avait appelés non plus : ils n'avaient pas d'amis dans l'immeuble ni dans le bloc.

— La police a trouvé quelque chose ?

— Je ne sais pas non plus. J'ai peur, Wally. Ça fait trois meurtres en deux semaines. Et tous les trois dans notre bloc.

— Pas d'affolement, dit-il, autant pour lui que pour Cindy.

— Ça doit être un dingue. Et s'il vit ici ? Et s'il vit dans mon immeuble ? Ou dans le tien ?

— Calme-toi, calme-toi. Tu exagères.

— Tu peux venir ? Mon Dieu, ce que j'ai besoin de te voir. J'ai peur d'être ici toute seule.

— D'accord. Mais je ne peux pas rester longtemps.

— Dépêche-toi, Wally. Dépêche-toi.

Singer raccrocha. Encore un meurtre. Trois en deux semaines. Peut-être qu'il y avait vraiment un dingue dans le quartier ; sinon, qui irait tuer les gens au hasard dans ce bloc ? Nom de Dieu !

Il gagna vivement la porte. Au diable Marian ; si elle revenait et qu'il n'était pas là, qu'elle pense ce qu'elle voulait. De toute façon, elle semblait au courant pour Cindy, ou du moins elle avait des soupçons, et ça ne devait pas lui faire grand-chose, sinon, elle l'aurait déjà mis à la porte. Quelle conne ! Une vraie vache. Il tourna la clé et ouvrit la porte.

Et se trouva nez à nez avec un homme, grand, mince, cheveux et moustaches blonds, en complet cravate malgré la chaleur. L'estomac de Singer se noua.

— Je suis sûr que vous me reconnaissez, monsieur Singer, dit le blond. Inspecteur Oxman. Commissariat du Vingt-Quatrième District. Si vous permettez, j'aimerais vous poser quelques questions.

## TREIZE HEURES QUINZE – MARCO POLLO

La boîte de sa trompette sous le bras, Marco entra à la Green Light Tavern au coin de Broadway et de la Cent Neuvième Rue, et parcourut la salle du regard. Au bar, quelques habitués de midi et deux étudiants de l'Université de Columbia. Big Ollie derrière le comptoir, découpant citrons et limes en quartiers. Et Freddie dans son box d'élection, au fond, près du juke.

Marco se passa la langue sur les lèvres, soulagé. Il n'était pas sûr que Freddie se montrerait. Il y avait du pet ces temps-ci, une grande campagne de nettoyage.

Il s'approcha du bar, demanda une bière pression à Ollie et l'emporta dans le box de Freddie. Freddie faisait une patience, en trichant comme d'habitude. Il était fringué de neuf : pardessus noir fantaisie, chemise à jabot, pantalon « in », grosse chaîne d'or au cou. Les rafles ne l'affectaient guère. Il avait tout du chat, Freddie, il retombait toujours sur ses pattes.

— Qu'est-ce qui se passe, bébé ? dit Freddie comme Marco s'asseyait en face de lui, posant sa boîte sur la table. Tu as l'air nerveux.

— Ouais. Il y a un autre mec qui s'est fait refroidir dans mon bloc hier soir. Ça fait trois. Ça doit être un dingue, mon vieux, et c'est ça qui me flanque le bourdon.

— Mauvais, dit Freddie. C'est l'asile, tu vois ce que je

veux dire ? Y a de plus en plus de dingues qui sont dans la nature.

— Ouais.

— Mais faut pas que ça te sape le moral. Sinon, c'est toi qui deviendras dingue, tu vois ce que je veux dire ?

— Ouais.

— Alors, comment ça s'est passé à Brooklyn ?

— Pas mal. On a terminé hier soir. Demain, on joue au Jazz Heaven, dans le Village. Pendant quinze jours.

— Super. Tu dois rouler sur l'or.

— Je me défends, dit Marco.

Il but une gorgée de bière, puis se pencha sur la table et, baissant la voix :

— Tu as la came ?

— Tu as les présidents morts ?

— Evidemment, mon vieux. Tu sais que je paye toujours rubis sur l'ongle.

Freddie sortit du box et se dirigea d'un pas nonchalant vers les toilettes. Marco alluma une Salem, regrettant que ce ne soit pas un joint ; pour être à plat, il était à plat.

Il écrasa sa cigarette après deux bouffées et parcourut discrètement la salle du regard. Personne ne faisait attention à lui. Il prit sa boîte et alla aux toilettes. Freddie était dans un box, la came posée sur la chasse d'eau. Marco ferma la porte, et vint s'appuyer de l'épaule au bord du box.

— Une demi-once de coco, un kilo d'herbe mexicaine, dit Freddie. Bonne came. Tu seras pas déçu.

— Super.

— Super extra, mon vieux. Tu veux goûter ?

— Non. Mauvaises vibs, ici. J'attendrai d'être chez moi.

Marco avait l'argent dans la poche de son jean ; il sortit les billets, ôta la pince en or et les donna à Freddie. Freddie les compta rapidement, d'un mouvement facile et bien rôdé, comme un guichetier de banque. Puis il hocha la tête et sourit.

— Douze cents, dit-il. Parfait. C'est à toi.

Marco ouvrit sa boîte. Elle était vide ; il avait laissé sa trompette chez lui, dans son appartement de la Quatre-Vingt-Dix-Huitième Rue. Il posa les sachets de coco et l'herbe dans le creux tapissé de velours, referma la boîte. Rien de tel qu'une boîte à instrument pour transporter de la came dans la rue. C'était Léon qui lui avait appris ça, entre autres choses.

— Sors le premier, dit Freddie. Je vais me peigner.

Il ne restait que cinq buveurs dans la salle quand Marco sortit des toilettes. Comme il se dirigeait vers la porte, Big Ollie le salua en levant deux doigts, comme d'habitude ; les autres mecs ne le regardèrent pas. Tout se passait bien. Parfait.

Marco descendit Brodway jusqu'à West End Avenue, qu'il prit jusqu'à la Quatre-Vingt-Dix-Huitième Rue. Il pressa le pas. Le soleil brillait, l'air sentait bon, il y avait des tas de gens autour de lui, et pourtant il se sentait toujours à plat. Il avait besoin d'une prise de coco pour se remonter, pour se détendre les nerfs.

Il ne se passait pas grand-chose dans le bloc. Deux vieilles, assises sur le perron d'un vieil immeuble en brique, causaient du meurtre de la veille ; pas trace de flic. Marco traversa la rue, entra au 1276 et prit l'ascenseur jusqu'au premier.

Quand il en sortit, il vit un Noir d'âge mûr descendre le couloir. Marco ne le connaissait pas. Pas de Noir dans l'immeuble. Un flic ? Un visiteur ? Ou — horreur — un dingue avec un flingue dans sa poche ? A son avis, ce devait être un Noir de Harlem qui refroidissait tous les gens du bloc.

Marco croisa le Noir et s'arrêta devant sa porte. Le Noir s'arrêta aussi et le regarda. Marco sortit sa clé, transpirant légèrement. Juste comme il l'enfonçait dans la serrure, le Noir se rapprocha.

— Marco Pollosetti ?

— Ouais ?

Il serrait très fort la poignée de sa boîte. Si le mec l'attaquait, il la lui enfoncerait dans la gorge.

— Inspecteur Tobin, commissariat du Vingt-Quatrième District, dit le mec en sortant son insigne pour le prouver.

Marco ne sut pas s'il était soulagé ou encore plus déprimé. Le voilà, avec douze cents tickets de coco et d'herbe à la main, nez à nez avec un flic. Avec la quantité qu'il avait, on pouvait l'arrêter pour usage de drogue et même pour trafic, si ça leur faisait plaisir.

Il se passa la langue sur les lèvres, essaya de prendre l'air amical et coopératif.

— Qu'est-ce que je peux faire pour vous, Inspecteur ?

— Je voudrais vous poser quelques questions sur l'homicide d'hier soir.

— Le meurtre, oui. C'est terrible. Mais je ne sais rien, absolument rien. J'étais à Brooklyn quand le type s'est fait refroidir ; je ne suis rentré que vers trois heures.

— Vous n'avez rien remarqué dans la rue quand vous êtes rentré ?

— Rien. Mais il faut dire que je ne regardais pas.

Le poulet avait les yeux durs ; il n'arrêtait pas de scruter Marco, comme pour voir à l'intérieur de sa tête.

— On peut entrer ?

Marco essaya de se rappeler s'il y avait quelque chose dans sa piaule qu'il aurait voulu cacher au flic. Mais non, tout était régule ; toute sa came était dans sa boîte. Et l'autre n'était pas de la Brigade des Stupéfiants.

— Bien sûr, dit-il. Pas de problème. Seulement, comme je vous l'ai dit, je ne sais rien.

Il tourna la clé dans la serrure et passa le premier. Le flic lorgna les murs peints en noir, les pochettes agrandies des deux albums que son orchestre avait enregistrés, les posters de rock et de jazz, les lampes et la décoration funky, les housses en peau de lapin sur les sièges. Sa bouche frémit en un demi-sourire qui n'alla pas jusqu'à ses yeux.

— C'est gentil chez vous, dit-il.

Mais il ne le pensait pas. Sarcasme à la con d'un flic qui voulait faire le mariole.

— Vous êtes musicien, monsieur Pollosetti.

— Ouais. Orchestre de Léon Davis. Peut-être que vous nous avez déjà entendus ?

— Je crains que non. Le jazz ne m'attire pas.

— Votre truc, c'est le soul, non ?

— Musique classique, dit le poulet de son air mariole. Brahms, Mozart, Khatchatourian.

— Immenses bonshommes, dit Marco, pensant : va te faire voir.

Du menton, le flic montra la boîte, qui, du coup, parut immédiatement dix fois plus lourde à Marco.

— Trompette ?

— Exact, trompette.

Les nerfs de Marco jouaient des castagnettes. Et si le flic lui demandait d'ouvrir sa boîte pour regarder sa trompette ?

— C'est ce que je joue. C'est ce que je faisais hier soir. Je jouais de la trompette avec l'orchestre.

— Vous aviez une répétition ce matin ?

— Non. Rien jusqu'à demain soir. Pourquoi ?

— Vous êtes entré avec votre trompette. Ou alors, vous l'emportez partout avec vous ?

— Oh. Non. J'avais besoin d'une nouvelle embouchure. Je suis allé l'acheter dans la Cinquième Avenue.

Le flic continuait à le regarder. Puis il dit :

— Et si on s'asseyait pour causer un peu ?

— Des meurtres, vous voulez dire ?

— C'est pour ça que je suis là.

De soulagement, Marco se sentit pris d'un fou rire qu'il réprima. Tout allait bien se passer. Le flic n'avait pas bronché, pas établi de rapport. Il avait eu chaud. Pendant une minute, il avait transpiré des cordes.

— Bien sûr, dit-il, bien sûr.

Il se dirigea vers son petit bar et posa sa boîte dessus. Quand il revint, le flic s'était assis, et, jambes croisées, avait ouvert son carnet sur son genou. Marco s'assit en face de lui. Maintenant, ses nerfs se calmaient ; la tension disparue, il planait un peu, comme après quelques bonnes bouffées d'herbe. C'était jouissif de parler à ce flic, avec toute cette came en sûreté juste à portée de la main. Quelle rigolade. Léon allait hurler de rire en entendant ça. Léon avait un sens de l'humour terrible.

— Allez-y, dit Marco au flic, riant intérieurement des réactions de Léon. Tout ce que vous voulez savoir.

## TREIZE HEURES QUARANTE-CINQ
## MICHELE BUTLER

Comme toujours le vendredi après-midi, Bloomingdale's grouillait de monde. Dans presque tous les rayons, les vendeuses débordées, affrontant longues queues et patiences courtes, étaient trop occupées pour faire très attention aux personnes qui semblaient s'intéresser davantage à regarder qu'à acheter.

Depuis cinq minutes, Michele était au rayon de la Bijouterie, faisant semblant de flâner. Elle se sentait très nerveuse, bien plus que le matin, à l'audition. Elle avait fait une bonne prestation — il s'agissait d'une reprise off-Broadway d'une pièce d'Elmer Rice, *Scènes de Rue,* et elle avait lu le rôle d'Anna Maurrant — mais on en avait engagé une autre. Ce n'était pas juste, elle avait dit son texte de façon beaucoup plus professionnelle que l'actrice qu'avait finalement choisie le metteur en scène ; elle s'était effondrée et avait pleuré dans la loge, après. Pas de rôle. Pas d'autres projets non plus. Et c'est pourquoi elle était venue à Bloomingdale's.

Sur sa gauche, une grosse dame examinait attentivement un plein plateau de bagues en or à chatons de pierres précieuses. La vendeuse essayait de dissimuler son impatience, sans quitter des yeux la grosse. Michele feignit de s'intéresser à un modeste médaillon, mais ce qu'elle guignait, c'était une bague en rubis dans le coin le plus proche du plateau. Le rubis était un cabochon — de forme convexe, et non taillé à facettes — et, dans des profondeurs pourpres, elle distinguait nettement une étoile à six branches. Belle pierre. Elle avait les mains moites rien que de la regarder.

D'autres clients assiégeaient le comptoir, dont certains commençaient à assaillir la vendeuse de questions. Finalement, pour se défendre, la vendeuse manifesta un peu d'impatience.

— Madame, dit-elle, pourriez-vous vous décider ? J'ai d'autres clients qui attendent.

— C'est exactement ce que j'essaye de faire, dit la grosse d'une voix sèche. Je ne suis pas du genre impulsif.

— Ça, c'est sûr, dit à sa gauche un homme à l'air irrité. Vous êtes du genre égoïste, ma petite dame. Tout pour moi rien pour les autres.

La femme le fusilla du regard.

— Pourquoi ne pas vous occuper de vos affaires ?

— Pourquoi n'allez-vous pas vous jeter dans la cage de l'ascenseur ?

La femme émit un son que l'indignation étranglait, et se tourna pour foudroyer la vendeuse.

— Je ne tolérerai pas une chose pareille, dit-elle. Il n'a pas le droit de me parler comme ça !

— Madame, je suis désolée...

— C'est bien le moins !

— Oh, la ferme, la grosse, dit l'homme à l'air irrité.

— Comment osez-vous me parler sur ce ton ?

Personne ne regardait Michele ni le plateau. Et personne ne la vit prendre la bague, la cacher dans sa main, tourner le dos au comptoir et la laisser tomber dans son sac en s'éloignant.

Sans regarder en arrière, elle se fraya un chemin dans la foule jusqu'à la sortie de Lexington Avenue. Son cœur battait la chamade, elle avait les jambes molles, comme si elles allaient se dérober sous elle. Mais personne ne chercha à l'arrêter. Au bout de ce qui lui parut une heure, elle passa la porte et se perdit dans la foule des piétons. A la Quarante-Neuvième Rue, elle s'arrêta et s'appuya contre le mur pour retrouver son souffle et se ressaisir. Elle sentait presque la présence de la bague dans son sac, comme si elle émettait de la chaleur. Bague volée...

*Voleuse.*

Le mot résonnait dans sa tête, accusation, stigmate. Mais ce n'était pas nouveau pour elle. Elle s'était traitée de voleuse et pire encore la première fois qu'elle s'était forcée à subtiliser un bijou de prix dans un magasin ; et aussi les deux autres fois. Maintenant, elle s'était résignée à la chose. Elle était une voleuse.

Mais ce n'était pas sa faute ; elle n'était pas immorale, elle n'était pas kleptomane, elle faisait ça uniquement pour survivre. Elle avait été *poussée* à voler — par la vie citadine, par cent promesses non tenues, par les producteurs sans cœur et les metteurs en scène libidineux qui s'intéressaient plus au sexe qu'au talent, par ses rêves irréalisés.

*Je ne suis pas coupable,* pensa-t-elle. *Je suis une voleuse mais je ne suis pas coupable.*

A pied, elle alla jusqu'à la Quarante-Deuxième Rue, qu'elle prit vers l'ouest jusqu'à la Huitième Avenue, au milieu des cinémas porno, des sex-shops sinistres et des prostitués des deux sexes. Il y avait plusieurs prêteurs sur gages dans le coin. Elle en choisit un auquel elle ne s'était pas encore adressée, vers la Quarante et Unième Rue, rassembla son courage et entra.

Sous le regard attentif du propriétaire, un gros aux yeux bizarres regardait une vitrine pleine de couteaux. Michele fit semblant d'examiner de petits appareils électroménagers pendant que le gros choisissait, payait et sortait, puis elle s'approcha du propriétaire.

C'était un homme d'âge mûr, grisonnant, au visage blasé, mais avec ces yeux rusés du prêteur sur gages.

— Vous désirez ? dit-il.

Elle sortit la bague en rubis de son sac, la posa devant lui, sur le coussin du comptoir.

— Mon fiancé me l'a donnée il y a deux mois avant notre rupture, dit-elle. Elle est belle et je ne l'ai pas beaucoup portée. Je ne veux plus la garder, elle me rappelle David. Et puis, j'ai besoin d'argent en ce moment.

Le prêteur prit la bague et étudia le rubis à la loupe.

— Belle pierre, dit-il d'un ton neutre.

— Oui, elle est belle.

— Je peux vous en offrir... disons trois cents.

— Trois cents dollars ? Mais elle vaut au moins cinq fois plus !

— Pas pour moi. Pourquoi n'essayez-vous pas de la vendre ?

— Je n'ai pas le temps. J'ai vraiment besoin d'argent. J'ai mon loyer à payer...

Maintenant, il la dévisageait, le regard incisif. *Il sait,* pensa-t-elle. *Il en a déjà vu, des voleurs. Cent ou mille. Il est voleur lui-même. Nous sommes tous des voleurs.*

— Trois cents, répéta le prêteur.

— Vous ne pourriez pas m'en donner au moins cinq cents ?

— Je n'ai pas beaucoup de demande pour des articles de ce genre, dit-il. Mais vous me plaisez. Voilà ce que je vous propose : trois cent vingt-cinq, parce que c'est vous.

— Mais il me faut plus que ça...

— Essayez chez un collègue, dit-il. Mais vous ne trouverez pas mieux. Pas pour une bague pareille.

Le sens était clair : essayez un collègue, au risque qu'il appelle la police.

— D'accord, dit-elle avec amertume. Trois cent vingt-cinq.

— Marché conclu.

Il sortit un registre graisseux qu'il lui fit signer. Elle s'inventa un nom et une adresse — Kathryn Newcombe, 411 Houston Street — et il hocha la tête en lui donnant un reçu. Ensuite il ouvrit son coffre et compta soigneusement trois cent vingt-cinq dollars. Puis il lui tendit les billets en souriant, et une de ses paupières frémit en une sorte de clin d'œil.

— Revenez quand vous voulez.

Une fois dehors, Michele repartit vers la Quarante-Deuxième Rue. Trois cent vingt-cinq dollars. Avec ce qui lui restait de la dernière fois, elle avait assez pour un mois de loyer, de chauffage, d'électricité et de nourriture. Ce qui signifiait que si elle ne trouvait pas un engagement, il lui faudrait voler encore dans un grand magasin d'ici quatre semaines. Pourtant, son dernier vol remontait à trois mois, et celui d'avant à cinq mois ; mais elle avait trouvé des petits rôles ici et là, rien que des bides qui avaient arrêté au bout de quelques représentations. Maintenant, ça faisait trois mois qu'elle n'avait pas joué. Rien, qu'une série de refus, d'excuses, de tentatives de séduction.

Eh bien, au moins, elle ne s'était pas laissé séduire, elle n'avait pas succombé aux propositions, et elle ne succomberait pas. Elle n'aimait pas les coucheries ; elle croyait que les rapports sexuels étaient un acte d'amour, et on lui avait appris à ne pas avilir l'amour physique. Elle était peut-être devenue une voleuse, mais du moins conservait-elle sa dignité.

## QUINZE HEURES VINGT-CINQ
## RICHARD CORALES

Dans son logement en sous-sol, Richard Corales observait Willie Lorsec qui, assis en face de lui, étudiait ses cartes déployées en éventail. *Une dame,* pensa-t-il. *Allez, Willie, j'ai besoin d'une dame. Jette une dame Willie. Une belle dame de cœur.*

Ils jouaient maintenant depuis vingt minutes, depuis le moment où Willie Lorsec était arrivé avec son sac de chiffonnier pour voir s'il trouvait des objets intéressants, et Corales avait gagné neuf parties de suite. De sa vie, il n'avait jamais gagné neuf fois de suite ; du coup, il se sentait chaud au cœur, puissant, un peu comme ces gros joueurs de Las Vegas. Il voulait gagner dix parties de suite. Neuf, c'était bien, mais dix, c'était spécial, c'était une série digne d'un championnat. Quelque chose dont il pourrait vraiment se vanter, si seulement Willie jetait une dame de cœur.

*Allez, Willie,* pensa-t-il. *Une dame !*

Mais Willie continuait à étudier sa main. Son large visage ridé était tout crispé de concentration — mais il ne se concentrait pas sur ses cartes, Corales le sentait. Aujourd'hui, Willie avait quelque chose en tête. Généralement, il jouait rapide et détendu ; et généralement, il gagnait. Ce qui, pour Corales, était une raison de plus de vouloir gagner dix fois de suite. Ils ne jouaient que de la petite monnaie, et n'avait jamais perdu plus de vingt-cinq *cents* par séance, mais il en avait assez de perdre. Il voulait être le grand vainqueur, pour changer. Il voulait montrer à Willie que lui aussi pouvait être intelligent, au moins pour jouer au gin-rami.

Corales n'arrivait pas à comprendre que quelqu'un d'aussi intelligent que Willie puisse se contenter d'être chiffonnier, d'habiter dans une pension de famille et de jouer tout le temps au gin-rami avec quelqu'un comme lui. Willie aurait pu être n'importe quoi au monde, vivre dans un beau gratte-ciel de l'East Side avec marquise et portier, voyager en Europe et tout ça. Mais non. Il était content d'être chiffonnier, avait-il dit à Corales peu après son installation dans le quartier. Il gagnait bien sa vie ; il trouvait des tas de choses fascinantes et vendables dans les ordures et les poubelles, disait-il. De plus, il avait déjà voyagé, et il n'aimait pas tellement. Et il avait fait différents métiers aussi, qui ne lui avaient pas beaucoup plu. Maintenant, il faisait quelque chose qui lui plaisait et il était heureux. C'était le principal, non ?

Corales se disait qu'il devait avoir raison. Mais il ne comprenait toujours pas. Lui, il n'était pas heureux ; il aurait donné n'importe quoi pour être autre chose qu'un gardien d'immeuble de la Quatre-Vingt-Dix-Huitième Rue Ouest. Quelque chose de spécial. Seulement, il n'était pas spécial. Et il n'était pas très malin ; c'était ce que les gens disaient, et il les croyait. Il n'était pas grand-chose, à part un gardien d'immeuble de trente-sept ans à moitié porto-ricain.

Mais, en ce moment, il n'était pas malheureux. En ce moment, il était spécial parce qu'il avait gagné neuf parties de suite, et qu'il en gagnerait peut-être dix si seulement Willie jetait une dame rouge.

*Une dame,* Willie, pensa-t-il. Est-ce que de souhaiter très fort quelque chose pouvait le faire arriver ? *Dame, dame, dame !*

Et Willie prit une carte dans son jeu, la posa sur le paquet, et c'était une dame de cœur.

Corales poussa un cri de joie, sauta sur la dame qu'il rangea dans son jeu avec les trois autres, jeta une carte et étala triomphalement sa main sur la table.

— Rami ! dit-il. Ça fait dix, Willie ! J'ai gagné dix parties de suite !

Willie lui sourit.

— Compliments. Dame Fortune te favorise aujourd'hui.

— Ça fait dix, répéta Corales. Youpi !

— Belle série gagnante, Richard.

— Ouais. Et maintenant, je vais tenter onze.

— C'est ma donne, non ?

— C'est ta donne, Willie.

Willie battit les cartes et donna. Quand Corales examina son jeu, il constata avec satisfaction qu'il avait déjà trois trois, deux dix et une suite possible de quatre carreaux. Tout ce qui lui manquait, c'était un autre dix et le six de carreaux — juste deux cartes. Deux cartes, et il aurait gagné *onze* parties de suite, nom de Dieu !

La carte retournée sur le paquet était un roi. Inutile. Willie ne le voulait pas non plus, alors Corales prit la première carte du paquet. Valet de trèfle. Inutile. Il le jeta.

Willie s'était remis à étudier son jeu. Il dit :

— La police est revenue te voir, Richard ?

— Quoi ?

— La police. A propos du meurtre d'hier soir.

— Ouais, ils sont venus. Trois fois.

— Pourquoi trois fois ?

— Je ne sais pas. Tu sais, avec les flics !

— Tu n'aimes pas beaucoup la police, hein ?

— Non. Ils nous emmerdaient tout le temps quand j'étais gosse.

— Pourquoi ?

— Famille mixte, probable. Quand il se passait quelque chose dans le quartier, c'est toujours chez nous qu'ils venaient en premier. Sales flics.

Willie jeta un deux. Inutile. Corales prit une carte, et c'était le dix de pique. Son exaltation augmenta ; maintenant, il ne lui manquait plus qu'une carte pour gagner onze parties de suite. Le six de carreau. Juste le six de carreau.

— Qui est responsable, à ton avis ? demanda Willie.

— Responsable de quoi ?

— Des meurtres.

— J'ai pas envie de parler de ça, dit Corales.

— Pourquoi pas ? Tout le monde en parle.

— Je sais. C'est pour ça que j'ai pas envie d'en parler. On parle trop.

— Tu n'as pas peur, Richard ?

— Pourquoi j'aurais peur ? Personne veut me tuer.

— La police a l'air de penser que les victimes sont choisies au hasard, dit Willie. Ça veut dire que ça peut arriver à n'importe qui. A toi, à moi — à tout le monde.

— J'ai pas envie de parler de ça, dit Corales.

— Tu as peut-être raison. C'est idiot de s'inquiéter, non ? La vie continue. Il n'y a qu'à être prudent dans la rue.

— Ouais.

Corales regarda Willie prendre une carte. *Six de carreau,* pensa-t-il. *Allez, Willie, donne-moi un six de carreau.*

Willie jeta un neuf. Corales tira un sept de trèfle. Inutile. Il le jeta. *Six de carreau, Willie,* pensa-t-il. *Donne-moi juste un joli petit six de carreau.*

Willie prit une carte, la jeta : roi. Inutile. Corales tira un cinq de cœur et le jeta.

*Six de carreau, Willie, six de carreau !*

Willie ramassa le roi. Et jeta le six de carreau.

Corales poussa un cri de joie, fondit sur le six et gueula :

— Rami ! Ça fait onze !

— Super, dit Willie. Tu as vraiment de la veine aujourd'hui.

Il fit une pause et ses yeux devinrent pensifs :

— Beaucoup plus veinard que ce pauvre Martin Simmons.

— Qui ?

— Le type qui a été tué hier soir.

— Ça, je m'en fous, dit Corales. Je t'ai dit que j'avais

pas envie de parler de ça. Maintenant, je veux gagner la douzième.

— D'accord, soupira Willie en se renversant sur sa chaise. C'est ta donne, je crois.

— Onze parties de suite, dit Corales en commençant à battre les cartes, sans pouvoir s'empêcher de sourire. Ouah !

Aujourd'hui, il était spécial. Vraiment très spécial.

## SEIZE HEURES DIX – JENNIFER CRANE

Elle venait de rentrer et s'apprêtait à se confectionner une vodka-lemon quand la sonnette tinta. Par le judas, elle vit un homme plutôt séduisant d'une quarantaine d'années, avec moustache et cheveux blonds, en complet avachi. Elle sut instantanément que c'était un autre policier. Deux inspecteurs l'avaient déjà interrogée le matin avant qu'elle aille à *Vogue,* parce qu'ils avaient trouvé son nom et son téléphone dans l'agenda de Martin Simmons. Mais elle s'attendait à une autre visite tôt ou tard. On peut dire ce qu'on veut des flics, mais ils sont consciencieux.

— Inspecteur Oxman, commissariat du Vingt-Quatrième District, lui dit-il quand elle entr'ouvrit la porte de la largeur de la chaîne de sécurité.

Il lui montra son insigne dans son étui de cuir.

— J'aimerais vous poser quelques questions, Miss Crane.

Elle ôta la chaîne et ouvrit.

— Entrez je vous prie.

Il entra et la regarda refermer. Il y avait dans ses yeux quelque chose de plus que l'évaluation franche mais impersonnelle du policier, pensa-t-elle. De l'approbation, de l'attirance, une sorte de désir voilé. Elle avait vu cette expression dans les yeux de centaines d'hommes. Dans les yeux de Martin Simmons au Dino's, la veille.

Mais elle refusa de penser à Martin Simmons. Elle avait

passé la journée à se forcer à ne pas penser à Martin Simmons. Elle n'allait pas recommencer. Elle répondrait aux questions de l'Inspecteur Oxman, de bonne grâce, mais elle n'avait pas besoin de penser à Martin Simmons pour ça. Elle ne voulait pas repasser par ce qu'elle avait vécu le matin, quand les autres inspecteurs l'avaient surprise à l'improviste : manque de sang-froid, impression de culpabilité.

Non. Maintenant, elle se maîtrisait parfaitement, et elle était bien décidée à continuer. L'Inspecteur Oxman n'était qu'un homme parmi d'autres, et elle savait manœuvrer les hommes, — surtout ceux qui la trouvaient séduisante.

— Vous me dévisagez, dit-elle.

Il cilla.

— Vraiment ? Excusez-moi.

— Ce n'est pas grave. Vous prendrez un verre ? Scotch ? Bourbon ?

— Non, merci.

— J'allais boire quelque chose. Vous permettez ?

— Je vous en prie.

Elle sourit.

— Asseyez-vous si vous voulez.

Il s'assit sur le canapé crème. Jennifer disparut dans la cuisine, sortit des glaçons du réfrigérateur, les rapporta au séjour et se fit une vodka-lemon, puis alla s'asseoir dans le petit fauteuil beige en face d'Oxman, et croisa les jambes. Elle avait de jolies jambes, et elle portait une légère robe d'été. Oxman les regarda un instant, puis leva les yeux, légèrement embarrassé.

— C'est la troisième fois que je sonne chez vous aujourd'hui. Vous avez été absente toute la journée.

— Oui. J'avais des réunions avec le directeur artistique et d'autres personnes de *Vogue*. Je suis illustratrice.

Il hocha la tête, regardant les illustrations encadrées aux murs.

— Vos œuvres ?

— Oui.

Nouveau hochement de tête. Il ouvrit un carnet qu'il consulta quelques instants.

— D'après ce que vous avez déclaré aux Inspecteurs Gaines et Holroyd ce matin, vous n'aviez fait la connaissance de Martin Simmons qu'hier soir. C'est exact ?

— Oui.

— Où ?

— Au Dino's, dans l'East Side.

— C'est un bar pour personnes seules, non ?

— Oui.

— Vous y allez souvent ?

— Pas très. Toutes les trois ou quatre semaines.

— C'est Simmons qui vous a fait des avances, ou c'est vous ?

Jennifer haussa un sourcil étonné.

— Des avances, Inspecteur ? Votre terminologie est archaïque. Nous nous sommes rencontrés, nous avons bavardé, nous avons décidé de partir ensemble. C'est tout.

Il semblait mal à l'aise, vaguement contrarié. Moraliste ? se demanda-t-elle. Ou simplement vieux jeu ?

— En sortant du Dino's, vous êtes rentrés ici immédiatement ?

— Oui. Et nous nous sommes mis au lit immédiatement après notre arrivée. C'était bien la question suivante, non ?

— Votre vie sexuelle ne m'intéresse pas, Miss Crane, dit-il sans ambages. La seule chose qui m'intéresse, c'est de découvrir qui a tué Martin Simmons. A quelle heure est-il parti ?

— Vers trois heures. Il aurait voulu passer la nuit ici, mais j'ai refusé.

— Pourquoi ? Vous aviez une raison particulière ?

— J'aime bien dormir seule.

— Comment a-t-il réagi quand vous lui avez demandé de partir ?

— Il n'a eu aucune réaction. Il m'a simplement dit

qu'il m'appellerait. Je lui ai donné mon numéro et il est parti.

— Ça ne l'inquiétait pas d'être dans la rue à une heure pareille ?

— Ça n'avait pas l'air.

— Miss Crane, dit Oxman, ça ne vous trouble pas d'être la dernière personne à l'avoir vu vivant, à part son assassin ? Ça ne vous trouble pas qu'un homme avec qui vous veniez d'avoir des rapports intimes ait été assassiné ?

— Bien sûr que ça me trouble.

— Ça n'en a pas l'air.

— Vous auriez préféré que je passe toute la journée ici à pleurer ? Je le connaissais à peine.

— Vous aviez couché avec lui.

— Vous me jugez, Inspecteur ?

— Non, dit-il.

— On le dirait bien, pourtant.

— Je vous l'ai dit, Miss Crane, je cherche simplement à faire mon travail.

Elle le considéra pensivement un long moment. Pour une raison qu'elle n'arrivait pas à saisir, il suscitait en elle une sorte d'intérêt lointain. De tous les hommes avec qui elle avait fait l'amour, aucun n'était policier ; c'était peut-être ça.

— Oxman, dit-elle. Monsieur Bœuf. Le nom évoque le bœuf de labour, tenace et persévérant. Mais je soupçonne que vous êtes quelque chose de plus.

— Ténacité et persévérance font partie du travail du policier, dit-il. Je suis un rouage dans l'engrenage de la justice.

— Ou dans l'engrenage de la fatalité divine, corrigea-t-elle.

— Il n'y a parfois aucune différence.

Elle haussa les épaules.

— Non. Je suppose que non.

De nouveau, il regarda ses jambes, se ressaisit et reporta son regard sur ses notes.

— Possédez-vous une arme à feu, Miss Crane ?

— Pourquoi me demander ça ? Je fais partie des suspects ?

— Toute personne ayant eu des contacts avec Martin Simmons et la possibilité de le tuer est un suspect.

— Je vois. Non, je ne possède pas d'arme à feu. Je n'aime pas les pistolets.

— Moi non plus — dans de mauvaises mains. Connaissiez-vous l'une ou l'autre des deux autres victimes ? Charles Unger et Peter Cheng ?

— Non.

— Pas même de vue ?

— Non.

— Parfait. Savez-vous quelque chose qui pourrait nous aider dans notre enquête ?

— J'ai bien peur que non.

Oxman soupira, referma son carnet et se leva.

— Alors, c'est tout ? demanda Jennifer.

— Oui, pour le moment. Il faudra que vous veniez faire votre déposition au commissariat.

— Quand ? Ce soir ?

— Demain suffira. Réfléchissez aux moments que vous avez passés avec Martin Simmons ; il vous reviendra peut-être quelque chose à quoi vous ne pensez pas maintenant. Ecrivez vos souvenirs, si ça peut stimuler votre mémoire.

Jennifer acquiesça de la tête puis se leva pour le raccompagner. Il regardait les deux cadres les plus proches de lui : une illustration romantique montrant un homme et une femme en train de s'embrasser en haut d'une falaise dominant une mer en furie, et une jeune fille assise près d'une fenêtre et regardant pensivement au-delà de la jardinière débordante de géraniums foisonnants. Elle savait que ces deux illustrations étaient astucieusement commerciales, mais elle savait aussi qu'elles étaient bien dessinées et témoignaient d'une sensibilité certaine.

— Très bien, dit-il, montrant les illustrations de la tête.

— Sentimental, répliqua Jennifer, ce qui était un jugement honnête.

— Mais très bien quand même. Il n'y a rien de mal à vous servir de votre talent pour gagner votre vie.

— C'est vrai.

Elle lissa sa robe sur ses cuisses, en le regardant. Il remarqua le geste ; il y avait peu de choses qu'il ne devait pas remarquer, pensa-t-elle. Chez une femme qu'il trouvait séduisante, ou n'importe quoi d'autre.

A la porte, elle lui demanda :

— Demain soir après le travail, ça ira ?

La question sembla le troubler.

— Quoi ?

— Pour ma déposition, dit-elle. Ou alors, je peux me débrouiller pour venir dans la journée, si c'est préférable.

— Quand vous pourrez, ça n'a pas d'importance, dit-il.

Jennifer ôta la chaîne, puis ouvrit la porte.

— Vous avez un prénom ? demanda-t-elle alors. Ou êtes-vous l'Inspecteur Oxman depuis votre enfance ?

Sa bouche eut un frémissement ironique.

— E. L., dit-il.

— Juste des initiales ? Ou représentent-elles quelque chose ?

— Elliot Leroy.

Il prononça ces prénoms comme un enfant sur la défensive, craignant de la voir éclater de rire.

Elle décida de ne pas faire de commentaires. Avec un parfait sérieux, elle demanda :

— Dois-je vous demander au commissariat ?

— Ce n'est pas nécessaire. Merci de votre aide, Miss Crane.

— Je vous en prie. Vous reviendrez m'interroger ?

— Je reviendrai, dit-il.

Il sortit et descendit le couloir sans se retourner. Elle attendit qu'il arrive à l'ascenseur pour fermer sa porte.

*E. L. Oxman,* pensa-t-elle, remettant la chaîne et

tournant la clé dans la serrure. *Homme intéressant.* Malgré elle, et de façon aussi superficielle, elle le trouvait aussi séduisant qu'il la trouvait séduisante.

Jennifer pensa à lui en finissant sa vodka-lemon et en s'en refaisant une autre. Penser à Oxman, c'était mieux que de penser à Martin Simmons. Beaucoup, beaucoup mieux.

## VINGT ET UNE HEURES TRENTE – BENNY HILLER

Sur la table de nuit de Hiller, le réveil se mit à sonner, et le son criard le tira du sommeil. Il tendit un bras à tâtons, enfonça le bouton, et la cacophonie cessa.

Hiller roula sur le flanc et se leva, nu comme toujours quand il dormait. Il se pencha, alluma la lampe à abat-jour vert proche du lit, et se dirigea pieds nus vers la salle de bains. C'était un homme de taille moyenne, mince, aux membres musculeux et au ventre plat. Il se mouvait avec une grande économie de gestes; c'était un homme doué d'agilité et d'endurance, mais ses rides et ses cheveux grisonnants annonçaient qu'il avait dépassé la quarantaine. Son visage et ses yeux bleu clair exprimaient à la fois ruse sauvage et impatience juvénile. Les astronautes et les trapézistes ont une expression semblable. Les commandos aussi.

Et les cambrioleurs professionnels.

Après une rapide douche froide, il se sécha et s'habilla sans hâte, mais selon un rituel efficace, où chaque geste avait été prévu et souvent répété. Il enfila une chemise bleu marine et un pantalon noir, puis, assis au bord du lit, mit des chaussettes noires et des baskets Nike bleu foncé.

Sur l'étagère du placard, il prit un petit paquet en nylon, presque plat — un sac de marin qui, plié, ne prenait pratiquement pas de place dans une petite valise, et pourtant assez solide et spacieux pour ramener des objets encombrants au retour. Il le glissa sous sa chemise et l'amena jusque dans le dos, où il le coinça au creux des reins, sous sa ceinture. Il était pratiquement invisible.

Hiller boutonna sa chemise puis tira sa boîte à outils de sous son lit. Ce soir, il n'avait pas de porte à forcer, il n'avait donc pas besoin de ses outils de cambrioleur. Il ne prit dans la boîte qu'un couteau de l'armée suisse pourvu de tous ses accessoires, du tournevis à l'ouvre-boîte, et une petite lampe-crayon, qu'il fourra dans sa poche de pantalon.

Puis il sortit, refermant soigneusement à clé derrière lui — il n'avait pas envie qu'on le cambriole en son absence, pensa-t-il avec un sourire — et descendit dans la rue. Généralement, il travaillait beaucoup plus tard, mais il avait soigneusement préparé ce coup, comme toujours, et il fallait se pointer de bonne heure. Sa cible était une femme qui dirigeait un petit réseau de call-girls et vendait un peu de came à l'occasion ; elle était toujours absente en début de soirée et ne rentrait jamais avant onze heures.

Il prit un taxi jusqu'au coin de West End Avenue et de la Soixante-Douzième Rue, puis termina à pied jusqu'à l'appartement de sa victime, au carrefour de Central Park West et de la Soixante-Neuvième Rue. Ce n'était pas aussi rupin que Park Avenue ou la Cinquième Avenue, mais c'était classe. Les filles et la drogue, ça rapporte, même sur une petite échelle. Elle devait avoir du liquide dans tous les coins, et il savait où chercher. En plus, elle ne pourrait pas aller se plaindre à la police. Ça s'annonçait comme un de ses coups les plus sûrs et les plus faciles.

Il remonta tranquillement le trottoir jusqu'à l'étroite ruelle longeant l'immeuble qui l'intéressait. La rue était animée, aussi ne se donna-t-il pas la peine de se dissimuler. Il tourna simplement comme pour prendre un raccourci.

Mais il n'alla pas jusqu'au bout du passage ; il s'arrêta sous la fenêtre qu'il avait repérée pour entrer. Le passage était très sombre, et, de la rue, il aurait vraiment fallu s'arrêter et bien regarder pour apercevoir Hiller tout de sombre vêtu.

Il prit tout son temps pour déplacer une grande poubelle

sans faire de bruit, puis monta dessus pour atteindre la fenêtre. A l'intérieur, il distingua dans le noir de la cuisine les ombres pâles de la gazinière et du réfrigérateur. La fenêtre surplombait l'évier ; il repéra l'emplacement des boîtes à épices sur le plan de travail pour ne pas les renverser en entrant. La fenêtre était protégée d'un épais grillage, fixé au cadre par des vis. Hiller déplia le tournevis de son couteau, ôta les vis d'un côté et replia un coin du grillage.

La fenêtre était verrouillée de l'intérieur. Dépliant la grosse lame de son couteau, il détacha le mastic craquelé maintenant en place la vitre centrale proche du verrou. Puis il glissa la lame sous la vitre et tira. Presque sans bruit, un carré de verre lui tomba dans la main, dégageant l'accès au verrou. Passant le manche de son couteau par le trou, il fit jouer le loquet.

Trente secondes plus tard, il était sur la paillasse et sauta par terre en souplesse, parfaitement silencieux dans ses baskets. Il connaissait la disposition de l'appartement par un drogué, client de la femme : long séjour sur la rue, salle de bains et petite chambre sur le derrière. Il resta immobile un moment, habituant ses yeux à la pénombre ; puis il promena brièvement sa lampe-crayon autour de lui pour s'orienter ; et enfin, il se dirigea vers la chambre.

Surprise, surprise. Il y avait deux personnes dans le lit.

Même avant d'arriver devant la porte ouverte, il perçut le bruit de deux respirations régulières. Il se raidit, jura mentalement — mais ce fut tout. Il avait déjà travaillé avec ses victimes sur les lieux — une fois ou deux volontairement, même. Il distinguait à l'oreille quand quelqu'un était sur le point de se réveiller, car il s'était appris à écouter les gens respirer ; les bruits du sommeil n'avaient pas de secrets pour lui. Ainsi, la femme avait ramené quelqu'un chez elle, ce soir. Et alors ? Tant pis ; au fond, ça ne changeait pas grand-chose.

Hiller se glissa dans la chambre, abritant de la main le rayon de sa lampe. S'approchant de la commode, il en fouilla silencieusement les tiroirs, l'oreille aux aguets, branchée sur la respiration régulière du couple. Il trouva une bague en diamant qui devait bien valoir quelques centaines de dollars, et des boucles d'oreilles et un collier en diamant, peut-être en toc, peut-être en vrai.

Dans le placard, une étole de vison somptueuse ; il faisait ce métier depuis assez longtemps pour savoir apprécier les fourrures au toucher. Il se la mit sur les épaules, retourna à la commode, tâta derrière les tiroirs si rien n'y était collé. Rien. Il regarda s'il y avait quelque chose d'épinglé derrière les doubles rideaux. Rien. Et, sur l'étagère du placard, les boîtes à chaussures ne contenaient que des chaussures.

La femme émit un soupir.

Hiller se figea sur place — ombre immobile et déplacée.

Elle roula sur le flanc et se pelotonna contre l'homme, dont la respiration régulière et sifflante ne changea pas. Le souffle de la femme, plus léger, reprit sa régularité.

Le cœur de Hiller se calma ; sa peur momentanée disparut et il retrouva ce sentiment bien connu de puissance. Les cambrioleurs pissent ou chient souvent chez leurs victimes, pour leur prouver leur mépris et leur puissance. Hiller n'avait pas besoin de ça ; il lui suffisait de connaître son pouvoir.

Il s'approcha de la table de nuit et n'y trouva rien, à part la montre de l'homme — délicat de sa part de l'avoir ôtée pour ne pas égratigner sa maîtresse. Repartant vers la porte, il prit le portefeuille de l'homme dans son pantalon, soigneusement plié sur un fauteuil, et le glissa dans sa poche. Il en examinerait le contenu plus tard. L'homme portait une alliance en or qu'il lui laissa. Trop risqué d'essayer de la lui enlever.

Hiller n'avait pas l'intention de fouiller la cuisine à moins d'y être obligé, car il était plus facile d'y faire un bruit accidentel que dans toute autre pièce. Il alla au séjour, où, sous des pastilles de menthe, il trouva, au fond d'une bonbonnière, quelques sachets de poudre blanche. Mais il ne toucha pas à la cocaïne. Il ne touchait pas à la drogue — ni comme dealer, ni comme utilisateur. Il avait besoin d'avoir toute sa tête à lui, tout le temps.

En moins de cinq minutes, il trouva la liasse de billets liée d'un élastique dans le pied creux d'une lampe. Quelle originalité ! Souriant, il glissa les billets dans son pantalon.

Presque terminé, maintenant. Il retourna dans la cuisine, sous la fenêtre. Il déplia et dézippa son sac de marin et se mit à y fourrer l'étole et divers autres petits objets.

A moins de deux mètres, de l'autre côté de la cloison, on tira la chasse d'eau. Le bruit inattendu lui fit l'effet d'une explosion.

Hiller retint son souffle, finit de bouchonner l'étole dans son sac, zippa la fermeture à glissière qu'il avait lubrifiée avec du savon. Il était parfaitement maître de lui. Ce n'était pas la première fois qu'il avait une alerte.

Comme il se redressait, les poignées de son sac à la main, le sol craqua derrière lui. Hiller pivota sur lui-même. L'homme nu qui se dressait sur le seuil avait l'air costaud : épaules larges, torse puissant. Hiller ne savait pas pourquoi il n'était pas retourné se coucher en sortant des toilettes ; il avait faim, peut-être, ou soif. Qui sait ? Ça faisait partie des risques du métier : les gens étaient imprévisibles.

Il ne paniqua pas ; il ne paniquait jamais devant le danger. Il utilisait sa cervelle, son intelligence. Courir à la fenêtre était dangereux ; il ne savait pas comment le costaud réagirait. Et impossible de sortir par la porte. C'était au costaud de jouer. Tendu, immobile, Hiller ne le quittait pas des yeux, attendant, calculant distance et angles.

Dix secondes s'écoulèrent avant que l'homme ne fît un geste. Puis il sortit une bouteille de vin du réfrigérateur, mais n'approcha pas. Hiller saisit le reflet de son alliance, et devina ce qu'il pensait. Il était en train de tromper sa femme, et si la police s'en mêlait, il se retrouverait peut-être dans le merdier jusqu'au cou.

— C'est ton jour de veine, connard, dit l'homme.

A sa voix, il n'avait pas peur, tranquille comme baptiste. Hiller se dit : merde, c'est peut-être un flic.

Il lâcha son sac pour avoir les mains libres.

— Veinard ? Comment ?

— Je suis pas entre toi et la fenêtre, dit l'homme.

Hiller reçut le message avec un soupir de soulagement. Il pivota sur lui-même, sauta sur la paillasse en renversant les boîtes à épices, se glissa comme un chat par le trou, bondit par-dessus la poubelle et partit en courant.

Il s'arrêta de courir en arrivant dans la Soixante-Neuvième Rue, pour ne pas attirer l'attention ; mais il se mit à marcher d'un bon pas, en regardant tout le temps par-dessus son épaule. Personne ne le poursuivait. Mais ça ne l'empêchait pas de transpirer ; sa chemise trempée lui collait à la peau. Il roula ses manches et déboutonna son col.

Près de Central Park, un vieux couple sortit d'un restaurant et marcha à sa rencontre ; le vieux tenait la femme par le coude, comme pour la guider à travers un champ de mines. Ni l'un ni l'autre ne le regardèrent en passant, et il se sentit mieux.

## VINGT-DEUX HEURES TRENTE-CINQ
## E. L. OXMAN

Oxman était crevé. Il avait passé la journée et la soirée à interroger les habitants du bloc de la Quatre-Vingt-Dix-Huitième Rue Ouest. Presque tous avaient été interrogés, soit par lui, soit par Tobin, Gaines ou Holroyd, et aucun ne savait quoi que ce fût sur le meurtre de Martin Simmons ; ou s'ils savaient quelque chose, ils ne le disaient pas.

Affalé sur sa chaise au commissariat, Oxman buvait le café de la salle de garde ; même amélioré par adjonction de lait et de sucre, il était amer, épais. Oxman était nerveux, mais il avait besoin d'un dernier café pour finir ses paperasses avant de rentrer chez lui.

Il regarda autour de lui le désordre de la salle de garde. Deux mois plus tôt, on l'avait encore oublié pour une promotion, qui non seulement lui aurait valu une augmentation bien agréable, mais la possibilité d'un transfert dans un meilleur quartier. Il se rappela avec amertume la remarque de Jennifer Crane sur son nom. Il savait qu'il donnait l'impression d'être tenace et persévérant. Peut-être que Jennifer Crane était une des rares personnes à sentir chez lui autre chose que l'être attaché à sa routine. Le Service reconnaissait qu'il était consciencieux — son dossier le prouvait — mais ils commettaient l'erreur d'égaler conscience professionnelle à manque d'imagination. Il était bon flic, merde. Il la méritait, cette promotion.

Il ramena son regard sur les trois chemises jaunes posées

sur son bureau. Les dossiers de Charles Unger, Peter Cheng et Martin Simmons, avec les maigres informations recueillies. Il y avait aussi le rapport balistique du meurtre de Simmons ; il le reprit et le parcourut. L'arme qu'ils recherchaient était un Harrington et Richardson .32 automatique, à six rayures en spirale sinistrogyre. Pas, dix pouces et demi ; profondeur des rayures, dix millièmes de pouce, largeur des rayures, quarante-deux millièmes.

Il reposa le rapport et se frotta les yeux. Il écouta les bruits nocturnes de la salle de garde : un inspecteur plaisantait avec un agent en tenue tout en incarcérant un suspect ; un autre parlait au téléphone ; l'un des deux Noirs en cellule gémissait : « C'est pas juste, merde ! C'est pas juste ! » Dans le couloir, quelqu'un éclata d'un gros rire. Et, sur ces bruits de fond, il distinguait la voix distante et monotone de l'opérateur radio qui dirigeait les voitures de patrouille dans les kilomètres des rues de Manhattan en une litanie de violence ininterrompue. Les bruits de son univers, qui ne lâchaient plus les flics, résonnant dans les profondeurs de leur cervelle tant que leur esprit fonctionnait. Pas moyen d'y échapper, jamais.

Il prit un dossier dans sa corbeille débordante — juste une affaire de plus dont il était censé s'occuper. Le monde ne s'arrêtait jamais de tourner, pour rien ni pour personne ; la vie continuait, cahin-caha, et la mort aussi.

Oxman réalisa qu'il commençait à s'apitoyer sur lui-même. Il but une autre gorgée de café et ouvrit le dossier. Il le feuilletait quand Tobin entra.

Tobin s'approcha et s'appuya contre le bureau d'Oxman. Il avait l'air aussi crevé qu'E. L. Son complet gris à fines rayures était fripé, et un pan de chemise sortait de sa ceinture sous son gilet. Oxman remarqua qu'il commençait à prendre du ventre.

— Comment ça va, Elliot Leroy ?

— Tu sais que tu commences à prendre du bide ? dit Oxman.

Merde, lui aussi il pouvait être désagréable, s'il le

voulait. Personne n'aimait arpenter les trottoirs à dix heures du soir en étant censément de service de jour. Par moments, Tobin avait l'air de croire qu'il était le seul à souffrir. Artie était un flic efficace, mais il avait été engagé à la mauvaise époque, et il gardait encore des restes du complexe contracté à l'époque où il avait été persécuté à cause de sa race.

Tobin le considéra de ses yeux noirs à l'iris souligné d'un croissant blanc.

— Ça doit venir de la belle vie qu'on mène, dit-il, impassible.

— Ouais, fit Oxman avec un sourire las.

— Quoi de nouveau ?

— Rien sur la Quatre-Vingt-Dix-Huitième Rue. Et toi ?

— Rien non plus. Qu'est-ce qu'ils ont trouvé sur Martin Simmons, Gaines et Holroyd ?

— Pas grand-chose, dit Oxman. Il était rédacteur de publicité chez Flick et Flick de Madison Avenue. Il vivait seul et avait peu d'amis, semble-t-il. A l'agence, on leur a dit qu'il était assez dragueur, et qu'il fréquentait les bars pour personnes seules. Originaire de Kansas City, il était à Manhattan depuis un peu moins de deux ans.

— Euh-euh. Est-ce qu'il avait jamais habité dans la Quatre-Vingt-Dix-Huitième Rue ?

— Non. Toujours le même appartement de la Soixante-Treizième Rue depuis son arrivée à New York.

— Il connaît des gens dans la Quatre-Vingt-Dix-Huitième ?

— Juste Jennifer Crane. Evidemment.

— Tu l'as interrogée, cette Crane ?

— Je l'ai interrogée.

— Je suppose que ça ne peut pas être elle ?

— J'en doute. Tu vois une femme donner son téléphone à un homme, puis le suivre pour l'abattre au pied de son immeuble ?

— Ce n'est quand même pas impossible, dit Tobin.

— Pas impossible. Mais peu probable.

— Peut-être que cette Jennifer Crane avait aussi ramené chez elle Peter Cheng et Charles Unger, et qu'elle les a refroidis après s'être fait sauter.

— Ouais, la veuve noire. Extra pour les journaux.

Tobin passa la main dans ses cheveux qui commençaient à s'éclaircir.

— Bon, alors, comment tu la vois ?

Oxman haussa les épaules.

— Comme des milliers d'autres New-Yorkaises : métro-boulot-dodo.

Curieusement, il regrettait ses paroles alors même qu'il les prononçait. Il sentait que Jennifer Crane avait quelque chose de différent, quoique impossible à définir pour Tobin.

— Comme tu voudras, dit Tobin. Tu les connais mieux que moi, ces nanas blanches.

Oxman laissa passer la remarque sans réagir ; au diable Artie et ses subtiles provocations.

La porte en verre dépoli du lieutenant s'ouvrit et Manders sortit de son bureau. Oxman pensa, comme ça lui arrivait souvent, que le Lieutenant Smiley ressemblait à un basset famélique. Mais avec l'énergie en plus. Oxman l'avait vu travailler vingt-quatre heures d'affilée sans fatigue notable, et en ce moment, il paraissait aussi frais que s'il venait d'arriver.

Quand il vit Oxman et Tobin, son long visage triste se fit encore plus soucieux et il fronça les sourcils.

— Vous êtes encore là, vous deux, dit-il.

Il avait le chic pour énoncer les évidences.

— Je finissais quelques paperasses, dit Oxman, montrant du menton ses dossiers.

— Laissez tomber ces trucs-là. Davidson s'en occupera demain matin. Concentrez-vous sur l'affaire de la Quatre-Vingt-Dix-Huitième Rue. Ces putains de media commencent à crier sur tous les toits que nous avons affaire à un dingue.

— Ils pourraient bien avoir raison.

— Je sais.

Manders alluma une cigarette, la tint à bout de bras et la contempla à travers une brume de fumée, comme si elle aussi faisait partie du complot destiné à lui compliquer la vie.

— Demain, je vais mettre un agent en planque dans l'immeuble. Pour voir s'il peut trouver quelque chose.

— Bonne idée, dit Tobin.

— Il y a un appartement vide au 1240. J'en ai déjà parlé avec le gardien qui laissera notre agent l'occuper.

— Vous savez qui ce sera ?

— Pas encore. Je vous le dirai demain matin.

— Il fera équipe avec nous, non ?

— Evidemment, dit Manders.

Il tira une longue bouffée de sa cigarette ; quelques cendres tombèrent sur sa chemise et y restèrent.

— Vous feriez mieux d'aller vous coucher tous les deux. J'aime mieux que vous soyez en forme demain matin plutôt que de vous garder là à ruminer les événements.

Oxman n'avait rien contre. Il se leva et remit le dossier de la Quatre-Vingt-Dix-Huitième Rue dans le fichier, puis enfila son veston. Tobin, toujours debout, renfilait soigneusement sa chemise dans son pantalon, par-dessus sa brioche naissante.

— S'il y a du nouveau pendant la nuit, je vous appellerai, dit Manders.

— Merci, dit Tobin. Je dormirai plus tranquille.

Oxman dit au revoir à Tobin dans la salle de garde et sortit seul. Se dirigeant vers sa voiture, il laissa son regard errer sur les immeubles proches, maintenant tous plongés dans le noir. La nuit dissimulait le délabrement des vieilles bâtisses en brique. L'air tiède lui parut pur et curieusement réconfortant. Le claquement de ses talons résonnait dans toutes les directions.

Comme la plupart des New-Yorkais, il éprouvait des sentiments paradoxaux à l'égard de sa ville. Il y était né, à Brooklyn, et avait habité près de Prospect Park jusqu'à ses neuf ans, quand sa mère était morte du cancer. On l'avait alors envoyé à Chicago, chez une tante qui l'avait élevé décemment, mais elle était brusque et impersonnelle, l'antithèse de sa mère si chaleureuse et exubérante.

Après le service militaire et quelques mois passés à l'université au milieu d'étudiants plus jeunes et plus sérieux que lui, il était revenu à New York, qui semblait l'attirer irrésistiblement. De ses gratte-ciel majestueux à ses misérables clochards de la Bowery, la ville faisait partie de lui, et lui d'elle. Bien qu'il n'ait jamais été capable d'exprimer ce fait, il en était conscient dès ses vingt ans. En un sens, c'était la raison pour laquelle il avait épousé Beth — new-yorkaise comme lui — quatre mois après l'avoir rencontrée chez des amis, dans le Village. Et c'était ce qui l'avait poussé à entrer dans la police de New York la même année.

Il s'était révélé bon flic dès le départ. Stable. Régulier. Ses supérieurs le jugeaient consciencieux et méthodique, promis à une carrière utile et gratifiante, quoique non météorique. Il n'avait jamais discuté un ordre, jamais discuté la loi. Il avait toujours compris la loi, du moins cet aspect de la loi qui rend parfois difficile le métier de flic, à savoir qu'un flic doit l'accepter et s'en accommoder.

Puis, voilà quatre ans, il avait été blessé pendant le service, renversé par un détenu en liberté surveillée, qui s'enfuyait en voiture après le cambriolage d'une maroquinerie. Oxman avait distingué son visage par le pare-brise, ce que voyant, le voleur avait arrêté son véhicule et était reparti en marche arrière, pour essayer de l'écraser. Oxman avait sauté de côté, mais pas assez vite, pour éviter une fracture du bassin. Il avait quand même réussi à sortir son pistolet, à tirer plusieurs balles sur la voiture, lui crevant un pneu. Le cambrioleur avait été arrêté et inculpé pour vol à main armée et tentative de meurtre. Il s'en était tiré avec une peine de sept ans de prison, et, par le jeu des remises de peine, était sorti au bout de deux ans et trois mois et devait toujours être en liberté. Oxman, lui, avait passé des semaines à l'hôpital, suivies de presque un an de soins à la maison. Il boitillait toujours légèrement par temps froid.

C'est sans doute cet incident qui l'avait poussé à réfléchir sur la loi, sur sa vie. C'est vers cette époque que le doute s'était mis à le ronger, comme un ver. Les imperfections de la loi étaient assez faciles à accepter si on les considérait objectivement. Mais ça, c'était autre chose. C'était personnel. Et l'agresseur, protégé par la loi, s'en était tiré avec une chiquenaude.

A partir de ce moment, il avait pris l'habitude de considérer les choses avec les yeux de la victime ou du témoin horrifié. Mauvais pour un flic. Impossible de faire ça et de continuer à être un bon flic.

Ou peut-être que si, après tout. Oxman ne savait plus très bien.

*Je me fais vieux,* pensa-t-il. *Vieux et fatigué.*

Quand il arriva chez lui, à Queens, il constata que les fenêtres étaient obscures. Il était onze heures et demie; Beth devait sans doute être au lit, endormie. Il entra discrètement, silencieux comme les cambrioleurs qu'il pourchassait depuis des années. Dans le noir, il traversa le séjour et entra dans la cuisine où il alluma le plafonnier. L'évier était plein de vaisselle sale. Du robinet, des gouttes tombaient dans une assiette, avec un petit *ploc-ploc* régulier.

Il tourna le robinet et le bruit cessa. Il prit un verre dans le buffet, le remplit de lait et le vida à longs traits. Puis il mit le verre dans l'évier avec le reste, éteignit et alla dans la chambre.

Beth était couchée sur le flanc, déhanchée, ses cheveux blonds ébouriffés répandus sur l'oreiller. La télé portative dont elle se servait comme veilleuse était allumée, sans le son. En se déshabillant, il pensa à la réveiller, mais sans s'y attarder. Il savait qu'elle le repousserait, et qu'il n'éprouverait qu'insatisfaction et culpabilité de ne pas arriver à la plaindre de ses migraines débilitantes qui plongeaient les meilleurs docteurs dans la perplexité.

En posant son revolver de service sur la commode, il vit les flacons de pilules de Beth, et se demanda combien il y avait de placebos dans le nombre. Plus d'un docteur avait suggéré que ses migraines avaient des causes autant psychiques que physiques, et qu'elles annonçaient sans doute la ménopause imminente. Mais Beth ne voulait pas entendre parler de psychiatrie. Deux fois elle avait commencé un traitement, et deux fois elle était partie en fureur à la première consultation.

L'un des psychiatres avait confié à Oxman qu'elle aimait peut-être souffrir, comme s'il lui faisait une révélation. Mais il connaissait. Tous les jours il voyait des gens détruire leur vie et celle des autres, poussés par des motivations inconscientes.

Il se mit au lit, en prenant bien soin de ne pas réveiller Beth. En chien de fusil, il lui tourna le dos, face au noir plus profond du mur. Il avait les yeux grands ouverts. Les homicides de la Quatre-Vingt-Dix-Huitième Rue continuaient à le tourmenter, mais ce n'étaient pas les seules raisons qui l'empêchaient de dormir.

Malgré lui, il n'arrêtait pas de penser à Jennifer Crane.

## LES CASSETTES COLLIER

Glissements dans le noir, flaque de ténèbres dans la nuit, ombres mouvantes parmi les ombres — quelle futilité ! L'Œil a observé les allées et venues des méchants, il les a vus par leurs fenêtres. Bien qu'ils l'ignorent, ils ne vivent que par mon bon plaisir. J'avoue que l'idée me plaît. A n'importe quel moment je peux choisir d'annuler toutes les dettes et les services qu'ils doivent, mettre fin à leurs mesquines existences et les précipiter dans les profondeurs de l'enfer. Méchants, écoutez les Ecritures : « L'homme né de la femme n'a que peu de temps à vivre et mène une vie misérable. »

Simple question de temps. Simple choix de ma part.

J'ai d'abord choisi Charles Unger. Ai-je expliqué mon acte ? Pas en détail, et c'est pourtant important. Parce qu'il fut le premier, et parce que c'est à travers lui que j'ai pris conscience de ma destinée et réalisé mon apothéose.

L'Œil l'avait observé de près, avec tous les autres habitants de mon univers. Vieillard querelleur, aux cheveux gris et au nez rouge, prodigieux consommateur d'alcool. Mais ce n'est pas la boisson qui a causé sa mort, sauf indirectement ; ce fut la grossièreté. Car il se montra grossier envers moi, ce qui est une forme de sacrilège.

Un après-midi, je marchais dans mon royaume, ayant garé ma voiture à quelque distance de la Quatre-Vingt-Dix-Huitième Rue, comme je le fais généralement. Ce jour-là, marchant au milieu de mes enfants, je sentais ma puissance comme un courant électrique. Et Charles Unger, que je jugeais sans péché à l'époque, me bouscula rudement pour traverser avant que le feu ne passe au vert. Un taxi s'arrêta devant moi, dans d'épouvantables grincements de pneus. Furieux, je protestai. Mais Unger était ivre ; agressif et belliqueux, il se retourna vers moi et me bouscula de nouveau de sorte que je trébuchai en arrière contre le bord du trottoir et faillis tomber. Puis il s'éloigna, en proie à sa fatale ignorance.

Après cet incident, l'Œil l'observa pendant plusieurs jours. Je souriais en le voyant tituber dans tout le quartier. Il était agité dans l'oisiveté de sa retraite, ne sachant comment passer son temps, sans réaliser que sa vie tirait à sa fin. Enfin, un soir, je garai ma voiture à l'endroit habituel, gagnai à pied mon domaine et attendis que Charles Unger revienne d'une taverne qu'il fréquentait généralement tous les soirs. Puis, après lui avoir murmuré à l'oreille quelle était ma vengeance et la rançon du péché, je lui ôtai miséricordieusement la vie.

En rentrant chez moi, je réalisai qu'Unger ne serait pas le dernier des méchants à qui la main de la divinité ferait justice de ses fautes. La mort est la fin juste et méritée du pécheur. Eliminer les impurs, c'est fortifier les purs et les chastes. Un dieu bon est un dieu juste, et j'étais résolu à être l'un et l'autre.

Le choix du second fut facile. J'avais observé Peter Cheng en compagnie de plusieurs jeunes gens, certains chinois, certains blancs ; ses accouplements homosexuels tournaient en dérision tout ce qui est propre et bon. Puis un soir, devant sa fenêtre aux rideaux ouverts, l'Œil le vit soulager son impure concupiscence en compagnie de *deux* jeunes gens vêtus de cuir, sous l'œil d'une Chinoise obèse qui regardait en se masturbant. C'était bizarre et répugnant. Après cela, pouvais-je permettre à Peter Cheng de rester au nombre des vivants ?

Je lui pardonnai au moment où je lui logeai une balle

dans la tête et le libérai de ses péchés. J'ai aussi pardonné à Charles Unger, et je pardonnerai de même à tous ceux qui suivront.

Oh, je reconnais que Martin Simmons est mort par erreur, et pourtant, j'ai décidé que lui aussi méritait la mort. C'était un fornicateur, un pécheur ; il contaminait mon univers de son mal, et il l'a justement payé de sa vie. A lui aussi, j'ai pardonné.

L'Œil continue à scruter les fenêtres de l'autre côté du fleuve, alors même que je dicte ces paroles. La plupart des fenêtres sont obscures, les rideaux tirés. La plupart de mes enfants dorment. Les pécheurs aussi — certains du moins. Court sommeil avant le sommeil éternel.

*Deuxième partie*

# SAMEDI 19 SEPTEMBRE

## NEUF HEURES – WALLY SINGER

Quand Marian annonça qu'elle allait à Brooklyn passer la journée chez sa sœur, Singer eut du mal à cacher sa joie. Cela l'étonna. Elle ne s'entendait pas bien avec sa sœur ; merde, elle ne s'entendait avec personne, cette grosse vache. Mais elle était toute retournée à cause de ces meurtres, dit-elle, et elle voulait s'éloigner un peu du quartier. Elle ne pouvait parler avec lui ; il passait son temps à discutailler et à l'engueuler. Ellen, du moins, était de la famille et lui prêterait une oreille complaisante.

Singer lui dit qu'il se foutait de ce qu'elle faisait, et elle partit à huit heures quarante-cinq. Il attendit un quart d'heure, qu'il passa dans la salle de bains à tailler sa barbiche et à s'asperger généreusement d'eau de Cologne. Puis il sortit, ferma la porte à clé, prit l'ascenseur jusqu'au rez-de-chaussée et sortit sur le trottoir.

Il traversa la rue, monta le perron du 1279, et enfonça la sonnette en face de la carte blanche maculée portant *2-C Cindy Wilson.* Il attendit une bonne minute avant d'entendre la voix de Cindy qui grésillait dans l'interphone.

— Oui, qui c'est ?

— C'est moi, Wally. Ouvre.

— Wally ! Oui, une seconde...

La serrure de l'entrée émit un bourdonnement étouffé. Singer poussa le battant, et prit l'escalier jusqu'au deuxième. Cindy avait déjà ouvert la porte et le guettait.

Elle portait une robe de chambre par-dessus une nuisette. Ses cheveux noirs ébouriffés encadraient son visage encore endormi. Singer la dévora du regard. De visage, elle n'était pas extraordinaire, mais de corps elle était très bien roulée, mince mais avec des rondeurs où il fallait. Merde, c'était bon, une mince, après toutes ses années de Marian.

Dès qu'il fut entré, elle referma et poussa les verrous. Puis elle se retourna, l'entoura de ses bras et lui roula une pelle interminable, tandis que Singer la caressait, s'attardant sur les rondeurs satinées de ses fesses. Mais elle n'était pas encore prête à batifoler. Elle mit fin d'elle-même au baiser et s'écarta. Il remarqua qu'elle avait les yeux cernés, comme si elle n'avait pas bien dormi.

— C'est tellement tôt, dit-elle. Comment t'as fait pour t'échapper ?

— Marian est partie à Brooklyn, passer la journée chez sa sœur.

Il voulut recommencer à la peloter, mais elle arrêta sa main.

— Attends, Wally. Je suis pas encore bien réveillée. Il me faut un café.

— Ça peut attendre.

— Non. Il me faut un café tout de suite. J'en ai pour une minute. J'ai pas très bien dormi et suis complètement vannée.

Sur quoi, elle entra dans la cuisine, encombrée de vaisselle sale, de sacs poubelle débordants, avec des détritus de nourriture plein la table et le carrelage. Le séjour, avec ses meubles minables et ses piles de magazines de cinéma, offrait un semblable désordre. Cindy était une vraie souillon, mais cela était loin de contrarier Singer autant que chez Marian. En fait, tout contrariait Singer chez Marian. Y compris le fait qu'elle était intelligente. Cindy, par contre, ne brillait pas dans le domaine intellectuel, et cela lui convenait parfaitement. Ça lui plaisait d'avoir une femme inférieure en intelligence, une femme qu'il pouvait manipuler, une femme qui écoutait ce qu'il disait et pensait qu'il était génial.

Elle mit de l'eau à chauffer pour le café. Assise à la table, elle en balaya de la main les miettes qui tombèrent sur le carrelage, puis elle se passa les doigts dans les cheveux en bâillant.

— Nom d'un chien, dit-elle, j'arrive pas à me réveiller.

— Pourquoi t'as pas dormi cette nuit ?

— Tu sais bien. Le meurtre...

— Arrête de te faire de la bile pour ça. Il ne nous arrivera rien, à toi ni à moi.

— Mais tu n'as pas peur ?

— Non, mentit-il.

Les meurtres l'inquiétaient, lui faisaient un peu peur, mais il n'allait pas le lui dire. Ni à Marian ni à personne. Ses réactions, c'était son affaire et pas celle des autres.

— La police va le pincer. Ils l'arrêteront.

— Tu crois ?

— Evidemment.

Elle bâilla.

— J'ai pris un taxi pour rentrer hier soir, dit-elle. C'est pas dans mes moyens, mais j'ai pas osé prendre le métro.

Cindy était serveuse dans un restaurant de Columbus Avenue, près du Lincoln Center, de seize à vingt-trois heures, cinq jours par semaine. C'est là que Singer l'avait rencontrée ; il y était allé dîner avec Marian, un soir, et Cindy lui avait souri, d'un sourire qui n'était pas seulement professionnel, comme s'il lui plaisait. Elle lui plaisait aussi, alors il y était retourné quelques jours plus tard, seul. Il lui avait dit qu'il était peintre, et ça l'avait impressionnée ; les créateurs la fascinaient, avait-elle dit. Puis ils avaient découvert qu'ils étaient voisins — une de ces coïncidences dingues qui arrivent parfois dans les villes comme New York. Voilà près d'un an qu'elle habitait l'immeuble en face du sien, et ils ne s'étaient jamais rencontrés ; il avait fallu qu'il aille par hasard dans le restaurant où elle travaillait.

Il l'avait invitée à aller au cinéma, et elle avait accepté. Après ça, ils avaient fait des promenades à Riverside Park, pris quelques verres dans des bars de Broadway. Puis, juste dix jours après sa seconde visite au restaurant, c'étaient des après-midi entiers à faire l'amour chez elle, chaque fois qu'il pouvait s'échapper. Cindy était divorcée et vivait seule ; pas de problèmes de ce côté. Si, quand même, son ex qui essayait de la convaincre de reprendre la vie commune et qui s'amenait tout le temps sans crier gare. Une fois, il avait failli les surprendre. Singer en avait eu des sueurs froides ; l'ex-mari était camionneur, costaud, le salaud, et pas commode, à ce que lui avait dit Cindy. Singer ne se trouvait pas lâche, mais d'un autre côté, il ne recherchait pas la bagarre non plus. Maintenant, il évitait soigneusement de voir Cindy le dimanche et le lundi, jours où son ex était de repos.

— Alors, tu vas prendre un taxi pour rentrer tous les soirs ?

— Oui. Jusqu'à ce qu'ils arrêtent ce dingue.

— Tu te sens vraiment plus en sécurité comme ça ?

— Oui. Beaucoup plus, même si c'est au-dessus de mes moyens.

— Je t'aiderais si je pouvais, mentit Singer, mais tu connais ma situation.

— Oh, je ne veux pas d'argent de toi, Wally, tu le sais. Je me sentirais... Enfin, je me trouverais moche si j'acceptais de l'argent de toi.

— Un jour, mes œuvres commenceront à se vendre, dit-il. Et alors, la vie changera. Pour tous les deux.

— Je sais, Wally. Tu es un grand artiste. Sincèrement.

— C'est vrai.

— Chaque fois que je regarde le tableau que tu m'as donné, je sens ton talent. Je t'assure, je le *sens* physiquement.

Singer réprima un sourire ironique. Le tableau en question était une petite nature morte — un compotier de fruits, pas moins — et l'une des pires choses qu'il eût jamais faites. Mais elle était tombée en extase devant, et ils n'avaient jamais si bien baisé que ce jour-là. Manœuvre astucieuse, ce cadeau. Et Marian ne s'en était même pas aperçue ; elle ne regardait plus jamais ses toiles.

La bouilloire se mit à siffler. Cindy éteignit le gaz, mit du café instantané dans deux tasses à peu près propres, ajouta de l'eau bouillante et lui en tendit une. Les mains de Singer le démangeaient à la regarder comme ça, avec ses seins qui sortaient du décolleté de la nuisette. Merde, ce qu'il avait envie d'elle. Quand il était avec elle, il bandait comme un cerf, chose qui ne lui arrivait plus avec Marian depuis la première année de leur mariage.

Cindy avait envie de parler du flic qui l'avait interrogée la veille, un Noir, très poli, mais les Noirs la rendaient nerveuse parce qu'elle les comprenait mal. Son père était raciste, dit-elle, c'était peut-être ça. Quand elle était jeune, c'était toujours et les nègres par-ci et les nègres par-là. Singer n'avait pas envie d'entendre parler du flic ; il ne voulait plus entendre parler des meurtres. Mais il la laissa jacasser jusqu'à ce qu'ils aient fini leur café. Inutile de la bousculer quand elle était tendue comme ça ; il fallait attendre le moment propice.

Quand elle eut avalé la dernière goutte de son café, il la regarda dans les yeux par-dessus la table et dit :

— Et si on se mettait au lit ?

— Ben... dit-elle en s'humectant les lèvres. Tu as dit qu'on avait toute la journée devant nous.

— Oui, mais j'ai envie de toi. Tu sais comme j'ai envie de toi.

— Oh oui, je sais.

— Comme j'ai envie de te baiser, dit-il.

Il l'entendit haleter. Ça l'excitait quand il lui parlait comme ça ; elle le lui avait dit plus d'une fois. Question de minutage, se dit-il. Maintenant, elle était accrochée. Elle était prête.

Il se leva, tendit la main. Elle se leva aussi, se blottit contre lui, et il l'embrassa, glissant sa langue dans sa bouche, en même temps qu'il ouvrait sa robe de chambre et passait sa main dans le décolleté de la nuisette pour lui caresser les seins. Leur contact ferme et doux le fit bander. Elle sentit son membre pressé contre elle, et elle émit un gémissement guttural.

— Mouille, lui dit-il, bouche contre bouche.

— Oh Wally...

— Mouille, mouille.

— Oui !

Il l'entraîna dans la chambre en désordre, répétant le mot sans se lasser jusqu'à ce qu'elle se mette à lui arracher ses vêtements. Jusqu'à ce qu'il la sente se cambrer sous lui, frénétique, lui disant passionnément :

— Je t'aime, Wally. Je t'aime, je t'aime...

— Mouille, dit-il.

## NEUF HEURES QUARANTE – E. L. OXMAN

Avant d'aller à la Quatre-Vingt-Dix-Huitième Rue, il s'arrêta au commissariat pour prendre les instructions du Lieutenant Smiley. Deux reporters de la chronique criminelle, des vieux de la vieille, traînaient dans la salle de garde, et l'un d'eux essaya de coincer Oxman pour obtenir une déclaration. Oxman l'esquiva avec plus de courtoisie qu'il n'en avait envie et frappa au bureau de Manders.

Le lieutenant était de mauvais poil. Le Capitaine Burnham et le préfet le harcelaient, et pour se défouler, il engueula Oxman, exigeant des résultats. Il ne s'était rien passé pendant la nuit, comme Oxman l'avait déjà compris ; on l'aurait prévenu chez lui si quelque chose de positif ou de négatif était arrivé. La seule chose que Manders avait à lui apprendre, c'était que l'agent qui devait faire la planque était prêt à prendre son poste dans la Quatre-Vingt-Dix-Huitième Rue. Tobin le verrait un peu plus tard dans la matinée pour lui donner ses instructions. Artie était arrivé de bonne heure et était déjà à pied-d'œuvre.

Oxman quitta le commissariat et rejoignit son poste. Le soleil encore bas se reflétait dans les fenêtres des gratte-ciel bordant l'Hudson quand il gara sa voiture au milieu du bloc, derrière celle de Tobin. Pas trace d'Artie ; il avait une liste de gens à interroger, et c'était sans aucun doute à ça qu'il s'employait en ce moment. Il en restait quelques-uns aussi sur la liste d'Oxman, mais avant de les voir, il décida d'aller jeter un nouveau coup d'œil dans la ruelle où on avait retrouvé le corps de Simmons.

Entrant dans la ruelle, il vérifia machinalement les portes et les fenêtres du rez-de-chaussée. Les immeubles 1272 et 1274 étaient bien tenus et bien fermés. Au rez-de-chaussée et au premier, toutes les fenêtres étaient protégées par d'épais grillages noirs en fer émaillé.

Il s'arrêta pour considérer le tracé du corps de Simmons dont la craie commençait à s'effacer, et ressentit la même impression de tristesse et de futilité qui semblait s'attacher à tous les lieux où s'était commis un crime. Il secoua la tête et regarda vers le fond de la ruelle. Mais il n'y avait rien à voir ; les techniciens du labo l'avaient passé au peigne fin sans trouver le moindre indice.

Oxman allait retourner dans la rue quand s'ouvrit la porte du sous-sol du 1276, livrant passage au gardien, Richard Corales, qui sortait une poubelle. Corales était trapu, basané, avec un large visage latin, et était vêtu comme la première fois qu'Oxman l'avait interrogé — jeans, sandales et T-shirt jaune avec poche poitrine d'où sortait un paquet de cigarettes. Il vit Oxman, battit des paupières, et le mot « flic » s'inscrivit sur son visage charnu et buriné. Il fronça les sourcils.

— Bonjour, monsieur Corales, dit Oxman.

— Ouais. Ecoutez, j'ai du travail, vous voyez.

— Moi aussi. C'est pourquoi je suis ici.

— Je vous ai déjà dit tout ce que je sais. Je vais pas passer ma vie à répondre aux mêmes questions à la con.

L'hostilité du gardien contraria Oxman, comme la veille. Corales n'était pas un génie, c'était évident, mais ça n'excusait pas son attitude. Oxman décida de l'interroger encore. Cette hostilité signifiait peut-être que Corales avait quelque chose à cacher ; et même si ce n'était pas le cas, il avait peut-être omis intentionnellement de mentionner quelque chose d'important. Les gens qui n'aimaient pas la police n'étaient pas toujours aussi fiables ou aussi coopératifs qu'ils l'auraient pu.

— Si nous allions parler chez vous, monsieur Corales ? dit Oxman. Je ne vous retiendrai pas longtemps.

— Mais je vous ai déjà dit...

Oxman le regarda, l'œil dur :

— Je vous suis.

En entrant, Oxman embrassa du regard l'appartement de Corales ; la veille, il avait interrogé le gardien dans la chaufferie, où Corales faisait une réparation. Le logement était petit, modestement mais coquettement meublé. Sur une vieille table, un cendrier en métal, un bloc, un crayon et un paquet de cartes, comme si Corales attendait quelqu'un pour faire une partie.

Oxman s'assit devant la table.

— Redites-moi comment vous avez trouvé Martin Simmons.

Corales fit la grimace, mais s'exécuta. Il récita les faits comme s'il les avait appris par cœur. Pas de variation essentielle par rapport à sa première déclaration. Il avait sorti les poubelles dans la ruelle, remarqué le corps de Simmons, couché, face contre terre, contre le mur de l'immeuble voisin, le 1272, et l'avait regardé d'assez près pour constater qu'il était mort. Il n'avait pas touché le corps ni rien dérangé sur les lieux. Il était rentré chez lui et avait appelé la police qu'il avait attendue dans la ruelle. Personne d'autre n'était venu dans la ruelle avant l'arrivée de la première voiture de patrouille.

— Avez-vous entendu quelque chose pendant la nuit ? demanda Oxman. Une détonation, des voix, ou autre chose, dans la ruelle ?

— Non. Je n'ai rien entendu. Quand je dors, j'ai le sommeil lourd.

— Ces derniers temps, avez-vous vu quelqu'un traîner par ici qui n'était pas du quartier.

— Non, dit Corales. Je reste presque tout le temps dans l'immeuble. J'ai toujours quelque chose à faire, vous comprenez.

— Aviez-vous déjà vu Martin Simmons ?

— Jamais. Pas avant de le voir mort.

— Connaissiez-vous les deux victimes précédentes, Charles Unger et Peter Cheng ?

— J'avais aperçu le vieux plusieurs fois. Il était toujours bourré.

— Et Peter Cheng ?

— Non. Vous croyez que je connais tous les habitants du bloc ?

On frappa. Corales alla ouvrir la porte et dit : « Eh, Willie, comment ça va ? » d'un ton réjoui, et fit entrer un grand costaud mal fringué, aux poignets puissants, un sac en toile sur l'épaule. Ses cheveux en désordre retombaient sur son front haut.

Voyant Oxman, il repoussa ses cheveux en arrière et dit à Corales :

— Je te dérange, Richard ?

— Non. C'est encore un flic. Il en a plus pour longtemps.

Oxman se présenta. Le costaud hocha la tête.

— Bonjour, Inspecteur, dit-il. Moi, c'est Willie Lorsec.

— Willie est un bon copain à moi, dit Corales.

Sur son visage, l'hostilité avait fait place à un grand sourire de gosse.

— Il est chiffonnier.

— Brocanteur, corrigea Lorsec.

— Ouais, c'est ça. Willie et moi, on joue au gin-rami ensemble, dit Corales, élargissant encore son sourire. Hier, j'ai gagné dix-neuf parties de suite. C'est pas vrai, Willie ?

— Remarquable série, dit Lorsec.

— Ouais. Si je continue à gagner comme ça, on me mettra peut-être dans le *Guinness Book of World Records*. Nom d'un chien, ça serait quelque chose !

— Certainement, acquiesça Oxman.

— Pour sûr. Dites donc, Inspecteur, vous avez fini avec moi ? Willie et moi, on voudrait commencer la partie...

Le téléphone sonna.

— Merde, dit Corales. J'espère que c'est pas un locataire qu'a un problème.

Il alla décrocher le téléphone mural et répondit.

— Vous habitez le quartier n'est-ce pas, monsieur Lorsec ?

— Oui. Le bloc suivant.

— Alors vous êtes au courant des trois homicides.

— Oui. Tragique.

— Vous n'étiez pas dehors dans la nuit de mercredi à jeudi, par hasard ?

— Non, dit Lorsec. Je sors rarement le soir. Les rues sont trop dangereuses la nuit. Surtout en ce moment.

Oxman lui posa encore quelques questions, n'apprit rien de nouveau et nota son adresse pour le cas où il aurait besoin de revoir le chiffonnier.

Il laissa Corales et Lorsec à leur partie de rami et monta les quinze marches menant au rez-de-chaussée. Compter les marches, c'était une de ses manies ; il le faisait depuis que, jeune flic débutant, cette habitude lui avait permis de démonter un alibi bidon. Dans le hall, il s'arrêta, et son esprit s'envola vers Jennifer Crane.

Il n'avait aucune raison de retourner chez elle, après l'interrogatoire de la veille. Mais il avait pensé à elle toute la matinée, comme il avait pensé à elle le soir précédent. Il n'arrêtait pas de se répéter que ce serait une folie que d'aller la voir par pur intérêt personnel. Il avait un travail à faire, des vies étaient en jeu, et ce n'était pas le moment de donner libre cours à cette attirance dangereuse.

D'accord. Il consulta la liste des locataires qu'il avait mise dans sa poche de veston et prit l'ascenseur jusqu'au troisième, pour voir si Michele Butler était chez elle.

## DIX HEURES QUINZE – MICHELE BUTLER

Sur le perron, un sac d'épicerie dans les bras, elle fouillait maladroitement d'une main dans son sac pour trouver sa clé quand la porte s'ouvrit. Elle se retrouva nez à nez avec Marco Pollosetti. Elle cilla, stupéfaite. Elle eut envie de tourner les talons et de s'enfuir ; mais elle se ressaisit. *Du calme,* pensa-t-elle. *Ne lui montre surtout pas qu'il te fait peur.*

Marco lui sourit. C'était un petit rabougri d'à peu près son âge, aux dents jaunâtres et aux yeux bizarres — petits, durs et noirs, comme des billes d'agate dans de l'ivoire jauni. Son visage décharné afficha un air de connivence et un sourire concupiscent. Michele connaissait déjà cet air et ce sourire, qu'elle lui avait vus trois mois plus tôt quand elle l'avait rencontré à l'improviste dans le couloir moins d'une heure après avoir fauché plusieurs chaînes en or chez Altman's.

Il l'avait déjà draguée deux fois depuis son arrivée dans l'immeuble, et il avait encore essayé ce jour-là. Comme les autres fois, elle l'avait poliment découragé. Après avoir tourné la chose en plaisanterie, pour ménager son orgueil de mâle, il l'avait contournée, s'arrangeant pour la frôler au passage, et ce faisant, lui avait fait tomber son sac des mains, d'où les chaînes étaient sorties. Elle n'était pas allée directement les mettre au clou, cette fois-là, comme elle l'avait fait la veille pour la bague en rubis ; elle était trop nerveuse et elle était rentrée tout droit chez elle. Erreur qu'elle ne commettrait plus.

Il avait écarquillé les yeux en voyant les chaînes, encore munies de leurs étiquettes, que les bijoutiers retiraient toujours au moment où ils vendaient une pièce ; Marco devait le savoir. Marco s'était baissé pour l'aider à les remettre dans son sac, avec un air compréhensif qui se nuançait d'étonnement et de satisfaction.

— Il n'y a personne, ni vu ni connu, avait-il dit quand ils s'étaient relevés tous les deux. T'en fais pas.

— Pourquoi m'en faire ? avait rétorqué Michele, trop vite, trop provocante.

Marco avait haussé ses maigres épaules et, pour la première fois, avait pris cet air complice et ce sourire concupiscent. Il n'avait plus jamais reparlé des chaînes, ni ce jour-là ni un autre, mais il s'était fait plus pressant.

Elle n'avait pas peur qu'il la dénonce à la police. Elle était sûre qu'il se droguait et que pour cette raison, il était allergique aux flics. Et il n'avait rien à gagner.

Quand même, elle était contrariée qu'il connût son secret. Elle avait honte de voler, même si la fin justifiait les moyens, même si ça lui permettait de manger et de payer son loyer pendant qu'elle se concentrait sur des objectifs plus importants. Un homme comme Marco n'était sans doute pas capable de comprendre ces raisons. Elle avait honte, aussi, de ne plus accueillir ses avances par un refus poli mais sec ; maintenant, elle lui donnait à penser qu'un jour ou l'autre, elle accepterait une invitation. C'était un jeu détestable, et dangereux, en plus, et c'est pourquoi elle avait peur de lui. Et s'il forçait le dénouement ? Et s'il essayait de coucher avec elle ? Elle ne savait pas ce qu'elle ferait dans ce cas. Aussi l'évitait-elle le plus possible, en priant le ciel qu'il ne vienne pas un soir frapper à sa porte.

Maintenant, face à face avec lui sur le perron, elle sentit ses mains se mettre à trembler et devenir moites. Elle raffermit sa prise sur son sac et son épicerie. Il la dévisageait de ses yeux bizarres, mais elle évita son regard. Elle n'arrivait pas à se résigner à y lire son secret.

— Alors, mon cœur ? dit-il. On a fait les magasins ?

— Oui.

— Bonnes affaires aujourd'hui ?

— Qu'est-ce que tu veux dire ?

— Au supermarché, dit-il. Il y avait des promotions ?

Ce n'était pas à ça qu'il pensait, Michele en était sûre. Mon Dieu, pourquoi ne la laissait-il pas tranquille ? Elle avait l'estomac noué, comme si la peur la rongeait au ventre.

Mais elle était comédienne, et ce n'était pour elle qu'un rôle de plus à jouer. C'était la seule façon dont elle pouvait affronter des situations comme celle-là ; c'était la seule façon qui lui avait permis de se résoudre à voler. Elle s'obligea à sourire en le regardant dans les yeux, et mit une note d'intimité dans sa voix.

— Il faut vraiment que je me dépêche, Marco, dit-elle. J'ai une audition cet après-midi, et il faut que je me change.

— Ouais ? dit Marco. Quoi ? Une pièce d'avant-garde ?

— Oui.

— Toujours rien à Broadway, hein ?

— Ça viendra plus tard, dit-elle. J'aurai ma chance.

— Sûr. Moi aussi.

— C'est bien vrai. On est très bien tous les deux, dans notre partie.

— T'as pas idée comme je suis bien, mon cœur, dit Marco d'un ton lubrique.

Mais Michele fit semblant de ne pas comprendre. Maintenant, elle s'était mise dans la peau de son personnage. Ses mains ne tremblaient plus, et sa boule à l'estomac avait presque disparu.

— Non, aucune idée. Je ne vous ai jamais entendu jouer, ni toi ni ton orchestre.

— Tu ne sais pas ce que tu manques. Viens au Jazz Heaven un de ces jours. Je te ferai réserver une table juste devant.

— Oui... un de ces jours peut-être.

Il se remit à sourire.

— J'espère que tu auras le rôle aujourd'hui. Faut bien payer le loyer, hein ? Et ça fait un bout de temps que tu n'as pas bossé.

— Pécuniairement, ça va. Mes parents m'envoient quelque chose de temps en temps.

— Naturlich, dit Marco, toujours souriant. A bientôt.

— A bientôt.

De la main, il lui fit un salut désinvolte et descendit le perron. Michele poussa un soupir, tourna le dos à la chaussée et se remit à chercher sa clé dans son sac.

En haut, dans son appartement spartiate, elle posa son épicerie sur le comptoir de la cuisine. Nerveuse, elle rangea ses provisions, puis se versa un verre de lait. Elle n'avait pas d'audition aujourd'hui ; elle avait menti à Marco. Mais si on avait appelé pendant son absence ? Elle n'avait pas envie de sortir, mais elle avait faim et elle n'avait plus rien. Elle n'avait pas mis plus de vingt minutes pour faire ses courses. Quand même, son impresario lui avait peut-être téléphoné pour lui proposer une autre audition...

Elle entra vivement dans le séjour et s'approcha du téléphone posé sur le coffre chinois, cadeau d'un de ses ex. Le combiné à la main, elle commençait à composer le numéro quand on sonna.

Le son la fit sursauter, puis froncer les sourcils. Qui ça pouvait bien être ? Encore Marco, qui revenait la tourmenter ? A regret, elle reposa le combiné et gagna la porte. Elle appliqua son œil contre le judas qui lui permettait de voir presque tout le couloir.

Un grand blond en complet, d'une quarantaine d'années, attendait devant chez elle. Elle ne l'avait jamais vu. Comment était-il entré dans l'immeuble ? Les visiteurs étaient censés sonner en bas...

— Oui ? dit-elle à travers la porte. Qu'est-ce que c'est ?

L'homme tira quelque chose de sa poche de veston et le

leva devant le judas pour qu'elle voie ce que c'était. Un insigne. Un insigne de policier.

— Inspecteur Oxman. Vingt-Quatrième District, dit-il. J'aimerais vous poser quelques questions, Miss Butler, si vous permettez.

Elle tressaillit de peur. La police ! Avait-on découvert le vol de la bague de rubis ? L'inspecteur venait-il l'arrêter ?

— Miss Butler ?

— Qu'est-ce que vous voulez ? Pourquoi m'interroger ?

— J'enquête sur l'homicide survenu dans la nuit de jeudi à vendredi, dit-il. Je n'ai que quelques questions à vous poser.

La peur fit brusquement place au soulagement. Le meurtre — évidemment. La police devait interroger tous les habitants du bloc ; ils avaient fait la même chose, les deux premières fois. Elle n'y avait pas pensé, parce qu'elle n'avait pas la conscience tranquille. Elle n'avait rien à craindre de cet inspecteur, rien du tout.

Michele composa son visage. *C'est un rôle,* se dit-elle, *c'est tout ; juste un rôle de plus à jouer.* Elle ôta la chaîne, tourna le verrou, prit un air à la fois soucieux et grave et ouvrit la porte.

— Entrez, Inspecteur. Excusez-moi de vous avoir fait attendre.

— Je vous en prie, dit Oxman.

Il entra, embrassant du regard les gravures orientales au mur, le coffre chinois, le rideau de perles divisant la pièce, puis il se tourna vers elle qui finissait de refermer la porte.

— Désolé de vous déranger. Je suis venu hier, mais vous étiez sortie.

— Oui, je n'ai pas été là de la journée. J'avais une audition dans le Village. Je suis comédienne, vous comprenez.

— Ah.

— Oui. Vous voulez vous asseoir ?

— Merci.

— Vous prendrez quelque chose ? Un café ?

— Non, rien, merci.

Il attendit qu'elle se fût assise sur le canapé et prit un fauteuil en face d'elle. Ses questions étaient simples et directes — avait-elle vu ou entendu quelque chose d'inhabituel dans la nuit de jeudi à vendredi, avait-elle vu des étrangers dans le bloc, avait-elle remarqué quelqu'un se comportant bizarrement, connaissait-elle l'une des trois victimes. Et en y répondant, elle s'aperçut qu'elle se détendait. Elle ne se serait jamais crue capable de rester aussi calme en parlant à un flic, le lendemain du jour où elle avait volé une bague en rubis. C'étaient le talent et l'expérience qui lui permettaient de se comporter ainsi.

*Je suis vraiment bonne,* se dit-elle. *Vraiment.*

## DIX HEURES CINQUANTE – ART TOBIN

Le flic qui devait faire la planque s'appelait Jack Kennebank. Frisant la trentaine, il avait les cheveux longs et la barbe en broussaille, portait des jeans crasseux, un T-shirt crasseux décoré de l'inscription *Fordham University*, et il puait. Dès que Tobin fut assis en face de lui, dans la cafétéria d'Amsterdam Avenue, il commença à en percevoir ses effluves par-dessus la table, mélange de sueur, d'haleine fétide et de fringues dégueulasses, ce qui incommoda Tobin au point qu'il se mit à respirer par la bouche.

L'odeur, c'était une des raisons pour lesquelles il n'aimait pas Kennebank, mais ce n'était pas la principale. La raison principale, c'est que le môme était un cow-boy. Kennebank était flic depuis six ans, dont les deux derniers en civil pour faire des planques, et il avait déjà été mêlé à trois fusillades, une attaque au couteau, une bagarre de bar et une poursuite à moto pour rattraper un dealer. Et il avait tué deux hommes pendant le service. Il se prenait pour Superflic, Croisé puant du crime. Il attirait la violence comme la merde attire les mouches.

Tobin détestait les cow-boys. Il détestait l'extrémisme sous toutes ses formes, et les Superflics étaient des extrémistes ; ils secouaient le cocotier, faisaient les quatre cents coups, et finissaient souvent par se faire tuer ou estropier, tout en compliquant la vie des flics qui faisaient un meilleur boulot en travaillant à l'intérieur du système.

— Tu fleures la poubelle, dit Tobin. Ça rime à quoi, Jack ?

Kennebank haussa les épaules.

— Pour l'image. Je suis censé jouer les camés, non ?

— Si la situation l'exige. Mais ce n'est pas la peine de tant forcer la note. Dans ce bloc, il n'y a presque que des petits-bourgeois, Jack. A te voir fringué comme ça, à te sentir, les gens vont se sauver à toutes jambes. Et comment veux-tu découvrir quelque chose si tu n'arrives même pas à leur parler ?

— Je croyais qu'on recherchait un dingue, dit Kennebank en fronçant les sourcils.

— C'est probable. Mais qu'est-ce que ça a à voir avec ta tenue ? Avec ton odeur ?

— Ben, je me suis dit que c'était sans doute un marginal. Qui se shoote à mort, peut-être. Je fais mieux dans le tableau comme ça, plus facile d'établir des contacts. Merde, je l'ai déjà fait des douzaines de fois.

Tobin le dévisagea. Ces cow-boys — merde ! Kennebank était un cas extrême, d'accord ; toute sa cervelle s'était concentrée dans ses couilles. Pour lui, tous les crimes commis dans la ville avaient un rapport avec la drogue. Et toute personne qui en effaçait une autre avait des relations dans le milieu.

Mais si Tobin avait appris une chose au cours de ses trente-deux ans de police, c'était la patience. Il dit donc d'un ton patient :

— Le dingue peut être n'importe qui, Jack. N'importe qui habitant ce bloc ; n'importe qui dans Manhattan. Une petite vieille qui presse la détente parce qu'elle a cru voir des Martiens.

— Alors, tu ne penses pas que ces meurtres ont un rapport avec la drogue ?

— Nous n'avons rien découvert en ce sens. Tu as lu les rapports, non ? Absolument rien sur la drogue dans le passé des trois victimes.

— Le dingue pourrait quand même être un camé, s'obstina Kennebank.

Tobin commençait à perdre patience, mais il fit un effort pour se dominer. *Je me trouve en présence d'un stéréotype racial inversé,* pensa-t-il. *Un Noir intelligent, symbole d'autorité, essayant de se faire comprendre d'un Blanc minable, têtu et pas fute-fute — un nègre blanc, merde.* Les nègres blancs, c'étaient les pires. Il en avait connu, dans sa vie ; il les connaissait comme sa poche, assez pour écrire un livre intitulé *Le Nègre Blanc à New York.* Le seul problème : qui accepterait de le publier ?

— Si tu as des idées préconçues sur l'affaire, Jack, dit-il lentement, tu n'es peut-être pas l'homme de la situation. Je devrais peut-être demander au lieutenant de nous envoyer quelqu'un d'autre.

Kennebank fronça de nouveau les sourcils, l'air ulcéré.

— Je n'ai pas d'idées préconçues.

— Alors pourquoi tout le temps remettre la drogue sur le tapis ?

— Mais je ne remets pas la drogue sur le tapis. Je pensais seulement...

— Ne pense pas, Jack, dit Tobin. Fais ce qu'on te dit et surtout pas de vagues, c'est tout. Ne joue pas au cow-boy.

Kennebank se hérissa.

— Je ne joue pas au cow-boy.

*Oh si,* pensa Tobin. Mais il garda sa réflexion pour lui et dit à la place :

— Evite les emmerdes. Si tu tombes sur une histoire de drogue, rédige un rapport ; pas d'arrestation. Nous recherchons un dingue qui a tué trois hommes, et personne d'autre. Compris ?

— Ouais, dit Kennebank. Compris.

— Parfait. Maintenant, où habites-tu ?

— Le lieutenant a pris des mesures pour que j'occupe un appartement libre au 1240 Quatre-Vingt-Dix-Huitième Rue Ouest...

— Ça, je le sais. Ce n'est pas ce que je voulais dire. Où se trouve ton appartement, à toi ?

Nouveau froncement de sourcils.

— Dans le Village. Sur Perry. Pourquoi ?

— Parce que je veux que tu sautes dans un taxi et que tu rentres prendre un bain et te changer. Taille aussi un peu ta barbe. Apparence discrète, Jack, voilà ce que je veux.

L'idée déplut fortement à Kennebank. Tobin le vit fulminer intérieurement, envisageant peut-être de présenter une plainte officielle au Lieutenant Smiley. Mais il n'en ferait rien. Il était ambitieux, et il savait que le lieutenant avait donné carte blanche à Tobin et Oxman pour cette affaire. Tobin suivit sur son visage sa lutte intérieure, qui se termina par l'acceptation de la situation. Le visage barbu reprit une expression neutre et Kennebank haussa les épaules.

— D'accord, dit-il. Si c'est ça que tu veux.

— C'est ça que je veux. Je veux aussi que tu nous contactes, moi ou Oxman, si tu trouves quelque chose de prometteur. Ne suis pas une piste tout seul avant de nous en référer. N'affronte personne, ne révèle ton identité à personne. Des yeux et des oreilles, voilà ce que tu dois être, c'est tout.

— D'accord. C'est assez clair.

Tobin hocha la tête. *J'espère,* se dit-il. *J'espère.*

Quand le cow-boy fut parti, Tobin alla se chercher un autre café qu'il emporta à une autre table, pour échapper aux effluves persistants que Kennebank avait laissés derrière lui. Ça ne lui plaisait toujours pas d'avoir Kennebank — lavé ou pas — dans le bloc. Il aurait préféré quelqu'un d'autre, mais le Lieutenant Smiley lui avait dit que c'était le seul disponible. A ce moment-là, Kennebank n'était pas arrivé à la boîte, et il n'était toujours pas là quand Tobin était parti pour la Quatre-Vingt-Dix-Huitième Rue. C'est pour ça que Tobin l'avait rencontré à la cafétéria. Sinon, il aurait tout réglé au commissariat.

Temps perdu. Tobin détestait aussi perdre son temps. Il

réalisait qu'il détestait des tas de choses — trop, peut-être. Mais il les gardait pour lui. C'était son père qui lui avait appris ça. Son père : voilà un homme qui savait vraiment haïr : le monde des Blancs et les préjugés des Blancs qui l'avaient forcé à travailler comme concierge, à habiter un logement infesté de cafards. Tobin détestait tout ça, lui aussi, mais au lieu de laisser la haine le ronger de l'intérieur et le transformer en un poivrot plein d'amertume mort à quarante-neuf ans, il s'était mis en devoir de corriger la situation. Il avait adhéré à l'Association pour l'Avancement des Personnes de Couleur et était entré dans la police. Changer les choses de l'intérieur, telle était sa philosophie. Certains l'accusaient d'être un Oncle Tom, de s'être vendu aux Blancs, mais rien n'était plus faux. Il n'avait jamais été un Oncle Tom, n'avait jamais plié devant les préjugés, n'avait jamais accepter de compromis ni sur lui-même ni sur ses idées. Il s'était servi des Blancs, les avait fait servir à son bénéfice, et, par extension, au bénéfice de sa race. Et c'était pour ça qu'il était un homme fier et un bon flic.

Il termina son café, toujours inquiet au sujet de ce connard de Kennebank, puis quitta la cafétéria pour aller rejoindre Elliot Leroy.

## LES CASSETTES COLLIER

Qui suis-je ?

Qui est Lewis B. Collier ?

Un jour peut-être, après ma mort — car même les dieux doivent éventuellement périr — ces cassettes seront-elles portées à la connaissance du public. C'est avec cette possibilité en tête que j'entreprends maintenant de répondre à cette question essentielle : qui suis-je ?

Nous commencerons par considérer X, le célèbre poète américain, fou et maintenant mort. Je l'appellerai toujours X. Tous les poètes sont X. Ils découvrent cela lentement et douloureusement, mais moi, je l'avais deviné dès le départ et j'ai procédé avec prudence.

X commença sa carrière universitaire à l'âge de trente-deux ans, comme assistant à Harvard, et, en l'espace de trois ans, fut titularisé et nommé maître de conférences. C'était impressionnant, et d'autant plus qu'X n'avait aucun diplôme supérieur. Bien entendu, c'était dans les années quarante, époque où les universités se montraient moins exigeantes.

Cinq ans plus tard, dans des circonstances plutôt pénibles, X démissionna et fut engagé à l'Université du Michigan comme maître de conférences. L'accompagna la tentatrice rousse, cause de ses malheurs à Harvard. Au Michigan, X manqua la titularisation d'un cheveu après une période probatoire de trois ans, et subséquemment partit exercer à l'Université de l'Iowa, en tant que maître de conférences. A cette époque, la boisson avait commencé à l'affecter visiblement et tragiquement, et il avait échangé la rousse pour une blonde, deux brunes, et enfin, un étudiant barbu. X quitta l'Iowa et alla exercer à l'Université de l'Alabama, avec un contrat de trois ans. Trois ans et plusieurs centaines de bouteilles de whisky plus tard, il fit une cure de désintoxication à Drexel. Puis il alla à Colby College, comme assistant du chef du département de Création Littéraire.

A cette époque, X n'était plus ni jeune, ni poète prometteur. Il était revenu à ses deux vrais amours — une autre rousse et le gin.

Au début des années soixante, après s'être fait renvoyer de Colby College avec perte et fracas, X se retrouva assistant à l'annexe de l'Université de New York, chargé d'un cours du soir en Création Littéraire. Puis — et bien des gens doivent s'en souvenir — X termina sa descente aux enfers de façon spectaculaire, en s'immolant avec sa compagne dans un hôtel de Times Square.

Mais l'expérience d'X m'avait servi ; je fis serment de devenir un poète d'une autre sorte. Je pensais comprendre le problème. Restant au niveau de l'assistant, on ne risquait pas de tomber plus bas et on tendait à se créer moins d'ennuis ; on restait aussi en dehors des intrigues universitaires, et, contrairement à X, on n'avait de comptes à rendre à personne sur sa vie privée.

J'obtins donc une maîtrise, et m'installai dans ce qui m'apparaissait comme le sous-sol de la vie universitaire. Je m'étais fixé des règles modestes mais absolues. Et là était la clé. Le problème d'X, c'est qu'il avait été un poète prometteur et un alcoolique classique, un aventurier sexuel orthodoxe sinon précis. Il ne s'était fixé aucune règle, ni pour sa poésie ni pour sa vie sexuelle ou professionnelle, et cela avait fini par le détruire.

Je passais mon temps à noter les devoirs des étudiants de première année, rédigés par des jeunes des classes laborieuses qui ne pensaient qu'à l'informatique, et je travaillais à mon roman tout en vivant modestement.

Je pensais avoir ma vie bien en main.

Toutefois, je commis quand même deux fautes.

L'une fut de ne pas prévoir que le gouvernement fédéral couperait les fonds de la plupart des programmes pour lesquels je travaillais. L'autre, ce fut Darlène.

J'aurais pu survivre à la contraction des universités, mais Darlène était absolument au-dessus de mes forces. C'était une passionnée, aspirant à se réaliser dans la création. Peu après notre mariage, elle tomba enceinte, se fit avorter, m'informa *ex post facto* de ces deux faits. Elle m'informa aussi que j'étais, entre autres choses, un cochon, un menteur et un exploiteur, et nous quitta, moi et la mégapole new-yorkaise, pour vivre dans une communauté féministe de San Francisco. Des années plus tard, la communauté fit la une du *Times* quand on découvrit qu'elle servait de refuge à plusieurs rescapés des années soixante qui y avaient établi une fabrique de bombes. Darlène figurait au nombre des prévenus. Mais c'était son problème, pas le mien.

Mon problème, c'est que ma candidature à un poste à l'Ecole d'Etudes Générales de l'Université de Columbia avait été refusée, et qu'un programme fédéral pour l'enseignement des arts, fondé par l'intermédiaire de l'Université de New York, ne renouvela pas mon contrat de six mois. Autrement dit, j'étais sans emploi, et partant, passablement amer.

C'est l'argent de ma mère qui me sauva. Elle en avait secrètement accumulé à mon nom à la New York Chemical Bank, comme elle avait secrètement accumulé l'amour dans le coffre-fort de son cœur jusqu'à sa mort, et, pour mon trente-cinquième anniversaire, je reçus une fortune suffisante pour me mettre à l'abri de tous soucis pécuniaires pendant de nombreuses années. Celle qui avait été la première des rousses de X et avait avec lui semé la graine de ce qui devait devenir Lewis B. Collier, avait prévu la dissolution et le malheur qui menace tous les poètes, et assuré mon avenir.

Après avoir pris possession de mon héritage, je cessai d'envoyer des curriculum vitae aux universités et d'étudier les annonces du *Times* proposant des postes universitaires. J'emménageai dans ce gratte-ciel du mauvais côté de l'Hudson. Comme X, je me mis à boire. Comme X, je commençai à m'atrophier.

Puis, un beau jour, écoutant une impulsion dont je sais maintenant qu'elle m'était envoyée par le destin, j'achetai un télescope exposé dans la vitrine d'une de ces boutiques difficilement définissables de la Cinquante-Septième Rue Est.

Peu après, je réalisai que je n'étais pas, comme X, devenu célèbre dans les milieux académiques par sa longue descente aux enfers de l'oubli. X était tombé de haut sans apprendre grand-chose ; moi, en revanche, j'avais évolué à l'intérieur d'étroites limites, mais beaucoup appris.

Contrairement à X, je ne me suis pas réduit à rien ni ne m'y réduirai. Ce n'est pas la mort que j'embrasse, qui me fascine. Le plaisir que je prends à donner la mort aux méchants est tout à fait indépendant des sensations que j'éprouve pendant et après l'acte. Seuls les plus mesquins des mortels penseraient autrement. Ce n'est pas que la mort de Charles Unger m'ait fait découvrir que je jouissais de mettre fin à la vie — avec l'absorption sensuelle de l'impuissant par le puissant, l'ultime communication avec la victime.

Non, pas du tout. Contrairement à X, dont la poésie a pour objet les futiles, les impuissants et les damnés, je suis capable de jouer non seulement ma destinée mais encore la destinée des autres. Parce que, contrairement à X, *je suis* la destinée.

J'ai été métamorphosé, et il m'a été dévolu une liberté et une autorité véritables et totales.

Je ne tue pas par plaisir.

Je l'ai prouvé, n'est-ce pas ?

## MIDI TRENTE-CINQ – MARIAN SINGER

Elle n'était pas allée à Brooklyn chez sa sœur ; elle avait menti à Wally, son premier mensonge important. Elle était allée chez Otto Kreig, dans le Village, Neuvième Rue Est.

Marian n'avait jamais fait ça, pas une seule fois depuis le temps qu'elle était mariée, et elle était très nerveuse. Sa fidélité n'avait rien à voir avec la morale — elle avait pas mal batifolé quand elle était étudiante — ni rien à voir avec ce qu'on doit à un mari. Dieu sait qu'il lui avait fourni assez d'excuses, avec la façon dont il la maltraitait, dont il ignorait ses besoins physiques et sentimentaux, sans compter que dans les meilleures circonstances, il ne faisait pas très bien l'amour. Non, elle lui était restée fidèle tout simplement parce qu'elle n'avait rencontré personne qui l'intéressât. Après, elle s'était mise à grossir et... elle avait eu peur d'être rejetée. Elle doutait qu'un homme puisse désirer une femme approchant de la quarantaine, trop grosse et aux seins qui commençaient à s'avachir.

Puis elle avait découvert que Wally fricotait avec une autre, cette salope aux yeux de biche d'en face. Une fois, elle les avait vus ensemble à Riverside Park, la main dans la main et se bécotant en marchant. D'abord, elle s'était sentie blessée, puis furieuse, enfin résignée. Qu'est-ce qu'elle aurait gagné à avoir une explication ? Il serait peut-être parti, comme il menaçait de le faire depuis des années, et qu'est-ce qu'elle ferait ? Elle avait besoin d'un homme, même d'un minable comme Wally. Trop de temps avait passé depuis son mariage ; elle ne saurait plus vivre seule. Elle avait donc décidé de fermer les yeux, de laisser les choses suivre leur cours. Wally savait où était son intérêt. Il ne l'abandonnerait pas volontairement pour une vulgaire serveuse, sans argent et sans avenir.

Même au courant de sa liaison, elle lui serait restée fidèle si elle n'avait pas rencontré Otto quinze jours plus tard, à l'exposition d'un célèbre sculpteur, à laquelle elle était allée seule parce que ça n'intéressait pas Wally. Otto était un Allemand de Düsseldorf, installé à New York depuis quelques années — grand costaud d'une quarantaine d'années, avec des mains énormes, des yeux bleus et tristes et un sourire avenant. Il était sculpteur comme elle, mais contrairement à elle, il n'avait pas à gagner sa vie, ayant une fortune personnelle. Son père était un prospère industriel de l'ameublement. Ce jour-là, Otto lui avait manifesté un intérêt surprenant, et plus tard, quand elle avait apporté chez lui quelques échantillons de ses œuvres, il avait manifesté un intérêt tout aussi surprenant pour son travail.

Une affinité réciproque était née entre eux. Elle était flattée de ses attentions et de ses louanges. Il était si gentil, si doux, si modeste à propos de son œuvre — trop modeste, trouvait-elle. Ses sculptures, représentant pour la plupart des animaux entourés d'une aura de tristesse, étaient peut-être un peu frustes, mais témoignaient d'une sensibilité qu'elle n'avait jamais été capable d'exprimer dans ses pièces abstraites et commerciales.

Au début, ses sentiments pour Otto n'avaient rien de sexuel. Puis, une nuit, elle avait fait un rêve érotique à son sujet, et après ça, elle s'était plusieurs fois surprise à se demander quel effet ça lui ferait de coucher avec lui. Mais il ne lui avait jamais fait d'avances, ne l'avait jamais touchée, se comportant toujours en parfait gentleman. Et, bien entendu, elle n'arriverait jamais à prendre l'initiative. Quand elle le voyait — parfois chez lui pour le café, ou dans un petit restaurant du Village — ils parlaient de leur art, de choses et d'autres. De temps en temps, il semblait la regarder autrement, comme si, lui aussi, souhaitait qu'il y eût quelque chose de plus entre eux, mais elle n'en était pas sûre. Elle n'arrêtait pas de se répéter que ses rêves étaient idiots et infantiles, divagations classiques d'une femme mûrissante et insatisfaite, presque risible. Elle avait de la chance d'avoir un ami comme Otto, et elle ne pouvait espérer de lui autre chose que de l'amitié.

Tout cela avait changé le matin même. Elle s'était réveillée près de Wally, l'avait regardé ronfler à son côté, et toutes les choses désagréables qu'il lui avait dites la veille lui étaient revenues ; puis elle avait pensé à tous ces meurtres survenus dans le bloc, à la peur qu'elle réprimait et qu'elle lisait sur les visages de tous les voisins. Le désir irrépressible de s'éloigner de tout ça, de s'éloigner de Wally, s'était emparé d'elle, suivi du besoin aigu de voir Otto. Dès que Wally s'était réveillé, elle avait inventé l'histoire de la visite à sa sœur, quitté l'appartement et pris le métro pour aller au Village.

Otto avait paru agréablement étonné de sa visite surprise. Il lui avait fait un petit déjeuner — crêpes et saucisses — l'avait écoutée raconter ses peurs, l'avait réconfortée. Après, elle se sentait mieux et avait demandé à voir sa dernière sculpture. Maintenant, ils étaient dans son atelier, sous la verrière, debout tout près l'un de l'autre mais sans se toucher, et ils regardaient le faune aux yeux tristes, encore à l'état d'ébauche.

Quand enfin il se tourna vers elle, ses yeux avaient la même expression que ceux du faune, mais avec quelque chose de plus, quelque chose de profond et tendre.

— *Liebchen,* murmura-t-il.

Elle n'en croyait pas ses oreilles. *Chérie,* il avait dit *chérie,* en allemand. Wally ne lui avait jamais dit chérie ; il ne lui avait jamais dit autre chose que mégère et grosse vache. Elle eut l'impression de fondre, et sans savoir comment, elle se retrouva blottie dans ses bras, en train de l'embrasser.

Quand le baiser prit fin, elle tremblait de crainte, de tension et de désir.

— Otto, murmura-t-elle, prends-moi...

— Non. Non, Marian.

D'abord, elle pensa qu'il la rejetait. Elle était trop grosse, personne ne l'aimait, il avait toléré qu'elle l'embrasse par pitié... pensées lugubres qui lui rendirent la rigidité d'une de ses statues abstraites. Mais les grandes mains d'Otto restèrent sur ses épaules — tendres, si tendres. Et il lui chuchotait à l'oreille des choses qu'elle avait du mal à croire.

— Je te désire tant, disait-il, mais pas comme ça. Tu es bouleversée, *meine Teure,* et tu te tournes vers moi uniquement parce que tu es angoissée. Ce n'est pas moi, Otto Kreig, que tu désires...

— Mais si, Otto, *c'est* toi.

— J'ai bien peur que non.

— Peur ?

— Chère Marian, *schöne* Marian... Je te veux pour toujours, pas juste pour aujourd'hui. Je... je t'aime.

Sa raideur disparut tout d'un coup, de même que ses doutes sur Otto et sur l'instant qu'elle venait de vivre. C'était vrai, ce qu'il avait dit, et elle s'en sentit toute molle et un peu effrayée. C'est ce qu'elle avait désiré toute sa vie, seulement ça. La tendresse, la gentillesse, l'affection profonde, tout ce que Wally ne lui avait jamais donné, tout ce qu'elle n'avait jamais connu et n'espérait jamais connaître.

— Oui, dit-elle, sanglotant maintenant. Aime-moi, s'il te plaît, aime-moi...

## TREIZE HEURES – E. L. OXMAN

Il passa les vingt dernières minutes de son heure du déjeuner à comparer ses notes à celles de Tobin. Ni l'un ni l'autre n'avait rien trouvé de nouveau ; ils avaient parlé à tout le monde, mais ils n'avaient parlé qu'à des murs. Ce n'était pas une conspiration du silence, un refus des gens de collaborer avec la police. Tout simplement, personne ne savait rien.

Juste avant de se séparer, Oxman téléphona au Lieutenant Smiley pour voir s'il avait du nouveau. L'ordinateur avait trouvé quelques individus, criminels ou malades mentaux, ayant autrefois habité le bloc, et une autre équipe d'inspecteurs enquêtait sur eux. Mais aucun ne semblait prometteur. Ça risquait d'être un coup d'épée dans l'eau, pensa Oxman. Pourquoi un ex-résident de la Quatre-Vingt-Dix-Huitième Rue aurait-il soudain décidé de se mettre à abattre les gens de son ancien quartier ?

Oxman revint dans le bloc, hésita devant le 1276, puis monta les sept marches menant au perron. Il parcourut rapidement les noms de la rangée de boîtes à lettres, mais il savait celui qu'il cherchait bien avant de le lire sur la carte : *2-D Jennifer Crane.*

Toute la matinée, il avait combattu le désir de la revoir. Mais c'était une bataille perdue d'avance. L'attirance était née et bien réelle, merde ; elle était puissante et il ne pouvait la nier. C'était une femme désirable, que son vernis glacial de New-Yorkaise rendait peut-être plus désirable encore. Et il était certain de ne pas lui être indifférent non plus ; il l'avait vu dans le mystère de ses yeux bleu-vert, il l'avait entendu dans sa voix quand elle lui avait demandé s'il reviendrait l'interroger, il l'avait senti dans sa façon de se tenir tout près de lui pour lui ouvrir la porte.

Mais qu'était-ce, en vérité, que cette attirance mutuelle ? Une attirance physique, voilà tout. S'il y avait une suite, ce ne serait rien de plus que quelques galipettes.

Trop longtemps privé de sexe, c'était ça son problème. Depuis quand n'avait-il pas fait l'amour ? Un mois ? Trop long pour un homme de son âge. Qui pouvait le critiquer s'il couchait avec une autre, avec une femme comme Jennifer Crane ?

Il connaissait la réponse. Beth le critiquerait, de même que la police des polices et le conseil de la police. Beth avec ses migraines intolérables et inexplicables, qui lui coûtaient des centaines de dollars en soins médicaux, tout en l'obligeant à mener une vie de moine. La police des polices, avec ses règles sur la morale policière — s'ils découvraient dans la conduite d'Oxman quelque chose de contraire à l'éthique de la profession, ils recommanderaient au conseil qu'on le mette en disponibilité, sans traitement.

Donc, pas de bêtises avec Jennifer Crane, pensa-t-il. Même jouer avec cette idée était stupide. Jamais, pas une seule fois en dix-neuf ans de mariage, il n'avait trompé sa femme. A quoi ça rimait de commencer maintenant ?

Il s'obligea à regarder de plus près les autres noms sur la rangée de boîtes à lettres. Royce, Munoz, Hiller, Pollosetti, Singer, Coombs, Butler, Hayfield. Il les avait déjà tous interrogés, ou si ce n'était pas lui, c'était Tobin. Inutile de revenir les embêter, inutile de repasser sur un terrain stérile qui n'avait rien donné.

*2-D Jennifer Crane.*

Elle n'est sans doute même pas chez elle, pensa-t-il, partie à *Vogue* pour une autre série de réunions. Puis, malgré lui et malgré tous les arguments contre, il tendit la main et, presque violemment, enfonça le bouton près de son nom.

Trente secondes passèrent. Il allait s'en aller, avec un vague sentiment de soulagement, quand il y eut un déclic dans l'interphone et il entendit sa voix :

— Qui est là ?

— Inspecteur Oxman, dit-il. Je peux monter ?

Pause presque imperceptible. Puis :

— Bien sûr.

Et la porte se mit à bourdonner.

Jennifer lui ouvrit immédiatement après qu'il eut frappé. Comme la veille, Oxman l'évalua d'un œil tout professionnel. Elle était séduisante, pas de doute : visage aux traits fins et bien dessinés, longs cheveux auburn, épaules étroites et gracieuses, seins généreux, corps svelte de danseuse — mais ses mollets n'étaient pas des mollets de danseuse, bien galbés, mais pas trop musclés. Elle portait des jeans roulés jusque sous les genoux, et un corsage vert clair aux trois derniers boutons défaits. Elle n'avait pas de soutien-gorge et les rondeurs de ses seins étaient bien dessinées sous l'étoffe. Il se demanda si elle portait toujours son chemisier comme ça ou si elle en avait déboutonné le haut à son intention.

— Entrez, E. L., dit-elle.

Elle souriait, mais d'un sourire impénétrable, qui ne révélait rien de ce qui se passait en elle.

— Ça ne vous fait rien si je vous appelle E. L. ?

— Non, dit-il. Ça ne fait rien.

Elle referma la porte et donna un tour de clé.

— Asseyez-vous si vous voulez.

Elle avait trente-et-un ans, d'après ce qu'elle avait déclaré à Gaines et Holroyd, mais elle aurait pu en avoir vingt-et-un ; seuls ses yeux trahissaient son âge, des yeux froids dont le vert accentué par le vert de son corsage brillaient comme la mer. Des yeux vieux, des yeux sages, faussement placides. Qu'est-ce qui se cachait sous cette calme surface ? se demanda Oxman. Il savait ce que cette ville pouvait faire à une jeune femme comme elle ; la destruction pouvait être insidieuse, mais totale. Et pourtant, cela ne faisait qu'ajouter à son allure, à l'aura de sensualité glaciale qui émanait d'elle.

De nouveau, elle lui sourit. Quand elle souriait, elle se métamorphosait. Sa froideur semblait s'atténuer ; elle paraissait plus âgée, plus proche de son âge véritable, mais moins dure et beaucoup plus séduisante.

— Pourquoi vouliez-vous me revoir ? demanda-t-elle.

— Encore quelques questions, dit-il vaguement.

Il se sentait gêné d'être là avec elle, gêné sous l'acuité de son regard. *Elle sait ce que je ressens,* se dit-il. *Elle sait.*

— Avez-vous trouvé du nouveau sur ces meurtres ?

— Pas encore. Non. Je me suis dit que vous vous seriez peut-être rappelé quelque chose que vous auriez oublié hier.

— J'ai bien peur que non.

Oxman changea de position ; le canapé était confortable, mais pas pour lui.

— Vous avez l'air bien reposée, dit-il. Vous n'avez pas eu de mal à dormir la nuit dernière ?

— Pas vraiment. J'aurais dû ?

— Si vous aviez le moindre sentiment pour Simmons, vous auriez pu.

— Je vous l'ai dit hier, je le connaissais à peine.

— Mais vous aviez eu des rapports intimes quelques minutes avant sa mort.

— Vous n'avez pas besoin de connaître quelqu'un pour faire l'amour avec lui, dit Jennifer. Le sexe est simple affaire de biologie. Ou seriez-vous vieux jeu dans ce domaine ?

— Peut-être.

— Dommage.

— Pourquoi dommage ?

Elle haussa les épaules.

— Je préfère les hommes aux idées plus modernes.

Elle engage le fer, pensa Oxman. Cela lui déplut ; il

n'aimait pas les femmes qui prenaient l'initiative. Et pourtant, de façon perverse, cela l'excita aussi parce qu'il sentit le but caché de l'offensive, l'invitation ouverte. Puis l'excitation le mit en colère, contre lui et contre elle.

Il dit, un peu sèchement :

— Et le remords ? Vous ne ressentez rien non plus dans ce secteur ?

Une lueur passa dans ses yeux, derrière son masque, mais trop brève pour qu'il puisse l'interpréter.

— Pourquoi aurais-je des remords ?

— Simmons serait en vie à l'heure actuelle si vous lui aviez laissé passer la nuit avec vous, dit Oxman. Ou si vous aviez commencé par ne pas le ramener ici.

— Si j'avais eu la moindre idée de ce qui allait se passer, je ne l'aurais certainement pas ramené ici, et je ne lui aurais pas non plus demandé de partir comme je l'ai fait. Mais je n'en avais aucune idée. Je ne peux pas être tenue responsable des actions des autres, de quelque chose qui est hors de mon contrôle.

— Vous êtes bien endurcie devant la mort d'un homme.

— Nous vivons dans un monde dur, E. L. Vous devez le savoir mieux que personne.

Oxman ne répondit pas. Il le savait bien.

— Vous devez souvent avoir vu la mort dans votre métier, dit Jennifer. Vous avez sans doute déjà tué vous-même, non ?

— Oui. Une fois, pendant le service.

— Comment vous arrangez-vous avec la mort, vous ? Vous pleurez la personne que vous avez tuée, tous les morts que vous avez vus ? Ou vous les chassez de votre esprit, les considérant comme des incidents journaliers ?

— Je les chasse de mon esprit. Mais ça ne veut pas dire que je dors bien tous les soirs.

Il se leva :

— Il faut que je m'en aille.

— Plus de questions ?

— Je crois que non.

— Mais vous en aurez peut-être un autre jour ?

— Peut-être. Sans doute pas.

Il fit un pas vers la porte. Jennifer ne bougea pas de son fauteuil ; il connaissait le chemin. Il arriva à l'entrée, tourna la clé. Il avait la main sur la poignée quand il entendit sa voix derrière lui.

— Je serai à la Taverne du Golf demain après-midi, dit-elle. Je prends des croquis pour un magazine. A partir de midi.

Oxman se retourna.

— Pourquoi me dire ça ?

— Je pensais que ça vous intéresserait. Au cas où vous auriez besoin de m'interroger.

C'était une invitation, pas de doute ; il le vit dans ses yeux glacés. Soudain, il se sentit les mains moites. Mais il dit :

— Je ne crois pas que ce sera nécessaire.

— A votre aise. En tout cas, j'y serai.

— Il vaudrait mieux refermer à clé après mon départ, dit-il d'un ton bourru. Inutile de prendre des risques.

— Vous croyez ? dit-elle. D'accord, E. L. Et au revoir pour aujourd'hui.

Oxman sortit, claqua la porte plus fort que nécessaire, et descendit par l'escalier. Il transpirait, mais cela n'avait rien à voir avec la chaleur.

## QUINZE HEURES QUARANTE-CINQ
## WILLIE LORSEC

Au sous-sol du 1276 Quatre-Vingt-Dix-Huitième Rue Ouest, Willie Lorsec fouillait dans les grands conteneurs de deux cents litres disposés sous les vide-ordures. Richard Corales lui avait donné l'autorisation de le faire chaque fois que ça lui chantait, et il lui en était reconnaissant. Il l'aimait bien, Richard. Pas très malin, non, mais doux et gentil et toujours prêt à rendre service à un ami. La passion de Richard pour le gin-rami devenait un peu fatigante, surtout après la séance de ce matin qui avait porté sa série gagnante au nombre phénoménal de trente-sept parties. Mais c'était un péché véniel. Dans l'ensemble, c'était un brave homme et un ami sûr.

Lorsec sortit un sac poubelle noir fermé d'une ficelle blanche. Les Singer, sans doute, se dit-il, et il n'y aurait probablement rien d'intéressant dedans. Les gens empaquetaient leurs ordures de façons différentes et distinctives, et du premier coup d'œil, il reconnaissait le propriétaire des ordures.

Lorsec déposa le sac des Singer dans un autre conteneur et sortit le suivant. C'était un petit sac vert foncé, fermé d'un lien de plastique. Les ordures de Michele Butler. Il dénoua le cordon et se mit à fouiller son maigre contenu.

Juste à cet instant, la porte du rez-de-chaussée s'ouvrit, et il entendit des pas descendre l'escalier. Il leva les yeux. Un homme mince et musclé parut, portant un sac poubelle rebondi, trop gros, se dit immédiatement Lorsec, pour passer dans le conduit du vide-ordures. Il reconnut Benny Hiller, appartement 2-A.

Hiller ne le vit qu'en arrivant au bas de l'escalier. Il s'immobilisa, stupéfait, fronça les sourcils et s'avança d'un air circonspect sur le sol en ciment, tenant son sac à bout de bras comme prêt à s'en faire une arme.

— Qu'est-ce que vous foutez là, nom de Dieu ? demanda-t-il.

— J'ai l'autorisation, dit Lorsec.

— Ouais ? De quoi faire ?

— De chercher des objets récupérables. C'est mon métier.

Etrécissant les yeux, Hiller examina les vêtements négligés de Lorsec, ses cheveux en désordre, son sac de toile passé sur son épaule.

— Un chiffonnier, merde, dit-il. Et qui t'a donné l'autorisation ? Ce con de Corales ?

— Oui. On est copains.

— Ça ne m'étonne pas. Où est-il ? Chez lui ?

— Non. Il avait une course à faire à Broadway.

— Et tu as profité de l'occasion pour fouiller dans les ordures. Ce n'est pas la première fois, hein ?

— Ça vous dérange, monsieur Hiller ?

— Comment ça se fait que tu connaisses mon nom ?

— Je vous ai vu plusieurs fois. Richard m'a dit qui vous êtes.

— Tiens, tiens ! Et toi, qui tu es, nom de Dieu ?

— Je m'appelle Willie Lorsec.

— Tu habites par ici ?

— Dans le bloc suivant.

— Ouais ? Je ne t'avais jamais vu.

— Ça fait un bon bout de temps que j'habite dans le quartier, monsieur Hiller. Peut-être que vous n'avez pas fait attention. Ou c'est peut-être parce que vous travaillez la nuit et dormez le jour.

Les yeux vifs de Hiller s'étrécirent encore un peu plus.

— C'est aussi Corales qui t'a dit ça ?

— C'est lui.

— Et qu'est-ce qu'il t'a encore raconté sur moi ?

— Juste que vous êtes cuisinier dans un restaurant de nuit.

— Corales parle trop. Il devrait s'occuper de ses oignons. Et toi aussi.

— C'est ce que je faisais, dit Lorsec. Comme je vous ai dit, c'est juste ce que je faisais.

— Ouais, eh bien, j'aime pas ça. Tu n'habites pas dans l'immeuble, tu n'as pas le droit d'y être tout seul.

— Je n'embête personne, monsieur Hiller.

— Tu m'embêtes, moi, dit Hiller. Il y a déjà trop de tintouin comme ça dans le bloc.

— Vous parlez des meurtres ?

— Exactement. Et maintenant, si tu allais fouiller les ordures dans ton immeuble ? Et restes-y, ne reviens pas.

Lorsec haussa les épaules.

— D'accord, monsieur Hiller, je m'en vais. Mais pas parce que j'ai peur de vous. Seulement parce que je n'aime pas les histoires.

Il se retourna et se dirigea vers l'escalier menant à la ruelle. La porte était munie de verrous qu'il ouvrit ; il sortit et referma derrière lui. A l'intérieur, il entendit Hiller venir repousser les verrous, puis le bruit de ses pas qui s'éloignait.

Il resta quelques instants immobile dans la chaleur poisseuse de l'allée, pensant à Hiller. Qu'est-ce qu'il pouvait bien y avoir dans son gros sac d'ordures ? se demanda-t-il. Quelque chose d'intéressant, c'était sûr, sinon Hiller n'aurait pas réagi comme ça. Il ne voulait pas qu'on fouille dans son sac, c'était écrit sur sa figure.

Lorsec décida d'en dire un mot à Corales. Que ça plaise ou non à Hiller, il avait bien l'intention de faire une autre petite visite au sous-sol et aux conteneurs. Et d'apprendre ce qu'il y avait dans ce sac de Hiller.

Et il y trouverait peut-être des choses très, très intéressantes.

## SEIZE HEURES DIX – BETH OXMAN

Descendant la Cinquième Avenue, Beth Oxman sentait presque physiquement le mal qui émanait de la ville. La juxtaposition de l'opulence et de la misère à Manhattan la fascinait toujours.

C'était cette ville qui avait fait d'E. L. ce qu'il était — et pourtant, Dieu sait qu'il avait eu le choix — et qui avait détruit leur mariage. Si seulement il l'avait écoutée, avait renoncé à être policier, s'il avait étudié le droit, tout serait différent, et beaucoup mieux.

Beth s'arrêta au coin de la Cinquième Avenue et de la Quarante-Septième Rue, et consulta sa montre. Elle avait encore un quart d'heure avant son rendez-vous chez le Dr. Hardin.

Impulsivement, elle décida d'entrer dans un salon de thé pour manger une glace au chocolat avant d'aller voir le Dr. Hardin. Au diable les calories. Elle avait bien mérité une petite gâterie.

Pendant qu'elle attendait sa glace, une de ses migraines se déclencha soudain. Elle prit son sac pour chercher le petit flacon de pilules que le Dr. Hardin lui avait donné, et, contrairement aux instructions des jours de consultation, elle en fit tomber une dans sa main et l'avala avec une gorgée d'eau du verre que la serveuse avait posé devant elle.

Sa vision se troubla sous la douleur qui semblait lui

fendre la tête. Elle porta son verre à sa bouche, but une gorgée, puis le pressa contre son front pour se rafraîchir. Sans résultat ; rien n'y faisait, pas même les pilules. Une migraine, ce n'était pas comme un mal de tête ordinaire ; ça venait des vaisseaux sanguins qui se gonflent dans la tête et pressent sur les nerfs. Seule une personne qui en a souffert peut imaginer ce que c'est.

E. L. ne pouvait pas, c'était sûr. Plus que toute autre chose, c'était lui la cause de ses migraines, de son état nerveux. Il n'avait jamais même fait semblant de se rendre au désir de sa femme qu'il prenne un autre métier. Depuis dix-neuf ans, elle passait la plupart de ses soirées toute seule, à se ronger en se demandant ce qu'elle deviendrait s'il arrivait quelque chose à son mari, avec des envies folles de sortir, d'aller au restaurant, ou même au théâtre, comme les femmes des autres. Mais les horaires et le salaire d'un policier la privaient des plus simples plaisirs de la vie dont elle aurait dû pouvoir profiter, en toute justice. Trop de soirées à attendre, à un coup de fil du veuvage, l'avaient mise dans l'état où elle était maintenant. C'était la faute d'E. L. Pourquoi devrait-elle lui donner du plaisir, lui permettre de se servir de son corps quand il en avait envie, lui ? Non, maintenant, elle trouvait ailleurs ses plaisirs les plus intenses, d'une façon plus subtile.

La serveuse revint avec sa glace. Et, miraculeusement, à la première cuillerée de glace et de chocolat, sa migraine disparut.

E. L. ne croyait pas que ses migraines étaient d'origine physique. Elle le savait ; il le lui avait bien fait comprendre, essayant de l'envoyer consulter un psy, comme si c'était une malade mentale. Qu'il continue à le croire, qu'est-ce que ça pouvait faire ? Elle était la seule à comprendre que ses migraines étaient bien réelles.

Enfin, pas tout à fait la seule. Le Dr. Hardin savait que sa souffrance était réelle. Il n'était pas comme les autres médecins qui lui avaient conseillé de consulter un confrère. Le Dr. Hardin était cher, mais c'était parce qu'il connaissait son affaire. Au lieu de lui recommander solitude et repos, il lui donnait des médicaments. N'était-ce pas cela, le rôle d'un docteur, de guérir le malade en soignant son corps ? La simple suggestion qu'elle ne souffrait pas de migraines non seulement était fausse, mais la mettait en fureur.

En rentrant, elle trouva E. L. assis à la table de la cuisine, en train de manger un plateau-télé — avec purée détrempée et petits pois d'un vert artificiel. Essayant de lui inspirer des remords pour n'avoir pas été là à son retour, sans aucun doute ; il essayait toujours de lui donner des remords, après avoir ruiné sa vie.

— Qu'a dit le Dr. Hardin ? dit-il, feignant l'intérêt, penché sur son dîner comme un vautour sur sa proie.

Beth jeta son léger blazer sur une chaise près de la porte et ouvrit le compartiment congélateur du réfrigérateur.

— Il a dit que mon état était stationnaire, dit-elle. Il m'a donné d'autres médicaments.

— Lesquels ?

— Comment veux-tu que je sache ? le rembarra-t-elle. Je ne sais pas le latin.

— Tu n'as pas besoin de savoir le latin pour ça, Beth ; tu n'as qu'à demander ce qu'il y a dans le médicament, et pour quoi c'est.

— C'est pour mes migraines.

Il posa le petit pain qu'il allait casser en deux.

Hardin a la réputation d'un Docteur-Tant-Mieux.

— Et qu'est-ce que c'est que ça ?

— Un docteur plus intéressé à te voir revenir qu'à te guérir.

— Pure calomnie, dit Beth. Je suis bien placée pour le savoir.

E. L. hocha la tête, ce qui signifiait qu'il refusait de continuer la discussion. C'était un de ses traits qui la faisaient le plus enrager, de commencer à parler comme ça, puis de refuser la discussion après l'avoir mise en colère.

Autrefois, elle était indulgente pour ça, mais plus maintenant.

— Je t'aurais bien mis un plateau-télé au four, dit-il, mais je ne savais pas à quelle heure tu rentrerais.

Elle décida de ne pas lui répondre. Elle mit au four un dîner à la dinde, ajusta le thermostat et alla dans la chambre se changer.

E. L. la suivit et la regarda dans la glace de la commode ôter sa jupe et son collant.

— J'ai eu envie de te réveiller hier soir en rentrant, dit-il.

— Heureusement que tu ne l'as pas fait. Je ne me sentais pas bien.

Des doigts, il lui effleura le cou en une légère caresse.

— Comment te sens-tu ce soir ?

— Je n'ai pas de migraine.

Elle vit son sourire, vit dans ses yeux cette expression qu'elle connaissait trop bien.

— Mais le médicament que j'ai pris chez le Dr. Hardin m'a donné mal au cœur. Je crois que je vais avoir la diarrhée.

— Beth...

— Je n'ai pas envie de parler maintenant, dit-elle.

Il retira sa main en hochant la tête. Elle vit ses yeux changer, le désir disparaître. Et aussi, autre chose cette fois, comme une résolution, comme s'il venait de prendre une décision. Il sortit de la chambre, pas furieux, mais avec une sorte de détermination résignée.

*Qu'il aille au diable,* se dit-elle, tirant son pantalon sur sa large croupe. *Qu'il souffre, pour changer. C'est bien son tour.*

## VINGT-TROIS HEURES QUINZE – CINDY WILSON

Elle était crevée en sortant du restaurant. Le samedi était toujours le jour le plus chargé, et ce soir, c'était dingue, toutes les tables prises dès sept heures, avec les clients qui l'appelaient toutes les secondes. Elle en avait des crampes dans les jambes ; ce serait bon de s'asseoir dans un taxi, et encore meilleur de s'étendre sur son lit. Elle était trop fatiguée pour passer une nuit de plus sans dormir, à se ronger à propos des meurtres. Ce soir, elle allait s'endormir comme une souche.

Et elle ferait la grasse matinée le lendemain, resterait au lit toute la journée si ça lui faisait plaisir. Dimanche était son jour de repos. *Jamais le dimanche,* pensa-t-elle. Elle sourit, puis elle pouffa à l'idée qu'elle avait passé la plus grande partie de ce samedi au lit avec Wally. Ce Wally, il était insatiable. Elle n'avait jamais connu d'homme qui aime autant faire l'amour. Et il le faisait bien, bien mieux que Vern, bien mieux que tous les autres hommes qu'elle avait eus avant et après son mariage. Il savait comment exciter une femme, en lui disant tout le temps « mouille », l'échauffant tellement qu'elle avait l'impression qu'elle allait prendre feu quelque part.

Elle se demanda si elle aimait vraiment Wally. Elle lui disait qu'elle l'aimait quand ils étaient au lit, et à d'autres moments elle le pensait aussi, mais le reste du temps, elle n'était pas sûre. Ce n'était peut-être que le sexe. Il était séduisant, et très bon peintre, et il la traitait assez bien, mais sa femme était une vieille toupie. Ça la gênait un peu de fréquenter un homme marié, surtout parce qu'elle ne se voyait pas beaucoup d'avenir.

Oh, il parlait bien de quitter sa vieille, d'emménager avec elle, de l'épouser, mais ça n'allait pas plus loin. Ce n'était pas la première fois qu'on lui parlait comme ça, elle connaissait. Il n'avait pas d'argent, et elle non plus, pas assez pour les faire vivre tous les deux. Et en plus, il avait peur de Vern. Sans doute qu'il ne l'aimait pas ; elle ne se rappelait pas qu'il lui ait jamais dit qu'il l'aimait, pas une seule fois. Pour lui, ce n'était qu'une question de sexe, pourtant elle était sûre qu'il avait quand même un peu d'affection pour elle. C'est comme ça, les hommes.

C'est parfois un problème de trouver un taxi le samedi soir, mais ce soir, elle avait de la chance. Une voiture déposait un client devant le restaurant juste comme elle en sortait, alors elle courut et se glissa à l'intérieur avant que personne puisse la prendre de vitesse. Elle se renversa contre la banquette en soupirant de soulagement. Elle ne se rappelait pas avoir jamais été aussi crevée. Ce Wally. Quatre fois aujourd'hui — quatre ! Pas étonnant qu'elle soit lessivée. Entre Wally et le service au restaurant, il ne lui restait pas une once d'énergie.

Le trajet jusque chez elle prit moins de dix minutes. Cindy avait les yeux ouverts quand le taxi quitta Riverside Drive, et elle se redressa sur son siège pour scruter les trottoirs des deux côtés de la Quatre-Vingt-Dix-Huitième Rue. Personne. Ça aussi, c'était un soulagement. Elle poussa un autre soupir quand le taxi l'arrêta devant son immeuble.

Elle cligna des yeux pour regarder le compteur à travers la plaque protectrice en plexiglas divisant le taxi. La somme était la même que la veille. Elle ouvrit son sac, sortit trois dollars de son portefeuille et les mit dans le petit plateau du plexiglas. Le chauffeur grommela en les prenant, mais elle n'entendit pas ce qu'il disait. Il rouspétait sans doute parce qu'elle ne donnait pas de pourboire. C'était son problème. Si elle n'avait pas eu ces cinquante *cents* de plus pour le tarif de nuit, elle lui aurait peut-être donné vingt-cinq *cents*.

De nouveau, elle scruta le trottoir avant d'ouvrir la portière. Toujours personne. Puis elle trouva sa clé, prépara celle de la porte de la rue. Quand elle descendit, elle claqua vivement la portière et monta le perron en courant, regardant à droite et à gauche. Derrière, elle entendit le taxi passer ses vitesses et s'éloigner.

Se penchant un peu parce qu'il faisait noir, elle chercha nerveusement le trou de la serrure avant de parvenir à y enfoncer sa clé. Trois secondes plus tard, elle était à l'intérieur, la porte fermée derrière elle. *Ouf*, pensa-t-elle, *sauvée.* Dans le hall, la lumière était faible, trop faible, se dit-elle. Il faudrait qu'elle en parle au gardien, pour qu'il mette une ampoule plus puissante. Et aussi dans l'escalier, où il y avait trop d'ombres. Elle n'habitait qu'au deuxième, mais elle n'allait pas monter l'escalier dans le noir. Elle se mit à traverser le hall en direction de l'ascenseur.

Elle avait fait quatre pas quand l'homme sortit de la zone d'ombre sous l'escalier.

Elle l'entendit avant de le voir, le frottement de ses semelles sur le sol. Une terreur soudaine la fit pivoter vers le bruit, et les yeux lui sortirent de la tête en voyant sa masse sombre — et le pistolet, oh, Dieu, le pistolet qu'il tenait à la main. Elle ouvrit la bouche pour hurler, mais il était déjà sur elle ; il lui mit la main sur la bouche et, de son corps, la poussa contre le mur. Le canon dur du pistolet lui entrait douloureusement dans l'estomac, lui coupant le souffle, puis lui écorcha la peau entre les seins.

— Traînée, dit-il. Putain. Mort au pécheur et à l'impur.

Elle fit pipi sur elle. Elle ne pouvait plus réfléchir, plus bouger, plus crier, il n'y avait plus que ce liquide chaud qui sortait d'elle et coulait sur ses jambes, plus que la terreur.

— Putain, répéta-t-il, et il pressa la détente.

## VINGT-TROIS HEURES TRENTE-DEUX
## JACK KENNEBANK

Kennebank était dans la ruelle séparant le 1277 du 1279, au fond, près de la haute palissade en bois qui la transformait en cul-de-sac. Il marchait à côté du trottoir, bien en vue, surveillant tout, s'offrant pour cible au tueur.

Il devait y avoir d'autres voyous dans le coin. Voleurs, dealers, ils investissaient les rues, le samedi soir. Avec un peu de chance, il pourrait en arrêter un et le retirer de la circulation.

Artie Tobin lui avait dit pas d'arrestation, pas de chasses nocturnes. Il l'avait traité de cow-boy, lui avait ordonné de rentrer se laver et se changer — c'était dégradant, merde, drôlement dégradant. Il n'avait rien contre les Noirs, il travaillait avec des Noirs, buvait avec des Noirs et s'entendait bien avec eux, mais Tobin était du genre prétentieux. Il pensait tout savoir, il pensait qu'il pouvait commander tout le monde juste à cause de son ancienneté. Qu'il aille se faire voir.

Kennebank était rentré chez lui, s'était lavé et changé, ça, il l'avait fait oui, mais merde, il n'allait pas se terrer tout le temps dans la piaule vide prévue par le lieutenant. Qu'est-ce qu'il pouvait faire, enfermé là-dedans ?

Il avait donc dormi deux heures après dîner, puis, n'y tenant plus, il était sorti vers dix heures. Et il continuerait à patrouiller dans le quartier jusqu'à deux heures du matin, peut-être trois, si rien ne se passait avant.

Dans le noir, Kennebank revint vers l'entrée de la ruelle. Il en était à trois mètres quand il entendit un bruit. Un bruit étouffé de bouchon qui saute, et qui venait du 1279. Coup de feu ? Merde, ça avait bien l'air d'un coup de feu ! Son corps se raidit ; d'un geste machinal, il tira son .38 et se mit à courir, tenant son arme à bout de bras, le long du corps.

Personne dans les environs du 1279. Kennebank s'élança sur l'escalier du perron, et n'avait plus que deux marches à monter quand la porte s'ouvrit brusquement, livrant passage à la sombre silhouette d'un homme qui sortait en courant. Il essaya de l'éviter, mais ils étaient sur la même trajectoire. L'épaule de l'homme frappa Kennebank en pleine poitrine, lui fit perdre l'équilibre et le jeta sur le chambranle. L'homme émit un grognement étouffé, et quelque chose tomba de sa main et rebondit plusieurs fois sur le ciment du perron avec un bruit métallique.

Kennebank tituba, perdit pied et tomba sur la hanche droite. L'homme, presque au bas des marches, s'immobilisa un instant de profil, comme s'il avait envie de revenir sur ses pas chercher quelque chose. Kennebank, qui n'avait pas lâché son .38, pivota sur lui-même, se releva sur un genou et tendit le bras droit. La lumière d'un réverbère se refléta sur son arme.

— Plus un geste ! gueula-t-il. Police !

L'homme se détourna, sauta et atterrit sur le trottoir en courant. Kennebank pressa la détente, entendit sa balle ricocher sur la chaussée juste sur les talons du fuyard. Jurant, il se remit sur pied et plongea dans l'escalier. Au milieu, il vit ce que l'homme avait lâché : un automatique petit calibre. Il s'arrêta juste le temps de le ramasser par le canon, sans quitter l'homme des yeux, et reprit sa course tout en le mettant dans sa poche de veste.

Quelques fenêtres commençaient à s'allumer ; des visages anxieux paraissaient derrière les rideaux. Mais Kennebank concentrait toute son attention sur l'homme qui courait devant lui. Il avait cinquante mètres d'avance, mais il courait bizarrement, oscillant comme un ivrogne, et regardant tout le temps derrière lui. Et il traversait Riverside Drive, où il n'y avait plus rien que le parc, la voie express Henry Hudson, et le fleuve. Kennebank, ivre d'allégresse, comprit qu'il pouvait le rattraper — qu'il fallait le rattraper, le salaud.

Le temps que le fuyard atteigne la partie du parc bordant Riverside Drive, Kennebank avait réduit son retard à vingt-cinq mètres. Puis il vit l'homme trébucher, faire une embardée de côté et s'affaler sur le flanc. Kennebank eut un sourire triomphal. Maintenant, la poursuite était finie, le type ne pouvait plus lui échapper.

Le suspect se remit debout, en chancelant. Kennebank était sur lui, et, quand il hurla : « plus un geste ! » l'homme regarda par-dessus son épaule, fit encore trois pas inégaux qui l'amenèrent près d'un banc du parc. Et alors, il obéit au commandement de Kennebank, se pencha en avant, se soutenant d'une main au dossier du banc. Sa respiration sifflante s'entendait par-dessus le bruit de la circulation.

Kennebank s'approcha, sans se presser ; il haletait à peine. Est-ce que c'était le dingue ? Si oui, quel coup, nom de Dieu ! Le plus beau de sa carrière, jusque-là — et une promotion assurée !

— C'est bon, mon pote, dit-il. Recule et écarte les jambes…

Au lieu de s'exécuter, l'homme pivota sur lui-même, un pistolet à la main — un autre. Il avait deux pistolets. Kennebank fut si stupéfait qu'il hésita une fraction de seconde, et cette hésitation lui coûta la vie. Un éclair fulgura, il entendit la détonation au moment même où il sentit l'impact paralysant de la balle dans sa poitrine. Puis il tomba, les arbres et le ciel noir tourbillonnèrent au-dessus de lui. Il ne se sentit pas prendre contact avec le sol ; il ne sentit rien, sauf les vestiges persistants de sa stupéfaction.

*Deux armes,* pensa-t-il vaguement. *Je ne me suis pas méfié, ça ne m'est même pas venu à l'idée.*

*Cow-boy,* pensa-t-il. *Cow-boy.*

Puis le ciel nocturne parut s'effondrer, et il sombra dans les ténèbres.

*Troisième partie*

# DIMANCHE 22 SEPTEMBRE

## UNE HEURE QUINZE – E. L. OXMAN

Aux approches de la Quatre-Vingt-Dix-Huitième Rue Ouest, Oxman vit les voitures de police garées dans tous les sens sur Riverside Drive, avec leurs gyrophares rouges, jaunes et blancs, les projecteurs que le labo de la criminelle avait installés pour illuminer cette partie du parc, les policiers grouillant aux alentours, le petit groupe de badauds et de journalistes qu'on maintenait à l'écart. Et c'était la même chose dans la Quatre-Vingt-Dix-Huitième Rue, devant le 1279 qui faisait le coin. Il en avait vu des scènes pareilles dans sa carrière de flic — trop souvent, merde. Elles étaient toutes curieusement similaires, comme les tragédies grecques. Mais celle-ci était encore plus sinistre que la plupart, parce qu'il s'agissait d'un collègue.

Il freina et s'arrêta derrière l'ambulance garée en épi. Maintenant, il était devenu acteur dans cette tragédie grecque. Il descendit, monta vivement la douzaine de marches du 1279, devant lequel un grand agent en tenue montait la garde pour écarter les importuns. Oxman le connaissait, un Irlandais du nom de Chaney, alors il le salua de la tête et passa devant lui sans lui montrer son insigne.

Le meurtre avait eu lieu dans le hall, près de l'ascenseur. La victime était encore là, étendue à l'intérieur de l'obligatoire silhouette à la craie ; à travers le groupe de techniciens qui s'affairaient autour du corps, Oxman vit le visage cireux et les yeux morts de Cindy Wilson, ses vêtements pleins de sang qui commençait à sécher. Il se détourna.

Tobin était déjà sur les lieux, de même que le Lieutenant Smiley. Ils étaient debout, à l'écart, le visage sinistre et les yeux furibards. Oxman les rejoignit.

— Bonsoir, Ox, dit gravement Tobin.

Pas d'humour à froid, cette nuit ; il n'était pas en train à cause de Kennebank. Tobin n'aimait pas Kennebank — peu de gens l'aimaient, et Oxman ne faisait pas exception — mais Kennebank était un flic. Et chaque fois qu'on tirait sur un flic, tous les autres le prenaient un peu pour eux.

Oxman salua son équipier de la tête et demanda à Manders :

— On a des nouvelles de Kennebank ?

— Non. Il est toujours sur la table d'opération à Saint-Luc. Carletti est resté en faction.

— On sait ce qui s'est passé ?

— En partie, dit Manders. Il semblerait que Kennebank soit arrivé sur les lieux juste après l'assassinat de Cindy Wilson, alors que le tueur sortait de l'immeuble. Kennebank l'a pris en chasse, l'a rejoint au parc et s'est fait blesser en procédant à son arrestation. Il avait tiré une fois — Kennebank, je veux dire. Pas trace qu'il ait touché.

Oxman se frictionna le menton :

— Kennebank est un cow-boy, d'accord, mais il n'est pas idiot. S'il avait rattrapé le suspect, comment se fait-il qu'il se soit fait abattre ?

— On dirait que le tueur avait deux pistolets. On a retrouvé un .32 automatique Harrington et Richardson dans la poche de Kennebank. Le dingue doit l'avoir lâché dans sa fuite, et Kennebank l'aura ramassé avant de le prendre en chasse. On dirait que c'est l'arme qui a tué Cindy Wilson et les trois autres. Kennebank a donc supposé que le type n'avait qu'un feu, et il n'a pas pris ses précautions.

— Nom de Dieu, dit Oxman, si ce .32 appartient au

tueur, on pourra peut-être remonter jusqu'à lui. Il doit porter des empreintes.

— Ouais, dit Manders. Il est déjà au labo. On sera bientôt fixés. Mais ne vous faites pas trop d'illusions, Ox. Il est peut-être dingue, ce salaud, mais il n'est pas idiot. Le coup du deuxième flingue le prouve. Je ne le vois pas se servir d'une arme enregistrée sous son vrai nom. Et, d'après ce que nous savons, ce soir, il portait des gants.

— Donc, personne ne l'a vu à part Kennebank ?

— On dirait. Plusieurs personnes l'ont vu s'enfuir et Kennebank lui courir après. Mais ils l'ont vu de chez eux, par la fenêtre. Une silhouette sombre en pardessus et chapeau.

— Qui a trouvé Kennebank ?

— La première voiture de patrouille arrivée sur les lieux.

— Il était conscient ?

— Non. Et il n'avait toujours pas repris connaissance quand il est entré en salle d'op.

Manders alluma une cigarette et expira violemment la fumée.

— On n'a plus qu'à espérer qu'il s'en tire, c'est tout. Sinon, et si nous ne trouvons rien sur ce .32 automatique, nous revenons à la case départ. Avec deux meurtres de plus sur les bras et toute la ville en armes. Vous voyez déjà comment les media vont exploiter la situation, non ?

— J'ai comme une idée, dit Oxman.

— Ouais.

Oxman regarda encore le corps allongé de Cindy Wilson. Le photographe et le médecin légiste avaient terminé leur travail, et personne ne s'occupait plus du cadavre. Il y avait quelque chose de déchirant à voir tous les hommes présents dans le hall circuler et bavarder, sans même accorder un regard à la petite forme immobile recroquevillée sur le sol. Elle était inanimée maintenant, différente de ce qu'elle avait été en ce monde, transformée, par une balle, d'animal en minéral.

Il soupira et demanda à Manders :

— On a trouvé quelque chose ici ?

— Non. Pas trace de lutte. Il l'a sans doute eue par surprise, le salaud. Il a dû avancer sur elle et lui tirer à bout portant dans la poitrine. Elle n'a même pas eu le temps de crier.

— Victime du hasard, dit pensivement Oxman. Ou victime choisie ?

— Ça pourrait être l'une ou l'autre, dit Tobin. Elle habitait l'immeuble, au 2-C, travaillait le soir comme serveuse dans un restaurant de Colombus Avenue et rentrait généralement vers onze heures et demie. Le tueur pouvait connaître ses habitudes.

— Je me demande comment il est entré dans l'immeuble.

Tobin haussa les épaules.

— Peut-être qu'il y habite. Peut-être qu'il a suivi quelqu'un qui entrait. Ou qu'il a sonné chez un des autres locataires. Un point de plus à vérifier.

— Une femme, dit Manders. Mauvais. C'est déjà assez moche qu'il tue des hommes, ce dingue, des flics aussi, mais maintenant, s'il s'en prend aux femmes...

Il secoua la tête, furieux et frustré.

— Enfin, maintenant, nous savons au moins que c'est un homme, dit Tobin. C'est toujours ça.

— Ce n'est pas grand-chose. Nom de Dieu, il faut l'arrêter avant qu'il...

Le médecin légiste s'approcha et demanda à Manders si on pouvait enlever le corps. Manders grommela son accord. Deux ambulanciers attendaient, munis d'un grand sac en plastique, ouvert ; le toubib leur fit signe, et ils fondirent sur les restes de Cindy Wilson comme deux vautours blancs sur une charogne.

— Je ferais bien d'aller m'occuper des media, dit Manders. A partir de maintenant, vous travaillez tous les deux sur l'affaire vingt-quatre heures sur vingt-quatre. Compris ? Pas de repos tant que le dingue ne sera pas derrière les barreaux.

Oxman le regarda sortir derrière les ambulanciers chargés de leur funèbre fardeau. Quand il reporta les yeux sur son équipier, Tobin dit :

— Pas de témoins du meurtre de la femme Wilson, mais un certain Gerald Jackson, locataire au 1-A, a entendu la détonation. C'est un de ces obsédés de l'auto-défense ; il a dégringolé l'escalier, son fusil chargé à la main. C'est lui qui a vu Kennebank ramasser le .32 sur l'escalier du perron. Mais le temps qu'il sorte, le tueur était déjà trop loin pour qu'il puisse l'identifier.

— Où est Jackson en ce moment ?

— Chez lui. Tu veux entendre ça de tes propres oreilles ?

— Ouais.

Gérald Jackson était un petit maigre frisant la quarantaine, avec une face de fouine et une abondante tignasse de cheveux prématurément blancs. Il invita Oxman et Tobin à entrer dans son appartement, où ils déclinèrent son offre d'un siège. Oxman se sentait mal à l'aise dans le logement, aux meubles incongrus en bois massif et en rotin, et d'un dépouillement tel qu'il en prenait un côté froid et hostile. Aux murs, et sous globes, des cailles et des écureuils empaillés au milieu de feuillages en plastique. Trophées de chasse de Gerald Jackson, sans aucun doute. Près de la porte, appuyé contre le mur, un fusil à pompe.

— Je le laisse toujours là, dit Jackson, remarquant qu'Oxman regardait son arme. Rien de mieux qu'un calibre douze pour régler son compte à un intrus. Et tout à l'heure, ça a bien failli payer, de l'avoir sous la main. Trente secondes plus tôt, et j'aurais mis l'assassin de Cindy à mon tableau de chasse. Dites-donc, comment il va, le flic qui s'est fait flinguer ?

— Mal, dit Tobin.

— Quelle honte.

— Je sais que vous avez déjà déposé, monsieur Jackson,

dit Oxman, mais cela vous ennuierait-il de me répéter exactement ce que vous avez vu et entendu tout à l'heure ?

Ça n'ennuyait pas du tout Jackson. Ses petits yeux de fouine se mirent à briller et il enfonça les mains dans ses poches. Il se régalait de raconter son histoire, la polissant un peu plus à chaque fois pour son nouvel auditoire. Il la raconterait pendant des années.

— J'étais en train de me faire un casse-croûte dans la cuisine, dit-il, vers onze heures et demie. Je le sais, parce que j'avais regardé l'heure avant de mettre ma pizza au four. J'ai entendu une détonation en bas. Pas forte, et peut-être que personne d'autre dans l'immeuble n'y a fait attention, mais moi, je sais ce que c'est qu'une détonation. Alors, j'ai pris mon fusil et j'ai dégringolé l'escalier. Quand je suis arrivé dans le hall, je n'ai pas vu grand-chose, sauf que la porte d'entrée se refermait et qu'il y avait deux hommes sur le perron. Ils se sont rentrés dedans ; l'un est tombé, l'autre a descendu le perron en courant.

« Je suis arrivé à la porte juste à temps pour voir celui qui était tombé braquer son feu sur l'autre et lui crier de s'arrêter. Il a dit qu'il était de la police, alors je n'ai pas essayé de m'en mêler. L'autre s'est mis à courir ; je ne l'ai pas bien vu parce qu'il faisait noir. C'était un costaud, et il portait une espèce de coupe-vent...

— Pas de signe distinctif ? demanda Oxman. N'importe quoi qui puisse nous aider à le retrouver ?

— Non, malheureusement, dit Jackson, d'un air de s'excuser. Juste qu'il était grand et costaud, comme je vous l'ai dit. Bon, alors le policier lui a tiré dessus puis s'est mis à lui courir après. Je suis sorti, et je les ai vu traverser Riverside Drive et entrer dans le parc. Je me suis dit qu'il valait mieux que je ne m'en mêle pas, sauf pour appeler la police comme tout bon citoyen. Alors, je suis rentré, et c'est à ce moment-là que j'ai failli trébucher sur la pauvre Cindy.

— Vous connaissiez bien Miss Wilson ?

— Non, pas très. On se disait bonjour en se croisant, c'est tout ; elle était plutôt sociable, vous voyez ?

Oxman hocha la tête.

— Avez-vous autre chose à déclarer qui puisse nous aider, monsieur Jackson ?

— Non, malheureusement, dit Jackson à regret.

# LES CASSETTES COLLIER

Maintenant, je suis calme.

Je ne l'étais pas en rentrant de mon expédition de l'autre côté du fleuve ; j'étais plutôt agité, et j'avais peur. Je me suis déshabillé dans ma chambre et j'ai pris une douche brûlante.

En sortant de la sécurité de la cabine pleine de buée, je me suis essuyé, et j'ai compris que les craintes qui m'avaient tourmenté sur le trajet du retour étaient sans fondement. Je n'ai rien à craindre de la police. Je suis *Dieu*, et qu'est-ce que Dieu peut avoir à craindre de la police ?

Il est vrai que le .32 automatique que j'ai perdu ce soir est l'arme dont je me suis servi dans toutes mes exécutions. A l'heure actuelle, il doit être entre les mains de la police qui ne tardera pas à découvrir ce fait grâce aux tests balistiques. Mais il n'est pas enregistré à mon nom et ne peut pas permettre de remonter jusqu'à moi. Je l'ai acheté il y a quatre mois en Pennsylvanie, à un homme de réputation douteuse, comme ma seconde arme, le revolver de calibre .38 dont cet imbécile de flic qui m'a poursuivi n'a jamais soupçonné l'existence. J'avais obtenu son nom par une vague relation, et je n'ai pas donné mon vrai nom à mon vendeur lors de notre transaction ; il ne m'a d'ailleurs pas demandé mes papiers. Seul mon argent l'intéressait.

Des empreintes ? Oui, on trouvera sûrement mes empreintes sur l'automatique ; je n'avais pas prévu de le perdre, et je n'avais pas pris la précaution de l'essuyer ou de mettre des gants. Mais, n'ayant jamais servi dans l'armée, n'ayant jamais été arrêté par la police et n'ayant jamais été fonctionnaire, on n'a jamais pris mes empreintes. Ils peuvent toujours vérifier. Les ordinateurs peuvent s'affairer. Mes empreintes ne figurent dans aucun fichier.

Ce qui est arrivé ce soir, cette interférence imprévue d'un policier en planque — car c'était cela, sans aucun doute ; les policiers sont malins, quoique brutaux et ineptes — ce qui est arrivé est regrettable et aurait pu être tragique. Mais je n'ai pas été appréhendé. J'ai pu abattre mon poursuivant avec une rapidité et une fureur imprévues. Si l'éclair est détourné de son but, même le tonnerre peut les foudroyer. Je suis le Destin. Je suis l'Ange de la Mort.

Tout en parlant, je sors sur le balcon et me dirige vers l'Œil qui m'attend sur son trépied gracile, comme un insecte. Une idée me frappe soudain : tout cela serait-il arrivé si l'université m'avait titularisé ? Mais cela se passait dans une autre vie, une vie mortelle. Dans un monde d'imbéciles, qu'il vaut mieux avoir laissé derrière moi. Comme mon mariage. Tout cela fait partie d'un passé qui ne fut qu'une préparation à quelque chose de plus approprié à mon destin, à quelque chose de plus majestueux et cosmique.

Je braque l'Œil.

Sur Riverside Drive, l'Œil voit les phares blancs d'une voiture qui approche. Elle tourne dans la Quatre-vingt-Dix-Huitième Rue, s'arrête devant des lumières colorées. Encore une voiture de police ? Oui, celle de l'Inspecteur Oxman, chargé d'enquêter sur l'affaire. Il descend de son véhicule, monte en courant le perron du 1279, disparaît dans l'immeuble.

Inspecteur E. L. Oxman. E. L., ce sont les initiales de quels prénoms ? Les journaux ne l'ont pas dit, ni la radio. E. L. Oxman. Nom qui n'annonce pas une grande finesse d'esprit. Nom méprisable.

Et individu méprisable. C'est l'Œil qui me l'a appris.

Car l'Œil a vu de quel air il regarde Jennifer Crane, le

désir et la concupiscence dans ses yeux. Et l'Œil a vu également qu'E. L. Oxman est la personnification des forces qui me menacent. Ou *croient* me menacer. Si tel est mon bon plaisir, je peux aussi souffler la vie d'Oxman comme une chandelle, mettre fin à son existence, à sa carrière, à ses fornications. Dans la Quatre-Vingt-Dix-Huitième Rue, dans mon univers, il m'appartient.

## SEPT HEURES TRENTE – WALLY SINGER

Cindy était morte.

Cindy avait été assassinée la nuit dernière, juste en face.

Assis à la table de sa cuisine, regardant sans voir par la fenêtre, Singer avait encore du mal à le croire. Merde, il entendait encore son rire, ses gémissements de plaisir, il sentait encore son corps tiède remuer frénétiquement contre le sien. Il frissonna en pensant à ce corps parfait qu'on allait découper pour l'autopsie, avant de l'embaumer. C'était presque indécent, comme si on s'apprêtait à violer son intimité.

Il ferma les yeux, pressa ses mains contre ses tempes. Il avait un goût affreux dans la bouche, comme un goût de pourriture. La gueule de bois. Toute la bière qu'il avait bue la veille, avant de se coucher, et après, quand, s'étant mis devant la fenêtre ouverte de la chambre pour prendre un peu l'air, toute l'histoire avait commencé.

Nom d'un chien, il avait vu ce qui était arrivé dans le parc, il avait vu le flic se faire flinguer. Enfin, pas vraiment vu, rien de précis, juste des silhouettes sombres qui couraient, l'éclair d'une détonation. C'était déjà assez moche, et il avait illico repris le chemin du frigo et rebu d'autres bières pour se calmer les nerfs. Mais la suite avait été pire, avec les flics qui s'étaient amenés en force, sirènes hurlantes et gyrophares tournant, et cette grosse vache idiote de Marian qui était descendue voir ce qui se passait et était remontée lui apprendre que c'était Cindy qui venait de se faire tuer.

Ça l'avait sonné. Il avait pris une autre bière en vitesse, et était allé la boire aux chiottes, pour cacher sa réaction à Marian. Mais elle savait, de toute façon. Derrière sa consternation apparente, elle cachait le fait qu'elle savait, et peut-être une certaine satisfaction que quelqu'un eût mis fin à la vie de Cindy. Singer l'avait compris à son air, à son comportement. Merde, elle savait !

Puis il avait pensé à quelque chose qui l'avait encore rendu plus malade, tellement qu'il en avait eu un haut-le-cœur. Il y avait plusieurs choses dans l'appartement de Cindy qui révéleraient leurs rapports, et conduiraient la police tout droit chez lui. Alors, Marian n'aurait plus aucun doute. Et, pire encore, la police penserait peut-être qu'il avait trempé dans le meurtre de Cindy, et dans tous les autres.

Affolé, il pensa à se glisser chez Cindy pour récupérer quelques affaires à lui et le tableau qu'il lui avait donné. Mais c'était une idée de fou ; les flics grouillaient partout, et si on le pinçait en train d'entrer ou de sortir de chez elle, il serait encore plus dans le pétrin. Non, il ne pouvait rien faire. Sauf attendre. Attendre que la police se pointe.

Il attendait toujours. Et du fait qu'elle n'était pas encore venue, il se sentait un peu mieux. Maintenant, ils devaient avoir trouvé son tableau et ses autres affaires, et s'ils ne s'étaient pas précipités pour l'interroger, ça voulait dire qu'on ne le considérait pas comme suspect. Merde, il avait un alibi pour l'heure de la fusillade, non ? Il avait passé toute la soirée à la maison avec Marian, et il était devant la fenêtre quand le flic en planque s'était fait flinguer par le tueur. On ne pouvait rien lui mettre sur le dos...

Revêche, Marian sortit de la chambre, en tailleur, trop maquillée et avec des boucles d'oreilles voyantes.

— Je m'en vais, dit-elle.

Il la regarda en fronçant les sourcils.

— Tu vas où ?

— Je te l'ai dit hier soir, Wally.

Ouais, c'était vrai. Elle allait dans le Village, discuter avec un mec qui voulait lui commander une sculpture, un Fridolin ami d'un autre Fridolin qu'elle connaissait. Ce type était propriétaire d'une brasserie dans le New Jersey, et il voulait une statue en métal pour son restaurant en plein air, un oiseau ou quelque chose dans ce goût-là. Pourquoi pas un étron, s'était dit Singer.

— Te presse pas de rentrer, dit-il.

— N'aie pas peur.

Elle s'arrêta et le regarda d'un drôle d'air.

— A partir de maintenant, tu ferais bien d'être poli avec moi, Wally, dit-elle.

— Et qu'est-ce que ça veut dire, s'il te plaît ?

— Tu le sais bien ce que ça veut dire, dit Marian, se tournant vers la porte.

Il entendit le bruit étouffé de ses talons sur le sol, puis la porte qui claqua derrière elle.

## HUIT HEURES QUINZE – MARCO POLLO

Elle volait, la petite salope. Marco en était aussi sûr qu'il était sûr de savoir distinguer un contre Ut d'un Fa naturel. Tu parles d'une comédienne, la nana ! Elle semblait n'avoir qu'une expression : la culpabilité. Si elle avait jamais à essayer son numéro devant un juge et un jury, ce serait la condamnation tous azimuts.

Marco sourit. Il avait fumé un peu de la bonne herbe achetée à Freddie-le-fiable, et il se sentait bien dans sa peau. Il était étendu sur son lit, mains derrière la tête, chevilles croisées, à l'aise. Un vrai plaisir de se pachater comme ça en pensant à Michele. Bien mieux que de penser aux meurtres, comme quand il s'était réveillé, trois quarts d'heure plus tôt.

Son sourire s'élargit. Après tout, pourquoi se contenter de penser à elle ? Pourquoi ne pas la voir ? A cette heure-là, elle devait être chez elle.

Ouais. Et lui demander où elle se débarrassait des objets qu'elle volait. C'était salement important d'avoir un recéleur de confiance. Les flics faisaient des malheurs chez tous les amateurs ; il fallait un pro si on ne voulait pas se faire baiser. Et Marco ne voulait pas que Michele se fasse baiser, du moins pas avant d'avoir eu l'occasion de la baiser lui-même.

Il se leva. Est-ce qu'il allait refumer un joint avant de monter, ou s'accorder une petite prise de coco ? Non, valait mieux pas. Pas le moment de se camer, avec les flics qui grouillaient partout. Ils n'étaient pas encore revenus l'interroger, mais ils viendraient, tôt ou tard. Ses provisions étaient à l'abri, dans le faux tuyau derrière le radiateur, mais s'ils le trouvaient camé, ils allaient l'emmerder jusqu'à la gauche. Il n'avait pas besoin de ça.

Marco monta par l'escalier jusqu'au troisième et gratouilla à la porte de Michele. Il l'entendit bouger à l'intérieur, puis s'arrêter devant l'entrée pour regarder par le judas. Il arbora un grand sourire en son honneur, très décontracté. Et, comme il en était sûr, elle ouvrit immédiatement.

En général, elle jouait les surprises et les effarouchées quand ils se rencontraient, mais cette fois, elle l'accueillit d'un grand sourire. Marco essaya de ne pas oublier qu'elle était comédienne — non qu'elle ait aucune chance de le tromper par ses simagrées. Pour lui, elle avait un grand « X » imprimé sur les fesses depuis qu'il savait comment elle gagnait son argent de poche.

Debout sur le seuil, elle était aguichante avec ses longs cheveux blonds tirés en arrière et ramenés en tresse sur le dessus de la tête. Elle portait des jeans moulants — mais vraiment très moulants — et un corsage en soie fauve qui mettait ses roberts en valeur. Marco lui décocha un autre sourire, intime cette fois.

— Je ne viens pas emprunter une tasse de sucre, dit-il.

Elle joua le jeu tout de suite et l'invita à entrer, essayant de dissimuler sa répugnance.

Marco regarda autour de lui. Pas fameuse, sa piaule, à part le coffre chinois dans le coin. Le coffre, il aimerait bien l'avoir ; peut-être qu'il arriverait à faire un marché avec elle. Il se laissa tomber sur le canapé en disant :

— Je me suis dit que tu devais avoir peur, alors je viens te tenir compagnie. Te soutenir le moral, si tu préfères.

Michele traversa la pièce d'un pas nonchalant, bien droite, les yeux fixés devant elle. Elle s'arrêta près du canapé et alluma une cigarette à un briquet en argent qui fonctionna du premier coup, en le regardant par-dessus la flamme. Elle imite Lauren Bacall, pensa Marco. Super.

— Je n'ai pas peur, dit-elle.

— Non ?

— Non.

— C'est quand même terrible ce qui s'est passé hier soir. Juste en face. Ça aurait aussi bien pu être toi ou moi.

— Je suppose.

— C'est pour ça que je m'inquiétais pour toi.

— Je suis assez grande pour m'occuper de moi-même.

— Tu crois ?

Toujours souriant, il la regarda bien en face jusqu'à ce qu'elle soit obligée de détourner les yeux.

— Tu veux du café ? demanda-t-elle.

Ce n'était pas ce qu'elle avait envie de lui dire. Elle avait envie de lui dire de s'en aller, mais elle n'en avait pas le courage.

— Oui, pourquoi pas ? dit Marco.

Il la regarda se diriger vers la cuisine, d'une démarche de comédienne, gracieuse, avec un balancement rythmé des fesses sous le jean. Super, ça aussi.

— Crème ou sucre ? lui cria-t-elle de la cuisine.

*Rien que toi, ma jolie,* pensa-t-il. Mais il cria en réponse :

— Rien. Noir.

Une minute plus tard, elle revint avec une chope de café fumant. Il la posa sur un cendrier en verre, sur la table basse. Ce truc-là, il n'y touchait jamais. La caféine, ça vous fout un mec en l'air comme rien.

— Et toi ? dit-il.

— J'en ai déjà bu.

— Bon, dit-il, pourquoi tu t'assieds pas ?

— J'aime mieux rester debout. J'ai été assise toute la matinée.

— Tu sais, dit-il d'un air détaché, il y a des douzaines de musiciens super qui sortent tous les ans du conservatoire Julliard et la plupart finissent prof de musique et encore, quand ils ne sont pas obligés de faire un autre métier.

Michele le regardait, fronçant les sourcils d'un air perplexe. Lauren Bacall avait disparu.

— Qu'est-ce que ça veut dire ?

— Ça veut dire que je suis musicien et que je sais que c'est dur de réussir pour une comédienne. On est pareils, toi et moi, on est faits du même bois.

Elle eut un petit sourire.

— Beau titre pour une chanson.

Il ne lui rendit pas son sourire. Il ne plaisantait plus.

— Tous les deux, on fait de temps en temps des trucs qu'on est obligés de faire, pour notre art. Ce n'est pas comme quand les autres font les mêmes choses. Je comprends ça, Michele.

Elle ne répondit pas. Il se dit qu'il la tenait.

— Je voulais juste que tu saches que je sais où tu en es, et que c'est pareil pour moi. Un peu de compréhension ça fait jamais de mal.

Quelque chose sembla changer en elle. Marco capta les vibrations, aiguës et subliminales. Il se sentait comme le pêcheur qui voit le bouchon bouger.

— C'est dur quand on a du talent, dit-il. C'est pas facile pour des gens comme nous d'accepter des compromissions. J'ai eu des occasions de bons boulots, mais la musique c'est ma vie et je m'y tiens.

— C'est exactement la même chose pour moi, dit-elle. Je ne refuserais quand même pas un engagement strictement commercial. Ça fait partie du métier, je suppose.

— Et comment. Je connais. Une fois, j'ai enregistré la musique pour une pub de pâtées pour chien. Et alors ? Le principal, c'est que je ne suis pas assis derrière un bureau et que tu ne t'uses pas les doigts dans un pool de dactylos. On aura notre chance. C'est obligatoire. Et le coup de chance, c'est ça qui fait la différence.

— Je sais.

— En attendant, dit Marco, il faut se débrouiller comme on peut, sans s'occuper des règles et de la morale. Mais il faut être prudente, si tu vois ce que je veux dire.

— Prudente ?

— Ouais. La fauche, c'est pas la partie dangereuse. Ce qui est risqué, c'est de se débarrasser de la came. A qui tu la fourgues ?

Le visage de Michele se referma une seconde, puis prit un air de totale innocence.

— Je ne comprends pas, dit-elle.

— Allons, Michele. T'as pas à jouer la comédie avec moi. Je sais tout.

— Tout ? Sur quoi ?

— Je suis ton ami, dit-il. Les gens comme nous, il faut se tenir les coudes.

Elle garda le silence, se contentant de le regarder d'un air innocent, comme cette conne de Shirley Temple.

— Bon, tu veux pas en parler, d'accord. Mais si tu mets la came au clou, tu te fais baiser. Je connais des mecs qui pourraient t'en donner plus. Penses-y à l'occasion.

— Tu ne bois pas ton café, dit-elle.

— J'en ai pas envie. Tu ferais mieux de venir t'asseoir à côté de moi.

Elle ne bougea pas. Mais il pensait toujours la tenir. Elle n'était pas bête, elle connaissait la musique. C'était ou lui ou…

— Ou peut-être que tu aimerais mieux que je m'en aille ? dit-il, sûr de la réponse.

Sauf qu'elle le surprit.

— Oui, il vaudrait peut-être mieux, dit-elle. J'attends une amie et on va sortir ensemble.

*Merde,* pensa Marco. Il ne s'attendait pas à ça, et il se trouva pris de court.

— D'accord, dit-il en se levant. Pas de problème. Je suis ton ami. Et on va devenir encore plus copains, toi et moi. Grands copains.

— Oui, c'est sûr.

## HUIT HEURES VINGT – E. L. OXMAN

Il avait dormi deux heures au commissariat, en bas, sur un des lits de camp du dortoir, et il était en train de se raser aux toilettes quand Tobin, qui habitait tout près et était rentré coucher chez lui, entra. Oxman le vit dans la glace et le salua de la tête. Tobin était tiré à quatre épingles, comme d'habitude, comme un banquier en route pour le conseil d'administration.

— Il y a une bande de journalistes et de cinéastes sur le trottoir, dit-il en se dirigeant vers un urinoir. La maison n'est plus ce qu'elle était.

— La ville n'est plus ce qu'elle était, dit Oxman avec sérieux.

— Ouais. On a des nouvelles de Kennebank ?

— Pas à ma connaissance. Ce qui veut dire qu'il n'est pas mort.

— C'est toujours ça. Et le .32 automatique ?

— Pas de nouvelles non plus quand je me suis levé, et personne n'est venu m'en donner au milieu de la nuit. Donc, on peut parier que c'est négatif de ce côté.

Tobin referma sa braguette.

— Tu as vu le Lieutenant Smiley ?

— Je n'ai vu personne, sauf moi, dans la glace.

— Vision peu réjouissante, hein, Elliot Leroy ?

Bon, nous voilà revenus à Elliot Leroy, pensa Oxman, amer. Mais il fut obligé de reconnaître que Tobin avait raison. Il avait des valises sous les yeux, les traits tirés, les joues creuses. Ses cheveux huileux lui collaient au crâne. Il posa son rasoir et s'aspergea d'eau le visage pour enlever les restes de mousse. Une fois rasé, il se sentait un peu mieux, quand même.

— Allons voir si Manders est arrivé, dit-il.

Tobin acquiesça de la tête, finit de s'essuyer les mains à une serviette en papier qu'il roula en boule et lança avec précision dans la corbeille.

— Avec un tir pareil, tu aurais dû te faire basketteur, Artie, dit Oxman.

— Je sais. Nous avons tous le sens du rythme, un don naturel pour le basket, sans parler d'une bite d'un pied de long.

Oxman ne releva pas la remarque, et, prenant les devants, traversa la salle de garde jusqu'au bureau de Manders.

Le Lieutenant Smiley était arrivé, et, renversé dans son fauteuil, parlait au téléphone. Il leur fit signe de s'asseoir. Tobin obtempéra. Oxman préféra rester debout. Manders dit :

— Oui, oui, d'accord, c'est convenu. (Puis il raccrocha, en ajoutant :) Putains de journaux.

— Les médias font autant de foin en ville que devant chez nous ? demanda Tobin.

— Et comment. Et ils ne sont pas tout seuls. Vous auriez dû entendre ce que m'a dit ce putain de préfet. Je devrais l'attaquer en diffamation.

Manders se pencha et posa les coudes sur son buvard. Il avait roulé ses manches, et une tache de café ressortait sur la gauche.

— Bon, dit-il, voici le communiqué officiel : « Pas d'empreintes sur le pistolet ; l'inspecteur Kennebank a repris connaissance ; mais la police espère pouvoir identifier l'auteur des crimes par le numéro de série de son arme. »

— Qu'est-ce qu'il y a de vrai là-dedans? demanda Oxman.

— Pratiquement rien. Les tests balistiques ont confirmé que le .32 est bien l'arme des crimes, et elle portait des empreintes, bien nombreuses et bien nettes, mais quand on les a introduites dans l'ordinateur du F.B.I., on a fait chou blanc. Vous savez ce que ça signifie. Le tueur n'a pas de casier judiciaire, il n'a pas fait de service militaire, il n'a jamais été fonctionnaire.

— Ce qui limite la liste des suspects à quelques millions d'individus, dit Tobin.

— Ouais.

— Et le numéro de série ?

— Limé. Le labo l'a fait ressortir avec de l'acide, mais ça ne servira sûrement pas à grand-chose. D'abord, c'est un vieux modèle ; Harrington et Richardson en ont interrompu la fabrication il y a des années. Et secundo, le numéro a été limé il y a longtemps, pas récemment. Le tueur l'a sans doute acheté en fraude et pas chez un armurier patenté. Alors, comment remonter jusqu'au vendeur ?

— Merde, dit Oxman. On revient à la case départ.

— Enfin, nous avons quand même une bonne série d'empreintes, et le tueur ne le sait pas. Ni les autres dingues de la ville.

Dans les affaires d'homicide, c'était une procédure standard que de cacher certaines informations vitales aux médias, non seulement pour tromper la vigilance du coupable, mais pour éliminer les légions de barjos qui s'avouaient coupables dans les affaires célèbres. Cinq sonnés, qu'Oxman connaissait bien, avaient déjà avoué les meurtres de la Quatre-Vingt-Dix-Huitième Rue.

— Si on arrivait à avoir la moindre idée de son identité, on pourrait s'en servir pour le confondre.

— Ce n'est pas grand-chose, lieutenant.

— C'est mieux que rien, dit Manders. Il ne faut pas faire la fine bouche.

— Quel est l'état de Kennebank ? demanda Tobin.

— Toujours critique.

— Et l'équipe qui travaille sur les lieux ?

— Gaines a téléphoné tout à l'heure, dit Manders. Une fouille en règle chez Cindy Wilson nous a permis de découvrir certains éléments, mais qui ne nous mèneront sans doute pas dans la direction recherchée. Le nom et le téléphone de Wally Singer figuraient dans son agenda, et elle avait aussi un tableau de lui. Et est-ce que vous me croiriez si je vous disais qu'on a aussi trouvé un caleçon à ses initiales, W. S. ?

— J'ai interrogé Wally Singer, dit Oxman. Je vous crois.

— Il est marié, non ?

— Oui.

— Ne faites jamais confiance à un mec qui a une queue de cheval, grommela Tobin.

— Gaines l'a interrogé à propos de Cindy Wilson ? demanda Oxman.

— Non. Je lui ai dit de laisser tomber. Je veux que vous vous occupiez de lui, vous ou Artie. Laissez-le un peu mariner dans son jus.

— Je m'en occuperai, dit Tobin.

— D'accord. Ox, vous irez à Brooklyn interroger l'ex de la victime, Vernon Wilson. Il paraît qu'il voulait reprendre la vie conjugale et n'arrêtait pas de traîner dans le coin.

Oxman dit qu'il irait.

— C'est peut-être le vieux truc consistant à commettre des meurtres en série pour détourner les soupçons, spécula Manders. Je n'ai pas l'impression que ce soit le cas, mais il faut vérifier. Si Wilson et Singer ont des alibis pour l'heure des meurtres, assurez-vous qu'ils sont en béton avant de rentrer.

Un bouton en lucite de son téléphone se mit à clignoter. Il décrocha et enfonça la touche. Il écouta, pâlissant, crispant sur le combiné ses doigts jaunis par le tabac. Puis il remercia son correspondant et raccrocha. Sa bouche n'était plus qu'une mince ligne décolorée dans son visage hâve.

— Qu'est-ce que c'est, lieutenant ?

— C'était Carletti, à l'Hôpital Saint-Luc, dit Manders. Kennebank est mort il y a cinq minutes sans avoir repris connaissance.

## LES CASSETTES COLLIER

Oh, ce matin, quand j'ai entendu à la radio que Jack Kennebank, le flic planqué que j'ai abattu, était encore en vie, j'ai eu peur, je l'avoue. Et j'ai toujours peur. Il a vu mon visage, et pourrait m'identifier. Je pourrais me rendre à l'hôpital et essayer de mettre un terme à sa vie, une bonne fois pour toutes, mais il doit être gardé de près, intouchable au milieu d'un labyrinthe de dangers. Oh oui, ils doivent m'attendre, là-bas.

Je marche tout en dictant, cinq pas vers l'est, cinq pas vers l'ouest, enfonçant mes ongles dans mes paumes pour sentir la chaleur de mon sang. Sang de martyr, comme celui coulant sur les clous de la crucifixion.

Faut-il toujours en venir là ? Les mortels doivent-ils toujours rabaisser les dieux à leur vil niveau ?

En marchant, je sens une boule glacée à l'estomac qui me tire de l'avant comme un arc, une souffrance si profonde et si bien accordée aux courants subtils de mon corps qu'elle va au-delà de la douleur physique. Mon angoisse est plus qu'humaine, et, à un moindre degré, a toujours été présente en moi. Rien ne peut-il commencer ou finir sans se payer par la douleur ?

*Rien ?*

Et pourtant, comme dit Euripide : « La puissance divine s'ébranle lentement, mais sûrement. » Je dois faire ma consolation de telles pensées. Je dois réaffirmer ma force et mon dessein.

Car je suis la puissance et la gloire, et la vengeance m'appartient. L'Inspecteur Oxman s'en apercevra. Ils s'en apercevront tous, et bientôt.

La vengeance m'appartient !

## DIX HEURES TRENTE-CINQ – ART TOBIN

Deux minutes après son entrée dans l'appartement, Art Tobin avait jaugé Wally Singer. Un nègre blanc.

Assis au bord de sa chaise, penché en avant, Singer remuait la mâchoire de droite à gauche, spasmodiquement, de sorte que les poils de son menton tremblaient, et lui donnaient l'air d'un lapin. La barbe lui allait bien, pensa Tobin, ironique, mais elle aurait dû être blanche. Barbe blanche pour nègre blanc.

— Je jure devant Dieu que j'étais ici quand ça s'est passé, monsieur l'Inspecteur, disait Singer de sa voix larmoyante. Ma femme, Marian, était avec moi. Demandez-lui, elle vous le dira.

Tobin regardait le petit homme transpirer, se tordre les mains comme une femme. Il avait une trouille de tous les diables, point final. Plus le moindre sentiment pour la morte ; il pensait à sauver ses fesses, voilà tout. C'est lui qui aurait dû être au frigo à la morgue, avec une étiquette à l'orteil.

— Parlons un peu de Cindy Wilson, dit enfin Tobin. Reconnaissez-vous que vous aviez une liaison avec elle ?

— Oui, monsieur l'Inspecteur, je le reconnais. Je n'irais pas vous mentir.

*Tu parles,* pensa Tobin. *Tu mentirais comme un arracheur de dents si tu y trouvais ton compte.*

— Depuis quand la fréquentiez-vous ? dit-il.

— Quelques semaines, pas plus.
— Souvent ?
— Deux fois par semaine.
— Quand l'avez-vous vue pour la dernière fois ?
— Hier. Nous... avons passé la journée ensemble.
— Où ?
— Chez elle.
— Au lit ?

Singer se leva, et, sautillant, alla se placer derrière sa chaise. Tobin s'attendait presque à le voir se mettre à faire les claquettes. Un numéro de clown blanc. Bo Jangles, merde. Mais il eut soudain un geste suppliant et dit :

— Vous n'en parlerez pas à ma femme, hein ? Enfin, elle se doute bien de quelque chose mais... Bon, elle n'est pas sûre. Vous ne lui direz rien, hein ?
— Ça dépend.
— De quoi ?
— De vous. De votre coopération.
— Mais je suis coopératif, non ? Je n'ai rien à cacher.
— Répondez à ma question, dit Tobin. Vous et M^me^ Wilson, avez-vous passé la journée au lit ?
— Oui. Nous... oui.
— A quelle heure l'avez-vous quittée ?
— Un peu après trois heures. Juste avant qu'elle s'en aille à son travail.
— Elle travaillait de seize à vingt-trois heures, non ?
— Oui. Elle travaillait au restaurant La Petite Suisse, dans Columbus Avenue.
— Y êtes-vous allé hier soir ?
— Non. Pour quoi faire ? J'avais passé toute la journée avec elle...
— L'avez-vous appelée au restaurant ?
— Non. Elle préférait pas.
— Où avez-vous passé la soirée, monsieur Singer ?
— Ici. A la maison.
— Toute la soirée ? Vous n'êtes pas sorti ?
— Pas une seule fois, dit Singer. Je suis rentré tout droit

ici après avoir quitté Cindy. Marian est arrivée peu après six heures. Elle avait passé toute la journée à Brooklyn, chez sa sœur.

— Ainsi, votre femme était avec vous à partir de six heures du soir ?

— Ouais. On a dîné, on a regardé la télé un moment. Elle est allée se coucher vers dix heures, pour lire.

— Et vous, qu'avez-vous fait ?

— J'ai continué à regarder la télé.

— Et vous, à quelle heures vous êtes-vous couché ?

— Vers onze heures.

— Vous êtes certain que ce n'était pas plus tard ? Après être revenu d'en face ?

Singer eut l'air stupéfait, puis paniqué.

— Mon Dieu, vous ne croyez quand même pas que c'est moi qui ai tué Cindy, non ? C'est dingue. Pourquoi j'aurais fait une chose pareille ?

— Peut-être que vous vous êtes disputé avec elle. Peut-être qu'elle voulait mettre fin à votre liaison...

— Non, elle ne voulait pas. Elle voulait que je quitte Marian pour l'épouser. Elle m'aimait...

— Mais vous ne l'aimiez pas. Exact ?

— Quelle différence ?

— Peut-être que c'était vous qui vouliez rompre, et qu'elle ne voulait pas. Qu'elle voulait tout raconter à votre femme, dévoiler le pot aux roses.

— Mais ce n'est pas du tout ça ! Il faut me croire, monsieur l'Inspecteur, je vous assure. Ce n'est pas moi qui l'ai tuée. *Ce n'est pas moi !*

Maintenant, Singer sautillait et tressautait si violemment qu'il avait presque l'air de faire des claquettes.

Il était fascinant à regarder, car c'était le stéréotype parfait ; Tobin eut envie de tirer quelques autres ficelles pour voir comment il réagirait. Mais il s'était assez amusé, et ça n'avait pas de sens de pousser plus loin les choses. Singer le dégoûtait et il aurait voulu que ce fût lui le coupable, parce que rien ne lui aurait fait plus de plaisir que de coffrer ce nègre blanc du genre classique. Mais ce mec n'était pas celui qu'ils recherchaient. Petit trouillard larmoyant, oui, mais pas tueur, pas dingue. Tobin le sentait instinctivement, avec ce que les journalistes nomment « le sixième sens des policiers ».

Encore un cul-de-sac, merde.

## ONZE HEURES QUARANTE-CINQ – E. L. OXMAN

Oxman trouva Vernon Wilson en train de peindre le mur arrière du modeste immeuble où il avait son appartement, à Brooklyn, dans le quartier Bensonhurst. Il travaillait régulièrement, à grands gestes mécaniques, comme un automate. Il semblait ne pas avoir envie de s'arrêter, même quand Oxman eut décliné son identité et montré son insigne.

— Je suis ici à propos de votre ex-épouse, lui dit gentiment Oxman. J'aimerais vous poser quelques questions.

— Je pensais bien qu'il viendrait quelqu'un tôt ou tard, dit Wilson.

Il était costaud, pas très grand, mais ventru, avec un torse de taureau et des bras tout bosselés de muscles. Les muscles de son avant-bras se gonflèrent lorsqu'il se remit à badigeonner le mur rugueux de la maison.

— Allez-y, j'écoute.

Oxman posa les questions rituelles, qui lui servirent à évaluer les réactions de Wilson aussi bien que ses réponses. Le costaud avait les yeux rouges, et la voix monotone des gens tristes et traumatisés. Oxman en avait vu des gens dans la peine, au cours de sa carrière, et il reconnaissait une douleur sincère quand il en rencontrait. La douleur de Vernon Wilson n'était pas feinte.

Et il avait un bon alibi pour la veille. Il avait assisté à une réunion du Syndicat des Camionneurs pour discuter du fonds de retraite, puis il était allé dans un bar de Manhattan avec une demi-douzaine de copains des Transports Dillard, l'entreprise où il travaillait, et ils avaient bu bière sur bière jusqu'à minuit passé. Ses amis pourraient témoigner de sa présence, dit-il, de même que le barman avec qui il avait discuté baseball. Oxman nota le nom des amis et l'adresse du bar. La réunion syndicale ne l'intéresssait pas, vu qu'elle s'était terminée avant dix heures.

Il était près de midi quand Oxman en eut fini avec Wilson qu'il laissa à sa peinture consolatrice.

Il prit la Voie Franklin Roosevelt le long de l'East River jusqu'à la Cinquante-Neuvième Rue, puis mit son clignotant à droite et l'écouta tic-taquer sur la bretelle. Il alla droit à Central Park et gara sa voiture non loin de La Taverne du Golf.

Il trouva Jennifer Crane assez facilement. Au soleil, assise en tailleur sur la pelouse, elle dessinait le restaurant de trois-quarts. Oxman lui dit bonjour. Elle leva les yeux du bloc posé sur ses genoux, lui sourit puis retourna à son travail. Concentration d'artiste plus qu'indifférence, se dit-il.

Oxman alla se placer derrière elle et regarda par-dessus son épaule. Elle travaillait au fusain, d'une main sûre et rapide. Le restaurant tout en verrières n'avait jamais paru plus élégant.

— Très bien, dit-il.

— Merci, E. L...

— Je n'étais pas sûr de vous trouver après les événements d'hier soir.

— Je tiens toujours parole, dit-elle. De plus, je suis beaucoup mieux ici que terrée dans ma chambre.

Il l'observa un moment en silence, hypnotisé par les mouvements rapides et économes de sa main, qui se transformaient en image.

— Vous avez déjeuné ? lui demanda-t-il.

— Non.

Elle souleva son coude droit, et, d'un mouvement circulaire, plaça délicatement quelques ombres.

— C'est une invitation ?

— Oui.

De la tête, elle montra La Taverne du Golf :

— Là ?

— Non. Trop cher pour la bourse d'un policier.

— Et aussi pour celle d'une illustratrice.

Jennifer referma son bloc et leva les yeux sur lui. L'herbe était encore légèrement mouillée du dernier arrosage, et Jennifer avait quelques taches d'humidité sur sa jupe. Ses longs cheveux auburn prenaient au soleil de profonds reflets cuivrés, et ses yeux verts s'ombraient de brun. Oxman s'avoua enfin qu'elle était très belle. En elle, le feu couvait sous la glace.

— Je connais un bon petit restaurant ouvert le dimanche dans la Cinquante-Quatrième Rue, dit-il.

— Parfait.

Elle se leva, lissa sa jupe et mit son bloc et son carton à dessin sous son bras.

— Il s'agit d'un interrogatoire officiel ?

Oxman sentait le cours de sa vie changer subtilement. *Qu'il change,* se dit-il. Il était comme un vaisseau prêt à gonfler ses voiles sous la brise et à partir à l'aventure après des années de calme plat.

Il prit Jennifer par le bras et ils se mirent à marcher.

— Pas d'interrogatoire, dit-il, et aussi peu officiel que possible.

Il pensa à Kennebank. Il pensa à Beth. Puis il prit conscience du soleil qui tiédissait son cou et sa joue droite, réveillant en lui vie, chaleur et espoir.

Puis il ne pensa plus qu'à Jennifer Crane.

## MIDI QUINZE – RICHARD CORALES

Corales passa toute la matinée à éviter la police. Il était au courant du meurtre de la veille, une femme de l'immeuble d'en face ; il avait entendu le tapage après minuit et il avait entendu M$^{me}$ Munoz et M$^{me}$ Hayfield en parler le matin dans le hall. Il savait donc que la police reviendrait le harceler, lui poser des questions auxquelles il ne pouvait pas répondre, et il n'avait plus envie de les voir, un point, c'est tout. Qu'est-ce qu'il avait à voir avec des meurtres et des dingues ? Rien. Absolument rien.

De plus, il avait d'autres choses en tête. Sa série gagnante au gin-rami, par exemple. Il avait gagné trente-sept parties de suite — trente-sept ! C'était incroyable ; c'était digne du Livre des Records, sûrement. Il en frémissait chaque fois qu'il y pensait.

Jouer au gin-rami avec Willie, établir son record du monde — voilà comment il avait envie de passer son dimanche. Il s'était senti en veine en se levant le matin, vraiment en veine. Ça le démangeait de commencer. Mais non, il y avait eu un nouveau meurtre, la police grouillait partout, et puis Willie avait appelé pour dire qu'il ne viendrait pas comme prévu parce qu'il avait d'autres choses à faire. Ce n'était pas juste. Non, pas juste.

Immédiatement après le coup de fil de Willie, Corales avait pris sa boîte à outils et était allé s'enfermer dans l'appartement des Royce, au quatrième. Les Royce étaient à Long Island pour le week-end, et ça faisait des semaines qu'ils l'asticotaient pour arranger leur chasse d'eau qui marchait mal et leur robinet de cuisine qui fuyait. On avait sonné une fois, mais il n'avait pas ouvert. Il avait réparé la toilette et le robinet, puis mis la télé, avec le son très bas, pour regarder le match des Giants et des Eagles. Sa télé à lui était noir et blanc ; celle des Royce était en couleurs. Le football est toujours mieux en couleurs.

La seule raison qui lui fit quitter l'appartement, c'était qu'il avait faim et qu'il ne voulait rien prendre dans le frigo des Royce. Il n'était pas un voleur. Il se dit qu'il allait se glisser chez lui en catimini, prendre du pain, un peu de charcuterie et quelques bières, et remonter tout de suite regarder la fin du match.

Mais il n'était pas plus tôt arrivé au sous-sol que Benny Hiller, du 2-B, s'était amené. Hiller ne l'avait pas suivi au sous-sol ; il y était déjà, près des poubelles. Et il avait l'air furax, en plus, comme quelqu'un qui a envie de cogner.

— J'ai deux mots à vous dire, Corales, dit-il.

— D'accord, monsieur Hiller. A propos de quoi ?

— A propos de votre ami Lorsec. Vous l'avez encore laissé entrer ici hier soir, après mon coup de fil ?

— Ouais, je suppose, dit Corales, penaud. Il y a pas de mal à ça, monsieur Hiller. Willie est un brave gars, et il faut bien qu'il gagne sa croûte comme tout le monde...

— Je vous ai dit que je ne voulais pas le voir rôder ici. Il n'habite pas l'immeuble. Je ne sais même pas qui il est, merde.

— Il est brocanteur, dit Corales.

— Ouais ? Pour ce que j'en sais, il pourrait bien être celui qui refroidit tout le monde dans le bloc.

— Willie ne ferait pas de mal à une mouche. C'est mon ami ; on joue au gin-rami ensemble. Je vous ai parlé de ma série gagnante, monsieur Hiller ?

— Je m'en tape, de votre série gagnante, dit Hiller. J'ai dit à Lorsec et je vous ai dit à vous que je ne voulais pas qu'il vienne fouiner par ici, et maintenant, voilà que je m'aperçois qu'il est revenu. Ça m'emmerde, Corales. *Vous* m'emmerdez.

— Je ne suis pas forcé de faire ce que vous me dites, monsieur Hiller, dit Corales. Vous n'êtes pas propriétaire de la maison.

— C'est vrai, mais je le connais, le propriétaire. Vous voulez que je le prévienne que vous laissez des étrangers pénétrer dans l'immeuble ?

— Vous n'iriez pas faire ça, dit Corales, avec un frisson d'appréhension.

— Tu parles ! Si j'apprends que vous avez laissé Lorsec revenir voler ici, je vous ferai perdre votre place.

— Voler ? Willie n'a rien volé. Je ne l'ai pas quitté.

— Il a fouillé dans mes ordures, et il a pris des choses.

— Quelles choses ?

— Ça ne vous regarde pas. Des choses qu'il n'avait pas le droit de prendre.

— Mais vous les aviez jetées, monsieur Hiller. Sinon, elles n'auraient pas été dans vos ordures. Et prendre des choses que quelqu'un a jetées, c'est pas voler.

— Assez discuté, ballot. J'ai dit...

— Me traitez plus jamais de ballot.

Corales avait parlé d'une voix calme, mais il avait fermé les poings, et Hiller perçut sa fureur. Il recula d'un pas, comme quelqu'un qui n'est pas si sûr de lui, après tout, et il dit :

— D'accord, je retire ce que j'ai dit :

— Ne le répétez jamais, dit Corales, satisfait de cette excuse, mais quand même encore en colère. Je ne suis pas un ballot.

— D'accord. Mais je maintiens ce que j'ai dit avant. Si Lorsec revient, je me plains au propriétaire.

Corales ne répondit pas. Il allait réfléchir à ce qu'il ferait ; et tant qu'il n'aurait pas pris une décision, il valait mieux la fermer.

— Encore une chose, dit Hiller. Où habite-il ?

— Qui ?

— Lorsec, évidemment.
— Pourquoi vous voulez le savoir ?
— Je veux lui parler.
— A propos de quoi ?
— A propos de ce qu'il a pris dans mes ordures. Il m'a dit qu'il habitait dans le bloc voisin. Quel immeuble ?
— Je ne sais pas, dit Corales.
— Allons donc, Corales. Quel immeuble ?
— Je ne sais pas. Maintenant, il faut que je m'en aille, monsieur Hiller. Je me rappellerai ce que vous avez dit ; je ne risque pas de l'oublier.

Il ouvrit la porte de son appartement et entra chez lui. Quand il ressortit, cinq minutes plus tard, avec pain, charcuterie et bière, Hiller avait disparu.

En remontant au troisième, Corales se demanda ce que Willie pouvait bien avoir pris dans les ordures de Hiller. Il n'avait rien remarqué de particulier, et Willie ne lui avait rien montré, comme il le faisait quelquefois quand il trouvait un objet intéressant. Qu'est-ce qui pouvait mettre Hiller dans un état pareil ? Des ordures, c'est des ordures, non ?

## QUINZE HEURES DIX – JENNIFER CRANE

Assise près d'Oxman dans la voiture en revenant de déjeuner, Jennifer ressentait des sentiments ambigus, mi-exaltation, mi-gêne. D'un côté, c'était un homme séduisant, et l'idée de coucher avec lui l'excitait. Mais d'un autre côté, il réveillait des choses en elle, ressuscitait des sentiments et des émotions enterrés depuis longtemps. Elle pourrait l'aimer, et cela l'effrayait. Elle n'avait aimé aucun homme depuis Zach ; elle ne devait plus jamais se laisser aller à aimer personne, sauf elle-même.

Jusqu'à maintenant, elle restait parfaitement maîtresse de ces rapports naissants. Elle avait manipulé E. L., l'avait mentalement séduit comme elle le séduirait physiquement. C'était un jeu qu'elle avait souvent joué avec bien des hommes et où elle était passée expert. Mais elle sentait que la situation pouvait se retourner contre elle, si subtilement d'abord qu'elle ne s'en apercevrait que lorsqu'il serait trop tard. C'était un homme intelligent, volontaire, profond ; on pouvait le manipuler un temps, mais pas indéfiniment. Elle avait déjà connu des hommes comme lui, et toujours, toujours, elle avait rompu quand elle avait encore barre sur eux. Mais elle n'avait pas ressenti grand-chose pour aucun. C'étaient juste des hommes, des corps chauds par les nuits froides, membres durs et brûlants comblant le creux de sa solitude. Avec E. L. Oxman, c'était différent. Pour la première fois depuis neuf ans, les graines de l'amour avaient été semées en elle, et il ne faudrait pas grand chose pour les faire germer.

Elle s'étonnait d'éprouver ces sentiments après tant d'années. Après ce que Zach lui avait fait. Elle s'était répété assez souvent qu'elle haïssait les hommes, et elle supposait encore que c'était vrai. Alors, comment une chose pareille pouvait-elle lui arriver, à elle ? Elle n'avait pas baissé sa garde, n'avait rien changé à son apparence, n'avait rien perdu de son amertume et de sa résolution. Alors, comment était-ce possible ?

Les meurtres, pensa-t-elle, c'est ça. La mort de Martin Simmons l'avait beaucoup plus bouleversée qu'elle ne l'avait avoué à E. L., qu'elle ne se l'était avoué à elle-même. Sa mort l'avait ébranlée, l'avait déchirée intérieurement, l'avait de nouveau rendue vulnérable.

Elle jeta un coup d'œil à E. L. Il regardait droit devant lui, les mains sur le volant — conducteur compétent, avec quelque chose de puissant et d'agressif dans son maniement de la voiture. *Je devrais rompre immédiatement,* se dit-elle, *Ne pas même coucher avec lui.* Mais rien qu'à le regarder, elle sentait un picotement entre ses jambes. Dieu, ce qu'elle avait envie de faire l'amour avec lui ! D'un désir presque invincible, et dont l'intensité même ajoutait à sa gêne. C'était dangereux de désirer un homme à ce point, car c'était ainsi qu'elle avait désiré Zach, au début.

Zach. Elle repensa à lui, malgré elle. Grand costaud très musclé, incroyable au lit. Six fois par nuit, des orgasmes à la pelle — incroyable. Forte personnalité macho, facile à vivre la plupart du temps, mais avec un fond mauvais, un côté ténébreux dont elle n'avait pas bien pris conscience avant de tomber enceinte. Sa faute, cette grossesse, parce qu'elle avait oublié de renouveler son ordonnance pour la Pilule. Sa rage à lui quand elle l'avait mis au courant, sa rage quand elle lui avait dit qu'elle voulait garder le bébé. Les scènes. Puis les coups, des coups de poing dans le ventre jusqu'à l'hémorragie et après, son départ, la laissant seule et ensanglantée par terre ; elle avait rampé jusqu'au téléphone pour appeler une ambulance qui l'avait emmenée à l'hôpital. Elle ne l'avait plus jamais revu. Ce qui était aussi bien, parce que s'il avait essayé de la revoir, elle l'aurait tué, elle l'aurait assassiné comme il avait assassiné son enfant.

— ... ne va pas ?

Jennifer battit des paupières et regarda E. L.

— Qu'est-ce que vous avez dit ?

— Je vous ai demandé si quelque chose n'allait pas. Vous aviez un drôle d'air.

— Non, dit-elle. Tout va bien. Je réfléchissais, c'est tout.

— Si quelque chose vous tourmente, vous pouvez me le dire.

Elle eut envie de lui parler de Zach, du bébé, mais elle se maîtrisa. Trop personnel, trop douloureux — non. Elle n'avait jamais raconté à personne cet épisode de sa vie ; et cet homme était bien la dernière personne à qui le raconter. *Garde vos rapports superficiels,* se dit-elle. *Il est déjà assez dangereux comme ça.*

— Rien d'important, mentit-elle.

Il la regarda dans les yeux quelques instants, comme pendant le déjeuner. Comme s'il essayait de voir ses pensées derrière ses yeux. Il voulait pénétrer dans son esprit aussi bien que dans son corps, et elle n'était pas sûre de pouvoir l'en empêcher, pas sûre de ne pas céder. Et cela, encore plus que son amour naissant, l'effrayait.

E. L. passa devant une équipe de télé qui filmait le bloc, entourée d'un petit groupe de badauds, et arrêta la voiture le long du trottoir devant son immeuble. Il mit le frein à main, mais laissa le moteur tourner. Jennifer comprit ce que cela signifiait, et elle pensa : *merde, merde* — parce que le désir la consumait et qu'elle n'avait pas envie de passer l'après-midi seule. Mais son visage resta impassible. Elle l'invita quand même, parce que cela faisait partie du jeu qu'elle avait instauré entre eux.

— Montez avec moi, E. L.

— Tout de suite, je ne peux pas. J'ai du travail.

— Oui, je sais. Je passerai la soirée chez moi. Ou bien serez-vous pris ce soir aussi ?

— Ça dépend, dit-il lentement. Peut-être pas. Si je peux m'échapper... vous voulez que je vous appelle avant ?

— Ce n'est pas nécessaire. Venez si vous pouvez, c'est tout.

— D'accord. Si je peux.

— Si vous pouvez. Ça m'a fait plaisir de déjeuner avec vous, E. L.

— A moi aussi, dit-il.

## QUINZE HEURES CINQUANTE-CINQ – E. L. OXMAN

L'appel survint dix minutes après l'arrivée d'Oxman au commissariat.

Assis dans le bureau du Lieutenant Smiley, il écoutait Manders se plaindre. Des media — il avait un numéro du *Post* sur son bureau, avec une manchette qui proclamait : LA POLICE PIÉTINE DANS L'AFFAIRE DE LA QUATRE-VINGT-DIX-HUITIEME RUE OUEST. Des engueulades qu'il essuyait de la part du maire et du préfet. Et du manque de toute piste positive. Vernon Wilson semblait hors de cause, de même que Wally Singer. Tobin avait téléphoné un peu plus tôt, et avait fait un rapport négatif. Les enquêtes sur les criminels connus et les malades mentaux ayant habité la Quatre-Vingt-Dix-Huitième Rue au cours des dix dernières années s'étaient également révélées négatives. Comme les analyses au labo des vêtements de Cindy Wilson et de Jack Kennebank. Comme l'examen minutieux de la scène des deux crimes.

— Tous les gens ont le trouillomètre à zéro, disait Manders. La moitié a appelé, soit ici, soit au Q.G. pour demander la protection de la police. Et je les comprends. Si j'habitais dans ce bloc, j'en ferais autant.

— Et si on mettait un autre collègue en planque ?

— Ouais — j'ai déjà pris des mesures — pour deux hommes, au lieu d'un seul. J'ai retiré Tolluto d'une autre affaire, et le Commissariat Soixante-Sept nous prête un de ses as. Peut-être qu'ils arriveront à quelque chose. Kennebank, le pauvre, est bien arrivé à faire sortir notre dingue de son trou ; peut-être que ça se reproduira. Mais il vaut mieux ne pas trop y compter.

— Pourquoi ?

— Parce que le chef m'a ordonné de multiplier les patrouilles dans le quartier, dit Manders. Les résidents veulent toute la protection possible, et ça signifie qu'ils veulent voir des uniformes. Alors, on va leur en donner — trois voitures croiseront dans le coin à intervalles réguliers, nuit et jour.

— Jusqu'à quand ?

— Je n'en sais rien, merde ! On ne pourra pas continuer indéfiniment ; nous n'avons pas les effectifs suffisants. De plus, s'il y a trop de flics visibles, le dingue va sans doute se terrer dans son trou jusqu'à ce qu'on se retire, puis recommencer à frapper. Et on sera revenus à la case départ. Mais le grand chef dit que des flics en planque, ça ne suffit pas, qu'il faut minimiser les risques le plus possible pour la population. Et qu'est-ce que je peux faire quand le grand chef a parlé ? Si c'était moi...

On frappa à la porte, et un inspecteur, Ed Slater, passa la tête par l'entrebâillement.

— Un appel pour toi, Ox, dit-il à Oxman. C'est peut-être important — un mec, au sujet des meurtres de la Quatre-Vingt-Dix-Huitième Rue.

— Il a donné son nom ?

— Non. Il t'a demandé, c'est tout, et il n'a rien voulu dire d'autre.

Oxman se leva.

— C'est sans doute un autre barjo, dit Manders. Mais allez-y, Ox. Prenez-le ici.

Il poussa le téléphone à travers son bureau.

— Ligne quatre, dit Slater.

Oxman décrocha, enfonça le bouton quatre.

— Inspecteur Oxman à l'appareil.

— Ah, bonjour, Inspecteur.

Voix masculine, douce, cultivée.

— C'est Dieu qui vous appelle.

— Pardon ?

— Vous m'avez bien entendu. Je suis le Seigneur Dieu et la Conscience de la Quatre-Vingt-Dix-Huitième Rue. Je suis l'Ange de la Miséricorde et l'Ange de la Mort. C'est ce qu'a découvert Cindy Wilson hier soir. De même que Jack Kennebank quand il a tenté de s'opposer à la Volonté de Dieu.

Oxman posa la main sur le combiné et siffla à Slater, toujours à la porte :

— Repérez la provenance.

Manders se leva, une cigarette à la bouche, et s'approcha en fronçant les sourcils, tandis que Slater disparaissait.

— Qui est-ce, Ox ?

Oxman secoua la tête. A son oreille, la voix disait :

— N'essayez pas de repérer d'où vient cet appel. Je connais le procédé, et je sais combien de temps il prend. Je ne parlerai pas si longtemps.

— Qui êtes-vous ?

— Je vous l'ai dit. Je suis Dieu — l'Ange de la Miséricorde et l'Ange de la Mort.

— C'est vous qui avez commis tous ces meurtres de la Quatre-Vingt-Dix-Huitième Rue ?

— Oui. Je les ai tués. Je les ai *exécutés*. Vous pensez que j'ai commis des assassinats, n'est-ce pas ? Il n'en est rien. J'ai abattu sur eux ma colère au nom de la justice, je les ai punis de leurs péchés. La vengeance m'appartient.

— Pourquoi ? Que vous avaient fait Cindy Wilson et les autres ?

— Ils avaient offensé l'univers dans lequel ils vivaient ; ils m'avaient offensé. C'étaient des pécheurs, et le salaire du péché est la mort. Vous comprenez ?

Oxman ne comprenait que trop bien. Un fou furieux. Mais était-ce un de ces dingues inoffensifs qui recherchent la publicité, ou était-ce leur dingue ? Voilà la question. Si c'était leur homme, c'était bien ce qu'ils craignaient, et peut-être pire. Un névrosé affligé d'un complexe de Dieu, c'était la pire espèce.

— Comment savez-vous que c'étaient des pécheurs ? demanda-t-il, surveillant du coin de l'œil Slater qui, à son bureau, essayait d'accélérer les recherches. Vous habitez dans ce bloc, c'est bien ça ?

— Dieu réside dans le ciel, dit la voix. Les péchés de mes enfants me sont bien connus ; je les vois tous par l'Œil de Dieu. Aucun péché n'échappe à l'Œil de Dieu, Inspecteur Oxman. Pas même les vôtres.

— De quoi parlez-vous ?

— Si vous entrez dans mon domaine, vous devez vous conformer à mes lois et à mes commandements. Vous et tous vos acolytes. Sinon, vous mourrez comme tous les autres sont morts, selon mon bon plaisir.

— Vous ne pouvez pas nous tuer tous, dit Oxman. Si vous savez où est votre intérêt...

— Si vous savez où est *votre* intérêt, Inspecteur Oxman, vous ne continuerez pas à me défier. Je suis plus fort que vous. Vous ne pouvez pas m'empêcher de purifier mon univers ; vous ne pouvez pas m'arrêter. Les empreintes de l'arme que vous avez trouvée sont inutiles ; mes empreintes ne figurent dans aucun fichier sur cette terre. Et le numéro de série ne vous permettra pas de remonter jusqu'à moi. C'est pourquoi je continuerai à frapper comme je l'entendrai. Soyez prudent, ou c'est vous qui serez le prochain à ressentir le poids de mon courroux.

Il y eut un déclic suivi de la tonalité.

Oxman raccrocha avec rage, pivota sur lui-même et se rua dans la salle de garde. Manders, son visage de basset crispé et grimaçant, se dirigea vers le bureau de Slater où celui-ci continuait à parler au téléphone. Mais Oxman sut qu'il n'avait pas eu le temps de repérer l'origine de l'appel avant même que Slater lui fasse « non » de la tête.

— Merde, dit Manders en se tournant vers Oxman.

Qu'en pensez-vous, Ox ? C'est peut-être un dingue qui suppose que nous ne pouvons rien trouver à partir des empreintes et du numéro de série du .32.

— Je ne crois pas. Les dingues ne font pas ce genre de suppositions. Et d'ailleurs, nous avons dit que nous n'avions pas trouvé d'empreintes, vous vous rappelez ? Non, je sens dans mes tripes que c'est lui.

— Ouais, acquiesça Manders, moi aussi. Sa motivation — la vertu, la punition des pécheurs —, ça concorde. Si c'était lui, son appel constitue sa première faute. Maintenant, nous connaissons ses mobiles, et nous savons qu'il se croit intouchable quoiqu'il fasse ou que nous fassions. Ça me plaît ; ça signifie qu'il va peut-être commettre des imprudences.

— C'est une façon de voir les choses, dit Oxman. Mais quel qu'il soit, il est salement astucieux ; son comportement jusqu'ici le prouve. Et il a peut-être une bonne raison de se sentir intouchable.

— Comme quoi ?

— Je ne sais pas. Un avantage quelconque, un moyen de savoir ce qui se passe dans ce bloc.

— Ce qui signifie qu'il doit y habiter.

— Ce serait logique.

— Quelqu'un à qui vous avez parlé personnellement, peut-être, dit Manders. Quelqu'un vous a donné du fil à retordre ? Vous avez harcelé l'un des résidents ?

— Non. Pourquoi ?

— Cet avertissement, à la fin. Vous conseillant d'être prudent si vous ne voulez pas être la prochaine victime. Ça avait l'air personnel, un peu comme s'il avait quelque chose contre vous.

— En effet, dit Oxman d'un ton rêveur.

— Pourquoi vous sélectionner, vous ?

— C'est moi qui dirige l'enquête ; c'était dans tous les journaux. Je pourrais être un symbole, une sorte d'antéchrist potentiel à ses yeux.

*A ses yeux.*

Oxman fronça les sourcils. Il avait déjà commencé à repasser mentalement la conversation, cherchant un indice, n'importe lequel. Et maintenant, il se rappelait la voix qui disait : « Les péchés de mes enfants me sont bien connus. Je les vois tous par l'Œil de Dieu. » Pourquoi formuler ainsi sa pensée ? Pourquoi « Œil » au singulier, et pas au pluriel ? Pourquoi pas : « Je les vois tous par mes yeux » ?

— C'est possible, je suppose, concéda Manders. Mais je maintiens que ça paraissait personnel. Faites attention quand vous serez dans ce bloc, Ox. J'ai déjà perdu un flic ; je n'ai pas envie de vous perdre.

— Vous ne me perdrez pas, ne vous en faites pas.

— Je suis payé pour m'en faire, dit Manders. Et je m'en fais beaucoup en ce moment. Faites bien attention, vous m'entendez ?

Oxman acquiesça de la tête. Mais il pensait : l'Œil de Dieu.

Que pouvait bien vouloir dire son correspondant par l'Œil de Dieu ?

## DIX-SEPT HEURES DIX – BENNY HILLER

Il fallut à Benny Hiller tout l'après-midi pour trouver Willie Lorsec.

Après son algarade avec ce connard de Corales, il avait arpenté les blocs s'étendant entre West End et Amsterdam Avenues, regardant tous les noms sur les boîtes à lettres, sans trouver celui de Lorsec, de sorte que Hiller ne savait pas dans quel immeuble habitait le chiffonnier. Il fallait pourtant bien que ce soit dans l'un d'eux, car Lorsec lui-même avait laissé échapper qu'il habitait le quartier. Peut-être qu'il ne mettait pas son nom sur sa boîte parce qu'il ne recevait pas beaucoup de courrier. Ou peut-être qu'il ne voulait pas qu'on sache où il habitait ; il ne figurait pas non plus dans l'annuaire de Manhattan.

Hiller n'arrivait pas à se défaire de l'impression que Lorsec mijotait quelque chose, que son boulot de chiffonnier n'était qu'une couverture. Le chantage, peut-être ; c'était la possibilité qui faisait le plus peur à Hiller. Lorsec avait manifesté beaucoup trop d'intérêt pour les ordures de Hiller, tellement d'intérêt qu'il était revenu la veille au soir, après s'être fait virer par Hiller, et qu'il avait emporté l'écrin de la bague et les étiquettes des étoles de fourrure que Hiller avait fauchées dans l'East Side la semaine précédente. Et qu'est-ce qu'un chiffonnier pouvait bien faire d'un écrin vide et d'étiquettes, merde ? Non, Lorsec devait avoir additionné deux et deux, et en avoir déduit la véritable profession de Hiller. Le salaud mijotait quelque chose, c'était sûr. Et Hiller avait bien l'intention de trouver ce que c'était — et de couper l'herbe sous le pied à Lorsec.

Aussi, c'était bien de sa faute, nom de Dieu. Il aurait dû jeter les étiquettes dans les toilettes, et l'écrin dans le fleuve. Seulement, qui aurait été s'imaginer que quelqu'un fouillait dans les ordures, merde ? Même quand il avait chassé Lorsec, la veille, il n'avait jamais pensé que ce salaud reviendrait ; alors il avait tout laissé dans son sac, qu'il s'était contenté de fourrer tout au fond d'une poubelle. Ça, c'était une grosse faute. Du genre à l'amener en taule si l'autre voulait lui mettre les flics au cul.

Bon, il arrangerait l'affaire avec Lorsec, d'une façon ou d'une autre. Et il ferait bien attention de ne plus commettre cette faute à l'avenir. Il cambriolait depuis six ans, une moyenne d'une ou deux fois par mois — plus de cent coups jusque-là — et il ne s'était jamais fait pincer.

Ce n'étaient pas les flics qui le rendaient nerveux. C'était Lorsec, et de ne pas savoir ce que ce salaud mijotait. Et aussi, les meurtres, cinq jusqu'à présent, avec le flic. Il y avait de quoi être nerveux, non ? Si la police ne trouvait pas bientôt le dingue, il allait déménager, peut-être louer un appartement plus grand dans l'East Side, s'élever dans l'échelle sociale. Il pouvait se le permettre ; il avait un beau petit magot planqué dans un coffre à la Chase Manhattan Bank. Ouais, il allait peut-être déménager, quoi qu'il arrive. Il habitait ici depuis trois ans, les gens commençaient à connaître son visage. Et les flics aussi, avec tous ces meurtres. C'était malsain de continuer à traîner dans le coin.

Merde pour les flics, pensa-t-il. Ils étaient censés protéger le public des dingues à pistolets. Et quand on avait vraiment besoin d'eux, c'étaient des vrais bons à rien.

Quand il finit par trouver Lorsec, ce fut dans une ruelle séparant deux immeubles du bloc même de Hiller. Hiller marchait dans West End, parce qu'il ne voulait pas se faire remarquer en limitant ses recherches à la Quatre-Vingt-

Dix-Huitième Rue, et quand il tourna le coin, il vit Lorsec. Le chiffonnier, son sac en toile bourré à la main, sortait du sous-sol de l'immeuble de gauche, avec un mec en casquette de base-ball qui devait être le gardien.

Hiller revint à reculons jusqu'au coin et s'appuya contre un réverbère pour allumer une cigarette. En sortant de la ruelle, peut-être que Lorsec irait fouiller dans d'autres poubelles du bloc. Mais tôt ou tard, il serait bien obligé de rentrer chez lui, et Hiller le suivrait.

Cinq minutes s'écoulèrent avant que Lorsec ne parût. Il se dirigea vers l'est, traversant West End, son gros sac en toile sur l'épaule, comme un Père Noël crasseux avec sa hotte. Il n'avait aucune raison de se croire suivi, de sorte qu'il ne regarda pas derrière lui et ne vit pas Hiller traverser nonchalamment pour entrer dans la Quatre-Vint-Dix-Huitième Rue. Au milieu du bloc, Lorsec monta le perron d'un immeuble, sortit une clé pour ouvrir la porte et disparut à l'intérieur.

Hiller alla jusqu'à Broadway, traversa et revint sur le trottoir opposé. Lorsec n'avait pas reparu. Hiller monta sur le perron et regarda les boîtes à lettres. L'immeuble comportait huit appartements, et sept boîtes portaient des noms ; celle qui n'en avait pas était donc celle de Lorsec. Hiller nota mentalement le numéro de l'appartement — six — et redescendit dans la rue.

## DIX-HUIT HEURES VINGT – MICHELE BUTLER

Elle allait être obligée de coucher avec Marco. Impossible d'y couper.

Il s'était laissé mettre à la porte, ce matin, était sorti sans insister, mais il ne serait pas si accommodant la prochaine fois. Il était bien résolu à jouir de son corps, et si elle ne cédait pas, elle était sûre qu'il deviendrait méchant — la frapperait, la violerait, peut-être. C'était le genre. Et elle ne pouvait rien faire, parce que si elle se plaignait, il irait la dénoncer à la police. Pas en personne, ce n'était pas le genre ; anonymement. Mais ça suffirait — la police ferait une enquête, et l'horrible vérité s'étalerait au grand jour. Elle serait mise en prison, déshonorée. Et ce serait la fin de sa carrière de comédienne.

L'idée d'aller en prison, de gâcher sa carrière, lui répugnait encore plus que l'idée de coucher avec Marco Pollosetti. Elle serait donc obligée de coucher avec Marco, comme elle avait été obligée de voler. Pour sa sécurité, pour son art. Elle avait accepté ce fait pendant sa dernière visite, pendant qu'il la regardait de ses petits yeux bizarres et cochons, et pourtant, elle n'avait pas eu le courage de s'exécuter. Pas encore, pas aujourd'hui. Elle avait besoin de temps pour se préparer à ce rôle.

Ce serait son rôle le plus difficile jusque-là, un véritable test de son talent, parce qu'elle devait le jouer de telle sorte que ce serait une représentation unique, qu'elle n'aurait pas à bisser. Elle ne pourrait pas supporter de faire l'amour plus d'une fois avec Marco. Elle devait être pour lui une partenaire insatisfaisante, mais s'y prendre de telle sorte qu'il soit convaincu qu'elle ne se retenait pas ; il fallait qu'elle lui fasse croire qu'elle détestait l'amour physique, et non lui. Qu'elle était frigide.

## VINGT HEURES QUINZE – E. L. OXMAN

Un quart d'heure après son arrivée chez Jennifer Crane, Oxman était au lit avec elle.

Pas de chichis, pas de mise en scène, pas de minauderies, comme c'était toujours le cas avec Beth, même dans les rares occasions où elle était d'humeur. Jennifer leur prépara un verre qu'ils burent sans parler en se dévorant des yeux, puis elle le prit par la main et le conduisit à la chambre à coucher. Une fois, il pensa : *je ne devrais pas faire ça.* Mais cette pensée s'évanouit au premier baiser. Elle savait embrasser ; elle avait la bouche tendre, la langue ardente. Pas comme Beth. Pas du tout comme Beth. Et elle le déshabilla pendant qu'il la déshabillait ; Beth n'avait jamais fait ça durant toutes leurs années de mariage. Et ses mains... leurs caresses l'électrisaient. Et son corps, tout en courbes douces, soyeux, aux mamelons durs, toute sa personne ardente et vibrante, exigeante et implorante à la fois.

Quand il la pénétra, toute cette chaleur humide et douce le saisit, comme un choc. Il l'entendit crier, puis murmurer à son oreille : « Oui, oh oui ! » Ils se mirent à bouger ensemble, doucement. Il avait peur d'éjaculer trop vite, vieux problème que Beth exploitait toujours. Mais Jennifer avait trop d'expérience pour laissser la chose se produire, comme si elle percevait son inquiétude. Elle ralentit encore son mouvement, ralentit les caresses rythmiques de ses mains sur son dos.

— Relaxe, murmura-t-elle. Relaxe. Doucement.

Il lui caressa les seins, fixa sa bouche sur un de ses mamelons qu'il mordilla comme elle l'attirait plus profondément en elle, toujours du même rythme prudent et lent. Il sentit l'orgasme venir, pensa *non*, voulut se retirer, mais elle le retint, s'immobilisant quelques secondes, lui caressant les fesses jusqu'à ce qu'il fût prêt à repartir. Chaque fois qu'il approcha de l'extase, elle fit la même chose — le serrant, s'ouvrant, l'immobilisant un moment, laissant l'exaltation se calmer pour la faire croître de nouveau, lentement.

Encore et encore. Il avait des sensations exquises, presque douloureuses ; il avait l'impression de se noyer en elle. Il ne pouvait pas réfléchir, ne voulait pas réfléchir. Encore et encore.

Enfin, elle se mit à bouger de façon plus pressante, choc stupéfiant ; elle lui enfonça les ongles dans les fesses, arqua le dos pour aller à sa rencontre avec un petit cri, et il sentit la faible palpitation de son orgasme ; elle chercha sa bouche, la prit, gémit. Et il jouit en même temps qu'elle, en un orgasme qui fut une série d'explosions qui le laissèrent pantelant, secoué de frissons.

Ils restèrent enlacés, trempés de sueur, toujours unis.

— Dieu ce que c'était bon, dit-elle en lui mordillant l'oreille. Fantastique, pour une première fois.

Il fut incapable de répondre.

— Je crois que j'ai joui trois fois, dit Jennifer. Trois fois en dix secondes.

Il fit un mouvement pour se retirer, parce que Beth voulait toujours qu'il se retire immédiatement, mais elle s'accrocha à lui, et se resserra en disant :

— Non, pas tout de suite.

Ils restèrent ainsi un moment, Oxman le visage enfoui dans son cou, une main sur un de ses seins. Puis, quand ils eurent tous deux repris leur respiration, elle dit :

— Maintenant tu peux te retirer.

Et elle le laissa doucement s'éloigner d'elle et rouler sur le dos.

La lumière était toujours allumée ; il ne s'en était même pas aperçu. Il étrécit les yeux, la regarda tendre la main vers la table de nuit pour prendre ses cigarettes. Elle avait l'air doux après l'amour, pensa-t-il, ce n'était plus la reine de glace ; le feu avait fait fondre son vernis glacé. Tapotant son oreiller puis se renversant pour allumer une cigarette, elle avait le regard alangui. *Qui es-tu ?* pensa-t-il en la regardant. *Que la vraie Jennifer Crane paraisse.*

Elle lui offrit une cigarette, mais il refusa de la tête.

— C'est pourtant bon après l'amour, tu sais, dit-elle. Ou c'est parce que tu ne fumes pas ?

De nouveau, il secoua la tête.

— Tu n'as pas prononcé un mot, E. L. Qu'est-ce qu'il y a ? Ça ne t'a pas plu ?

— Si, ça m'a plu. Il y avait longtemps que je n'avais pas fait l'amour comme ça.

Elle sourit.

— Moi non plus. Tu fais très bien l'amour.

— Toi aussi.

— J'ai beaucoup de pratique. Et ta femme, comment est-elle, au lit ? Ou bien ça t'ennuie de parler d'elle couché avec une autre ?

Il lui jeta un regard incisif. Mais elle n'était pas sarcastique ; simplement curieuse, c'est tout — la femme moderne, pour qui rien n'est sacré.

— Je n'ai jamais couché avec une autre femme, dit-il. Tu es la première depuis que j'ai prêté serment de fidélité à mon mariage.

Elle haussa un sourcil étonné.

— Depuis quand es-tu marié ?

— Dix-neuf ans.

— Mon Dieu ! Ça fait long pour rester fidèle. Tu dois l'aimer beaucoup.

— Non, je ne l'aime pas, dit-il, étonné lui-même de ses paroles. Je ne l'aime pas du tout.

— Est-ce qu'elle t'aime ?

— Je ne crois pas.

Elle l'observa attentivement.

— Alors, pourquoi rester marié avec elle ? Pourquoi rester fidèle ?

— Je suppose que je suis vieux jeu. On cherche à tirer le meilleur parti d'une situation, bonne ou mauvaise. Et tout mariage a sa force d'inertie qui lui est propre. (Il fit une pause.) Je ne voulais pas compliquer ma vie.

— Est-ce que je la complique ?

— Je ne sais pas. Peut-être.

— Alors, pourquoi coucher avec moi ? Après tant d'années ?

— Je suppose que j'étais prêt. Depuis longtemps.

— C'est la seule raison ?

— Tu es très séduisante, dit-il. Je ne te connais pas, je ne te comprends pas, mais tu es sacrément désirable.

— Le sentiment est réciproque.

Elle aspira une profonde bouffée de sa cigarette.

— Est-ce que tu as envie de me connaître, E. L. ?

— Je n'en suis pas sûr.

— Je ne suis pas sûre non plus d'avoir envie de te connaître. Tu pourrais compliquer ma vie, à moi.

Il n'était pas préparé à ça ; cela le surprit, autant que sa propre franchise au sujet de Beth. C'était la première fois qu'elle laissait quelque sentiment transparaître sous son masque. Encore des jeux ? Il n'avait pas l'impression. Elle était honnête, et cette honnêteté l'effraya un peu. Cela signifiait que pour elle, il s'agissait d'autre chose que d'une aventure d'un soir — pour lui aussi d'ailleurs, chose qu'il n'était pas certain d'avoir envie de s'avouer à lui-même.

— Je croyais que c'était purement physique, chez toi. Que tu ne t'investissais pas.

— Je ne me suis pas investie. Et je n'ai aucune intention de m'investir.

— Moi non plus.

— Alors, c'est simple, nous ne nous investirons pas.

— Non, dit-il.

Et il pensa : *elle ment, et moi aussi.*

Et le téléphone sonna.

Jennifer avait un poste dans sa chambre, sur la table de nuit, et quand la sonnerie explosa, ils sursautèrent ensemble.

— Le moment est bien choisi, dit-elle, ironique. Mais je crois que je ne vais pas répondre.

— C'est ton téléphone.

Mais il continua à sonner. Dix fois, onze, douze fois.

— Zut, dit Jennifer.

Elle écrasa sa cigarette dans le cendrier de la table de nuit, prit le combiné et dit allô. Puis son front se plissa, elle dit : « Une minute », puis regarda Oxman.

— C'est pour toi.

Il se raidit :

— Quoi ? Personne ne sait que je suis ici.

— Cet homme le sait, en tout cas. Il dit qu'il sait que tu es là et qu'il veut te parler.

Oxman prit le combiné, attendit qu'elle eût posé l'appareil entre eux pour qu'il n'ait pas à se pencher pour parler, puis dit :

— Oui ? Qui est à l'appareil ?

Une voix familière et cultivée répondit :

— C'est Dieu, Inspecteur Oxman.

Ses cheveux se hérissèrent sur sa nuque, sa main se crispa sur le combiné, mais il garda le silence.

— Je vous ai averti cet après-midi, dit la voix, pleine d'une vertueuse colère. Aucun péché n'échappe à l'attention de l'Œil de Dieu. Tu ne commettras pas l'adultère. La fornication est un péché, et le salaire du péché est la mort.

— Comment avez-vous su que j'étais ici ?

— Vous avez failli à l'un de mes commandements ; vous m'avez offensé. Mon courroux sera rapide et impitoyable. Inspecteur Oxman, je vous en fais le serment.

Puis ce fut le silence.

Oxman raccrocha, se leva. Jennifer le regardait, perplexe.

— Qu'est-ce qu'il y a ? dit-elle. Qui était-ce ?

Ne voulant pas lui faire peur, il répondit :

— Je ne sais pas.

— Mais qu'est-ce qu'il a dit ?

Il la regarda en secouant la tête, enfila son pantalon et alla dans le séjour. Il se sentait déboussolé, et il n'aimait pas ça. C'était la première fois depuis des années qu'il se laissait surprendre. Il lui fallait du temps pour mettre de l'ordre dans ses idées, pour décider quoi faire.

Il marchait de long en large quand Jennifer parut sur le seuil. Elle avait enfilé un déshabillé transparent, sans même se donner la peine de le fermer, mais il ne remarqua pas sa nudité.

— E. L., qu'est-ce qu'il y a ?

— Va faire du café, dit-il. On parlera quand il sera prêt.

Elle hésita en se mordant les lèvres. Mais la voix d'Oxman avait une nuance d'autorité qui l'empêcha de discuter. Elle disparut dans la cuisine.

Il savait qu'il aurait dû s'en aller, faire quelque chose — mais quoi ? Il n'avait aucune idée de l'endroit où chercher son correspondant. Et si ce salaud décidait de s'en prendre à Jennifer aussi bien qu'à lui ? Et s'il attendait dehors, en les surveillant ? Il pouvait essayer de tuer Oxman, mais il pouvait aussi attendre qu'il s'en aille et prendre Jennifer pour cible. Il avait le complexe de Dieu, et avec ces gens-là, on ne sait jamais. Merde, il ne pouvait pas la laisser seule, pas maintenant. Que ça lui plaise ou non, il allait être obligé de lui parler de cet appel, de l'avertir du danger.

Moche, comme situation — très moche. Et entièrement de sa faute. Il n'aurait pas dû venir, il n'aurait jamais dû coucher avec elle ; il était flic, nom de Dieu. Maintenant qu'il avait sous-estimé l'adversaire, leurs deux vies étaient en danger.

Oxman s'approcha des fenêtres. Jennifer n'avait pas fermé les rideaux. Au-delà des guirlandes lumineuses des phares sur le Parkway, au-delà du fleuve argenté par la lune, se dressaient les immeubles de la rive du New Jersey, toutes leurs fenêtres allumées. Mais il ne les vit pas vraiment, pas plus qu'il n'avait vu la nudité de Jennifer quelques instants plus tôt.

*Comment a-t-il su que j'étais ici ?* pensa Oxman. *Il m'a vu entrer dans l'immeuble ? Mais j'aurais pu être en visite officielle. J'aurais pu venir voir qui habite ici. Et comment a-t-il su que j'avais couché avec Jennifer ?*

*Comment a-t-il su ?*

*Quatrième partie*

# LUNDI 23 SEPTEMBRE

## SEPT HEURES DIX-NEUF – JENNIFER CRANE

Elle était seule dans son lit quand elle se réveilla. D'abord, elle pensa qu'E. L. était parti, qu'il s'était éclipsé sans rien lui dire, et elle fut déçue ; puis elle l'entendit remuer dans la cuisine, sentit le café qui passait. Elle soupira, sourit, s'étira. Le drap tomba et découvrit une de ses jambes, et elle se pencha pour se recouvrir. Le climatiseur marchait encore, et l'air était frais, presque froid. A moitié endormie, elle fit tourner sa langue dans sa bouche, et se renfonça sous sa couverture.

Ses premières pensées furent agréables : E. L. et leurs étreintes d'hier soir. Mais celles qui suivirent immédiatement étaient plus inquiétantes. Ses liens avec lui allaient déjà au-delà des rapports physiques, et pouvaient aller beaucoup plus loin si elle se laissait aller. Elle sentait qu'elle s'investissait, et elle s'en voulait, mais d'un autre côté, c'était exaltant et séduisant, et elle semblait impuissante à prévenir l'évolution de la situation. Elle se demanda si c'était la même chose pour E. L., décida que oui, probablement.

Puis elle se rappela le coup de fil, et ce que lui en avait dit E. L., plus tard. Elle sentit le goût de la peur, métallique, dans sa bouche, et elle fut bien réveillée. On aurait dit que le dingue s'était trouvé avec eux dans la chambre, quand ils faisaient l'amour, écoutant leurs cris de passion et les observant dans l'ombre avec un sourire concupiscent.

C'était horrible. Comment pouvait-il savoir ce qu'ils faisaient ?

Et si ce n'était pas seulement après E. L. qu'il en avait ? Et s'il voulait la tuer, elle aussi ?

Elle sortit du lit, frissonnante, et enfila sa robe de chambre et ses mules. Dans la salle de bains, elle s'aspergea le visage d'eau chaude, se rinça la bouche à la Listerine, et passa un peigne dans ses cheveux ébouriffés par le sommeil. Puis elle alla à la cuisine.

Assis à la table, ses grandes mains croisées sur le formica, E. L. contemplait la cafetière qui percolait avec une vigueur croissante sur le comptoir. Mais il ne la voyait pas. Il avait le regard vague ; il était si préoccupé qu'il ne la vit pas non plus, jusqu'au moment où elle lui entoura les épaules de son bras et l'embrassa légèrement sur la joue. Alors, il battit des paupières, leva les yeux sur elle et lui fit un petit sourire.

— Bonjour, dit-il. Tu as bien dormi ?

— Non, pas très. Et toi ?

— Pas très bien.

— A quelle heure t'es-tu levé ?

— Il y a une vingtaine de minutes. Il faut que je parte bientôt.

— Je sais. Tu veux déjeuner ?

— Non. Seulement du café.

Sur le comptoir, la cafetière s'était tue. L'arôme du café parfumait la cuisine. Jennifer prit deux tasses dans le buffet, les remplit, ajouta de la crème dans la sienne. Se souvenant qu'E. L. prenait du sucre, elle sortit le sucrier et le posa sur la table avec les tasses. Elle s'assit en face de lui et le regarda sucrer son café.

— Il faut que je dise au Lieutenant Manders ce qui s'est passé entre nous, dit-il.

— Pourquoi ?

— A cause du coup de fil. Parce que je suis un flic. Parce que tu pourrais être en danger.

Elle comprit ce qu'il voulait dire et hocha la tête. Mais

elle comprit aussi ce que cet aveu signifiait pour lui et se sentit vaguement coupable.

— Qu'est-ce qu'il va faire ? dit-elle. Je veux dire...

— Je sais ce que tu veux dire. Ça dépend. Faire un rapport à l'Inspection Générale des Services, peut-être. Mais pas tout de suite ; cette affaire est trop importante. Et il n'en dira rien au public, pour la même raison.

— Ça me serait égal s'il en parlait.

— A moi aussi.

— Tu vas le dire à ta femme aussi ?

— Peut-être. Ça m'est égal si elle sait.

— C'est comme ça entre vous ?

— C'est comme ça, et depuis des années. C'est elle qui veut que ce soit comme ça.

— Je ne devrais pas être contente, mais je le suis, dit Jennifer. Mesquin, je suppose.

— Simplement réaliste.

Elle but une gorgée de café, se brûla la langue. Quand ferait-elle attention ? Elle reposa sa tasse, repoussa une mèche qui lui tombait sur les yeux. Son regard s'attarda sur lui. Comme il lui plaisait, son visage — pas beau, mais fort, doux. Quelque chose s'émut en elle, de vieux sentiments, de vieilles tendresses dont elle avait oublié qu'ils faisaient partie d'elle-même.

— E. L., dit-elle doucement, ne le laisse pas te faire du mal.

— Personne ne me fera du mal. Ni à toi. Ne t'inquiète pas.

— Tu crois vraiment que tu peux le trouver avant... avant qu'il fasse du mal à quelqu'un d'autre ?

— En tout cas je vais essayer, tu peux me croire. (Il but une gorgée de café.) Je me sentirais mieux si tu acceptais de déménager jusqu'à ce que nous l'ayons trouvé.

— Nous en avons déjà discuté hier soir. J'ai juré de ne plus jamais m'enfuir il y a longtemps, quand je me suis retrouvée toute seule. J'habite ici, E. L. Si je m'enfuis d'ici, je m'enfuis devant moi-même.

— Nom d'un chien, pas de philosophie avec moi, je t'en prie, dit-il. C'est un appartement situé à Manhattan, rien de plus.

— Zut, E. L., je ne parle pas de ce logement, ni d'aucun logement en particulier, et tu le sais. Si je fuis, c'est ma peur que je fuierai. Si tu ne comprends pas que...

E. L. leva la main et la rabaissa doucement, pour demander le silence.

— Ne t'énerve pas. Je comprends.

— Alors, ne me demande plus de m'en aller.

— D'accord. Mais ne prends pas la chose à la légère. Fais un effort aussi. Ferme ta porte à clé derrière moi. Ne sors pas aujourd'hui et n'ouvre à personne, sauf à moi ou à un autre policier. Et ne réponds pas au téléphone. Si je veux t'appeler, je laisserai sonner trois fois, raccrocherai, et rappellerai.

Elle acquiesça de la tête.

— Si tu veux. J'ai du travail aujourd'hui, alors ce ne sera pas un problème. Mais je ne peux pas rester éternellement prisonnière ici.

— Ce ne sera pas nécessaire, crois-moi.

Il termina son café, repoussa sa chaise et se leva.

— Il vaut mieux que je m'en aille, maintenant, dit-il. Je reviendrai dès que possible. Et je passerai la nuit ici avec toi, ou je ferai envoyer un autre flic.

Jennifer parvint à faire un petit sourire.

— J'aimerais mieux que ce soit toi, E. L. Ce serait trop dur de roder un autre flic.

Elle l'accompagna à la porte. Il l'embrassa et elle s'accrocha à lui un instant, son corps tendu contre le sien, tandis qu'il lui caressait les cheveux.

— N'oublie pas ce que je t'ai dit, dit-il.

Quelques secondes plus tard, il avait disparu.

Après avoir fermé les serrures, elle retourna dans la cuisine et se reversa un café. C'était une solitaire, et elle avait toujours aimé vivre seule, mais maintenant, l'appartement lui semblait vide, plein de petits bruits bizarres, vaguement oppressant. E. L. occupait une sacrée place, pensa-t-elle, de sorte que son absence laissait un grand vide derrière lui. Et ce n'était pas seulement son espace physique qu'il occupait ; il était aussi très présent en elle. L'image de son visage doux et fort restait très vivante dans son esprit.

Elle se demanda, avec crainte, si elle était en train de tomber amoureuse.

## HUIT HEURES VINGT – BETH OXMAN

Bien avant qu'E. L. se décide à l'appeler, Beth Oxman savait — mais sans savoir comment — qu'il avait passé la nuit avec une autre femme.

Ils avaient été très polis avec elle quand elle avait appelé au commissariat pour demander son mari, disant qu'il n'était pas disponible pour l'instant mais qu'il allait bientôt rentrer. Elle détestait cordialement Manders et trouvait naturel qu'il mentît. Qu'aurait-il dit si elle lui avait demandé de but en blanc pourquoi E. L. n'était pas rentré à la maison la veille ? Pourquoi il ne l'avait pas appelée pour expliquer son absence ? Mais ces questions n'auraient eu d'autre effet que de provoquer un autre mensonge, bien entendu. Seulement un autre mensonge.

Et maintenant, le téléphone sonnait, et elle savait que c'était E. L. comme elle savait qu'il l'avait trompée. Une de ses migraines se déclencha dès qu'elle entendit sa voix au téléphone.

— Je voulais t'appeler, dit-il. Excuse-moi.

Elle essaya de parler calmement, mais sa voix tremblait de fureur.

— Tu n'as jamais passé la nuit dehors sans prévenir. C'est quand même la moindre des choses pour une femme de flic, un simple coup de téléphone.

— Tu as raison. J'aurais dû appeler.

— Tu étais avec une autre, non ?

Une pause.

— Beth, pas au téléphone...

— Je n'ai pas envie d'attendre ce soir pour discuter de ça, E. L.

— Je ne crois pas que je rentrerai ce soir non plus.

Elle sentit sa gorge se serrer.

— Ton travail, je suppose, dit-elle, acide.

— Oui. Tu sais comme cette affaire est importante...

— Je vois dans ton jeu, dit-elle. Comme toujours.

— Beth...

Elle raccrocha. Elle n'en avait pas eu l'intention ; mais son bras droit s'était abaissé, au paroxysme de la colère, et avait abattu le combiné sur sa fourche.

Beth resta longtemps assise sur le banc près du téléphone, tremblante, regardant ses doigts s'ouvrir et se fermer comme s'ils pulvérisaient quelque chose. Il n'avait pas positivement nié avoir été avec une autre, donc c'était vrai. Elle le connaissait assez pour en être sûre. Et maintenant, elle le haïssait comme elle ne l'avait jamais haï, avec une force qui avait toute la fureur des enfers.

Elle se leva soudain — machinalement, comme elle avait raccroché quelques minutes plus tôt. Pas cette fois, se dit-elle. *Pas cette fois*. Elle avait supporté trop longtemps l'insensibilité et l'ingratitude d'E. L. L'adultère, c'était l'indignité finale.

Elle alla à la salle de bains, se mit devant le lavabo et fit couler de l'eau froide sur ses poignets comme le Dr. Hardin lui avait dit de le faire quand elle était furieuse et surexcitée.

Un éclair douloureux fulgura entre ses deux yeux, sans préavis. Elle se redressa, attendant en serrant les dents que la migraine se déploie dans toute sa force. Mais il ne se passa rien. Lentement, précautionneusement, comme si elle marchait avec un objet en équilibre sur la tête, elle sortit de la salle de bains et retourna dans le séjour. Elle allait appeler le Dr. Hardin, lui expliquer qu'elle était en pleine crise. Il lui dirait quoi faire.

Avant d'arriver au téléphone, elle s'arrêta et porta la main à son front. La douleur s'était évanouie aussi vite qu'elle était venue ; la migraine n'avait pas suivi. Toujours ça commençait comme ça, et toujours la migraine frappait ensuite avec toute sa force féroce et débilitante. Mais pas cette fois. Pourquoi ?

Est-ce que se libérer d'E. L. la libérait aussi de la souffrance si longtemps endurée ?

Elle retourna dans la chambre et se mit à faire ses valises.

## HUIT HEURES QUARANTE-CINQ – E. L. OXMAN

Oxman était préoccupé en entrant au commissariat ; il essayait de formuler mentalement ce qu'il allait dire à Manders. C'était difficile, mais il fallait y passer ; c'était son devoir d'avertir le lieutenant du coup de téléphone de la veille, de la menace du dingue contre lui. Il avait aussi la responsabilité de Jennifer, de la protéger, de lui assurer la sécurité. Déjà, elle avait pour lui plus d'importance qu'il n'était encore prêt à se l'avouer. Intimement, il avait toujours su ce qu'il devait faire, quelles qu'en soient les conséquences pour sa carrière et sa vie personnelle. Il s'agissait simplement de rassembler son courage pour affronter la tempête.

Perdu dans ses pensées, Oxman ne remarqua pas Drake qui, du bureau de la réception, leva la main pour le retenir, et il ne l'entendit pas l'appeler. Il monta sans compter les marches, et il avait fait cinq pas dans la salle de garde avant de remarquer qu'elle était bien plus encombrée que d'habitude, avant d'entendre la voix de Manders bourdonner d'un ton très officiel. Trop tard, Oxman vit la caméra portable de télé. Et Manders et plusieurs journalistes le virent.

La caméra tourna vers lui son œil rond. Un journaliste de la télé locale l'appela par son nom. *Merde,* pensa-t-il. Mais il ne pouvait plus rien faire, à part prendre lui aussi son air le plus officiel avant d'affronter les vautours ; il avait perdu l'occasion de les éviter.

Il y avait au moins une douzaine de gens des media dans la salle de garde. Oxman en reconnut certains : Charlack du *Times,* Barry du *Post,* le beau David Nicely de WCTV. Même Barbara Marchetti, de *La Voix du Village,* était là.

— Le lieutenant dit que vous travaillez sur plusieurs pistes dans l'affaire des homicides de la Quatre-Vingt-Dix-Huitième rue, dit Nicely, jouant des coudes pour se rapprocher, tandis qu'on tendait des micros à Oxman de toutes les directions. Est-ce que vous progressez dans votre enquête, Inspecteur Oxman ?

— Nous le pensons, oui.

— Pouvez-vous être plus précis ?

— Non, désolé. Pas sans risquer de compromettre notre action.

— Personnellement, pensez-vous que le tueur va encore frapper ? demanda Barbara Marchetti.

— Je crois qu'il essaiera.

— Comment pouvez-vous l'arrêter ? Il choisit ses victimes au hasard, n'est-ce pas ?

— Il en a bien l'air. Mais nous avons pris certaines mesures préventives.

— Lesquelles ? demanda quelqu'un.

*Connard,* pensa Oxman. *Quelle question à la con !* Mais il dit :

— Je ne peux pas vous le dire pour des raisons évidentes.

— A votre avis, quel est le mobile du névrosé ? Avez-vous des indices là-dessus ? demanda Charlack.

Oxman regarda du côté de Manders, qui secoua imperceptiblement la tête. Ce qui signifiait qu'il n'avait pas parlé aux media du coup de fil de la veille ; le coup du complexe de Dieu, c'était pur sensationnalisme, et il n'y avait rien à gagner à laisser les media le crier sur tous les toits.

— Nous avons certaines théories concernant le mobile,

oui, dit Oxman, mais je préfère ne pas en discuter à ce point de notre enquête.

— Avez-vous des suspects ?

— Non, mais nous pensons que cela va bientôt changer.

Il transpirait sous la chaleur des projecteurs installés pour la caméra. Il se demanda depuis quand Manders supportait ça.

— Y a-t-il un élément sexuel ? demanda une femme.

*Merde,* pensa Oxman. Il dit :

— Non, nous ne le pensons pas.

Il y eut d'autres questions, des tas de questions, la plupart aussi idiotes que celle sur l'élément sexuel. Oxman y répondit vaillamment, transpirant sans arrêt, jusqu'au moment où Manders vint enfin à son secours.

— Ce sera tout pour aujourd'hui, mesdames et messieurs, dit le lieutenant. Vous avez déjà ma déclaration et la déclaration écrite du capitaine Burnham, et nous avons du travail. Nous vous tiendrons informés des suites de l'affaire.

Il se mit à pousser tout le monde vers la porte, sans trop de ménagements. L'un des opérateurs trébucha avec sa caméra et faillit tomber. Un autre s'écria : « Ne me marchez pas sur les pieds, nom de Dieu ! ». Puis la salle se retrouva vide, et Manders pilota Oxman jusqu'à son bureau et referma la porte derrière eux.

Oxman se laissa tomber sur une chaise et s'épongea le front avec son mouchoir.

— Insatiables, les salauds, dit-il.

— Maintenant, vous comprenez ce que je supporte depuis le début. Mesdames et Messieurs, mon cul ! Ce qu'ils voudraient, c'est que je m'effondre raide mort devant eux, pour ajouter du piment à leur histoire.

Il s'assit à son bureau et regarda Oxman.

— Vous ne vous êtes pas rasé ce matin. Parfait. Ça a dû leur donner l'impression que vous avez travaillé toute la nuit.

— Je ne me suis pas rasé parce que je ne suis pas rentré

chez moi, dit Oxman. J'ai passé la nuit chez Jennifer Crane.

— Je sais.

Oxman fronça les sourcils.

— Vous savez ?

— Tolluto vous a vu entrer dans son immeuble hier soir, peu avant huit heures. Votre voiture était toujours garée devant quand il a fait le tour du quartier, à minuit. L'équipier de relève du Commissariat Soixante-Sept a téléphoné il y a une heure que vous étiez enfin parti.

Manders haussa les épaules en ajoutant :

— Je n'avais pas à être grand limier pour en déduire où vous aviez passé la nuit. Vous avez couché avec elle ? demanda-t-il d'un ton neutre.

— Oui. (Puis, légèrement sur la défensive :) Vous voulez des raisons, des excuses, un rapport détaillé heure par heure ?

— Rien de tout ça.

— Je ne suis pas le premier flic à coucher avec une personne impliquée dans une affaire, dit Oxman.

Ce qui était une remarque stupide ; il s'en rendit compte dès qu'elle lui eut échappé. Il n'aurait pas non plus été le premier flic à accepter un pot de vin ou à perdre les pédales et à canarder tout le monde au commissariat.

— Vous ne seriez pas non plus le premier flic à ne jamais passer Inspecteur de Premier Classe, Ox.

Ça, c'était plus pertinent. Manders haussa les épaules, secoua tristement sa tête joufflue.

— Ce que je devrais faire, dit-il, c'est de vous signaler à l'Inspection Générale des Services, immédiatement. C'est le règlement.

— C'est ce que vous allez faire ?

— Je ne sais pas encore. En dehors du service, votre vie ne me regarde pas. Mais si ça affecte l'enquête...

— Ça n'affectera pas mon enquête, dit Oxman.

— Non ? L'Inspection serait sûrement d'un autre avis. En fait, ils vous suspendraient sans doute.

— Vous voulez me retirer l'affaire, Lieutenant ?

Manders soupira. Il commença à allumer une cigarette, se ravisa et l'écrasa, entière, dans son cendrier.

— Non, dit-il, ce n'est pas ce que je veux. *Si* je peux compter sur vous.

— Vous pouvez.

— D'accord. Mais soyez discret. A moins qu'il ne s'agisse d'une aventure d'une nuit.

— Ce n'était pas une aventure d'une nuit, dit Oxman.

— C'est bien ce que je pensais. Ce n'est pas votre genre. Bon, Tolluto ne dira rien, ni aucun des autres collègues s'ils ont vent de votre histoire. Mais je ne veux pas que ces putains de media s'en aperçoivent. Si ça arrive, je ne peux plus rien faire. Compris ?

— Compris.

Oxman remua sur sa chaise, embarrassé.

— Il y a autre chose que vous devez savoir à propos d'hier soir, dit-il. J'ai reçu un appel anonyme chez Jennifer Crane.

Manders releva la tête :

— Le mec au complexe de Dieu ?

— Ouais. Il savait ce qui s'était passé entre Jennifer et moi. Je ne sais pas comment, mais il le savait.

— Qu'est-ce qu'il a dit, exactement ?

Oxman répéta la conversation de mémoire. Manders grogna.

— Pourquoi pensez-vous qu'il vous a appelé ? dit-il.

— Deux raisons. La première est que, d'après lui, j'ai péché hier soir. Il voulait que je sache qu'il savait.

— Vous pensez qu'il croit vraiment être Dieu ?

— Oh oui, il le croit. Ce qui le rend encore plus dangereux.

— Dans une affaire psychologique de ce genre, dit Manders, la situation se développe peu à peu jusqu'à ce que son instigateur désire secrètement être arrêté et puni.

— Pas celui-là, dit Oxman. C'est bien une hypertrophie de l'ego, comme vous le pensez, mais il n'en est pas encore au point de désirer que nous sachions tout sur lui.

— Alors, quelle était la deuxième raison de son appel ?

— Ce dont nous avons parlé hier. Je crois qu'il a l'impression que je suis un intrus sur son territoire, qu'il me considère comme le chef des forces déployées contre lui. Une sorte d'antéchrist.

Manders se mordilla les lèvres.

— Si vous avez raison, Ox, cela signifie qu'il est très capable de vous choisir comme prochaine victime.

— Peut-être. Mais je crois qu'il n'en est pas encore là.

— Pourquoi ?

— Il me titille, il exerce sur moi son pouvoir qu'il trouve plus grand que le mien, il me dit qu'il est invincible et qu'il m'aura avant que je l'aie.

— Donc, vous pensez qu'il choisira d'abord une autre victime ?

— Oui. Et j'ai bien peur que ce soit Jennifer Crane, à cause de ses rapports avec moi.

— C'est logique, dit Mandes. Ou ça pourrait l'être. Alors, qu'est-ce que vous proposez ?

— D'abord, je voudrais qu'on relève toutes les empreintes dans l'appartement de Jennifer ; le dingue est peut-être quelqu'un qu'elle connaît, quelqu'un qui lui a rendu visite. Et je veux qu'on cherche aussi s'il n'y a pas de micros cachés chez elle — il aurait pu en installer il y a des jours, ou même des mois. Ce qui expliquerait qu'il sache ce qui s'est passé hier soir.

— D'accord, dit Manders. Quoi d'autre ?

— Je veux vivre à temps plein dans ce bloc, dit Oxman. Comme ça, s'il décide de s'en prendre à moi, je serai à sa disposition.

Manders fronça les sourcils.

— Vous n'avez pas l'intention d'emménager chez Jennifer Crane, non ?

— C'est exactement mon intention. Nous sommes obligés de la protéger, Lieutenant ; c'est moi qui l'ai mise dans cette situation, c'est donc à moi de veiller sur elle. De plus, si j'habite chez elle, ce sera une provocation pour ce salaud, parce qu'il pensera que c'est moi qui le titille, lui. Ça le poussera peut-être à s'attaquer à moi, à commettre une faute qui le fera tomber entre nos mains.

Manders garda un moment le silence. Puis il dit :

— Ça ne me plaît pas, Ox. Impossible de dissimuler à tout le monde que vous logez chez elle. Les media peuvent découvrir la chose…

— Laissez-les faire, dit Oxman. Ce ne serait pas la première fois qu'un flic emménagerait avec une victime potentielle dans une affaire d'homicides. Nous pouvons concocter une couverture dans cet esprit.

— Ça ne me plaît toujours pas, dit Manders. Si vous êtes tellement inquiet pour la fille Crane, faites-la déménager temporairement. Ce serait plus raisonnable…

— Peut-être, mais elle ne veut pas partir. Je lui en ai déjà parlé. Dans les circonstances actuelles, c'est la seule possibilité, Lieutenant, la seule façon de forcer la main à ce dingue.

Manders garda le silence quelques secondes, puis dit :

— Vous savez que vous êtes peut-être en train de faire une sérieuse bourde, Ox. Vous le savez, non ?

— Je le sais. Mais je ne vois pas d'autre solution.

Soupir douloureux de Manders.

— Moi non plus, je suppose, dit Manders. Du moins, pas pour le moment. D'accord, Ox. Je le regretterai sans doute mais… allez-y, jouez les appâts. C'est votre enterrement, après tout.

— Non, dit Oxman, rageur. Pas le mien. Le sien.

LES CASSETTES COLLIER

Je suis beaucoup plus calme aujourd'hui. La peur lancinante qui me rongeait s'est évanouie en apprenant par *les Nouvelles de Six Heures* que Jack Kennebank, le policier en planque, était décédé de ses blessures. La radio n'a pas dit s'il avait repris ou non connaissance avant de mourir, mais je dois supposer que c'est non. S'il avait donné mon signalement, la police ne l'aurait pas gardé pour elle. Ils auraient fait venir un artiste pour dessiner un portrait-robot, qu'ils auraient publié dans la presse, montré à la télévision, dans l'espoir que quelqu'un m'identifie.

Pourquoi me suis-je inquiété ? Je n'ai rien à craindre de la police. Ils ne peuvent pas arrêter mon action. Evidemment qu'ils ne peuvent pas l'arrêter.

Je suis Dieu, et aucun homme ne peut s'opposer à la volonté de Dieu.

L'Inspecteur Oxman pense qu'il le peut, mais c'est un sot. Et un pécheur, et un méchant. L'Œil a observé toutes les secondes de sa fornication avec cette catin de Crane hier soir, son rut bestial dans sa chambre éclairée.

C'est pourquoi j'ai décidé de lui téléphoner après qu'il eut rassasié ses appétits. Les autres qui sont morts et tous ceux qui mourront n'ont pas été avertis de leur destin, et cela est juste. Je leur pardonne en les détruisant. Mais je ne pardonnerai pas à l'Inspecteur Oxman ; il est au-delà du pardon, il est la personnification du mal. Par conséquent, il doit savoir que ses jours sont comptés, qu'il ne peut se railler de Dieu et continuer à vivre. Il doit savoir que je tiens sa destinée dans *mes* mains.

Ce soir ? Sera-ce ce soir ?

Je ne sais pas encore. L'Œil m'aidera à décider, comme l'Œil le fait toujours. Le temps ne manque pas.

## SEIZE HEURES QUARANTE-CINQ – MARCO POLLO

Il était encore à moitié camé quand Léon le déposa devant son immeuble. Au Jazz Heaven, il y avait de la bonne came pour la répétition, et ils avaient plané et joué comme des dieux tout l'après-midi.

Marco entra dans l'immeuble, un peu flottant, souriant intérieurement. L'ascenseur était au rez-de-chaussée, alors il décida de le prendre au lieu de monter à pied. Mais dans la cabine, sur le point d'enfoncer le bouton « 1 », sa main s'arrêta ; il se surprit à regarder le bouton « 3 ». Son sourire s'élargit.

Michele, pensa-t-il. Ce beau petit cul de Michele.

Il n'avait pas pensé à elle de toute la journée, mais maintenant qu'il y pensait, ça le faisait bander. Ça faisait une paye qu'il n'avait pas baisé, alors il était en forme, mec, prêt à s'envoyer de la viande fraîche, et il y en avait pas de plus fraîche dans le coin que celle de Michele. Si elle était chez elle et si elle était seule, il n'accepterait pas un refus cette fois. Non, pas *cette* fois.

Il enfonça le bouton « 3 », puis enfila le couloir jusqu'à l'appartement de Michele. Il sonna. Rien ne se passa pendant une minute, et Marco commençait à se sentir déçu quand il entendit sa voix :

— Qu'est-ce que c'est, Marco ?

Le sourire lui revint. Il savait qu'elle le regardait par le judas.

— Je voudrais entrer. Enfin, si tu es seule.

— Je suis seule, dit-elle. Qu'est-ce que tu veux ?

— Fais-moi entrer et je te le dirai.

Michele hésita une quinzaine de secondes. Mais elle n'avait pas le choix ; elle allait le faire entrer. Quand il l'entendit ouvrir les serrures, il réprima un rire de triomphe. *Oh bébé,* pensa-t-il, *ce soir, ce sera le grand jour.*

Elle portait une robe de chambre en dentelle lavande qui mit l'eau à la bouche de Marco. Elle avait le visage bouffi, comme si elle venait de dormir ; l'incertitude, la peur pâlissaient son visage. Sans un mot, elle s'effaça pour le laisser entrer.

Marco traversa la pièce et s'assit sur le canapé, comme la veille. Michele le suivit et, debout, le regarda, bras croisés, comme si elle avait froid.

— Comment ça se fait que tu sois fringuée comme ça ? lui demanda-t-il. Tu dormais ?

— Oui, je faisais la sieste, dit-elle. Je n'ai pas très bien dormi cette nuit.

— Comment ça se fait ? Tu te faisais du mourron à cause de la fille qu'a été assassinée ? Comment elle s'appelait, déjà ? Cindy quelque chose.

— Wilson. Cindy Wilson.

Marco s'hypnotisait sur la chair pâle d'une cuisse, dégagée par le pan ouvert de la robe de chambre.

— Viens ici, dit-il en tapotant le canapé à côté de lui. Assieds-toi. Relaxe.

Elle hésita. Mais elle savait aussi bien que lui que ça y était, qu'il n'y avait plus moyen d'y couper. Deux secondes plus tard, elle alla s'asseoir près de lui.

— Tu n'as aucune raison de t'inquiéter pour moi, dit-elle.

— Oh, je ne pense pas aux meurtres. Je pense à ton second métier — les mecs à qui tu vends ce que tu fauches. Je ne voudrais pas que tu te fasses pincer pour avoir choisi le mauvais cheval.

— Je ne sais pas de quoi tu parles.

— Pas à moi, Michele.

Il parlait d'une voix calme, compréhensive et patiente, un peu comme s'il cherchait à dresser un chien.

— Plus jamais de ça avec moi.

Elle baissa les yeux.

— D'accord, dit-elle. Mais je n'ai pas envie d'en parler maintenant.

— Et moi, je ne veux pas que les poulets s'en prennent à ma comédienne préférée, dit-il avec un sourire rassurant. Ça ne devrait pourtant pas être difficile à comprendre.

— Je comprènds, Marco. Et je te remercie de ta sollicitude. Sincèrement.

— Parfait.

Marco hocha la tête avec une caresse machinale.

— Simplement, n'oublie pas que je connais quelqu'un qui peut se charger de toute la came que tu pourras faucher. Pas de questions, pas de pet. Je veux pas me mêler de tes affaires, mais tu n'as qu'à demander, et je te donnerai le nom du mec.

— Je le ferai peut-être, dit-elle. Il faut que je réfléchisse.

— Réfléchis bien, dit Marco.

Puis il secoua la tête, l'air très, très inquiet.

— Tu aurais dû me dire aussi que tu étais à bout de nerfs, dit-il.

Il savait jouer sur la peur, s'en servir à son avantage. Il avait souvent joué le rôle du port dans la tempête, pour d'autres.

Elle émit un profond soupir.

— Je suppose que j'aurais dû.

Il s'approcha un peu, et elle ne recula pas. En fait, son corps se pencha légèrement vers le sien.

— Alors, parle-moi de ta carrière, dit-il, de ton art, de toi.

Quand elle adorait se déguiser à l'âge de six ans, il lui prit la taille. Quand elle était l'élève la plus douée du cours d'art dramatique, au lycée, elle se blottit contre lui, hypnotisée par ses caresses et par sa propre autobiographie qui prenait des airs de confession. Quand elle avait la vedette dans les productions de l'université, Marco passa la main dans sa robe de chambre, manipulant d'une main experte un mamelon rigide. Le temps qu'elle en arrive à son premier rôle payé, une panne dans une production locale, dans l'Ohio, la robe de chambre était à moitié tombée. Et quand elle décrocha son premier rôle dans une pièce off-Broadway, ils étaient dans la chambre, nus sur le lit, et les mains de Marco qui la tripotaient de partout.

Tous les honneurs, tous les prix l'attendaient dans sa carrière de comédienne, l'assura Marco. Il y avait une progression naturelle dans la vie.

Oh bébé, une progression naturelle, et comment !

## DIX-HUIT HEURES DIX – E. L. OXMAN

Pas de réponse quand il rappela chez lui de chez Jennifer. On n'avait pas répondu de la journée.

Oxman se demanda si Beth était simplement sortie pour une visite à son cher Dr. Tant-Mieux, par exemple, ou si elle l'avait quitté.

Mais ça lui était égal. En fait, il espérait qu'elle l'avait quitté et qu'elle ne reviendrait pas, qu'elle demanderait bientôt le divorce. Si elle ne voyait pas un avocat pour mettre fin à leur mariage, c'est lui qui s'en chargerait. Il ne voulait plus vivre avec Beth. Et ses rapports avec Jennifer étaient... enfin, il croyait savoir ce qu'ils étaient, ou ce qu'ils pouvaient être. Seulement, il n'était pas prêt à mettre un nom dessus, à sauter le pas, à s'engager. Tout dépendait de Jennifer. Il ne pouvait pas être sûr de ses sentiments parce qu'il ne la connaissait pas encore. Jusque-là...

Sortant de la cuisine, elle entra dans le séjour, interrompant ses pensées.

— J'ai mis au four des macaroni au fromage, dit-elle. Tu as faim ?

— Pas très. Mais je suppose que je pourrais manger.

— Veux-tu prendre un verre, pour commencer ?

— Ça me ferait du bien.

— Scotch, Bourbon, quoi ?

— Bourbon. Avec des glaçons et un peu d'eau. Mais pas trop fort ; je suis encore en service.

Elle hocha la tête et retourna dans la cuisine. Oxman s'enfonça dans le canapé avec lassitude. Encore une journée longue et frustrante : interrogatoires insignifiants, deux brefs arrêts pour s'assurer que Jennifer allait bien, une conversation avec Tobin, une autre avec le Lieutenant Smiley.

Jennifer revint avec le verre d'Oxman. Elle le lui tendit, puis s'assit à côté de lui et le regarda avec un sourire tendre. La regardant à son tour, il s'étonna de son changement depuis qu'ils étaient amants. La reine de glace avait disparu, remplacée par la femme la plus douce et la plus chaleureuse qu'il eût jamais connue. Ça, c'était la vraie Jennifer Crane, il en était sûr. Elle avait ôté son masque pour la première fois depuis longtemps, et elle l'avait fait à cause de lui et pour lui. Si elle ne le remettait pas, si la reine de glace avait disparu pour de bon, alors il pourrait y avoir entre eux beaucoup plus qu'une liaison, même passionnée. Il pourrait y avoir quelque chose de permanent.

Il l'entoura de son bras et l'attira à lui. Elle ne résista pas et se blottit contre lui en ronronnant comme une chatte. C'est comme ça que ce devait être entre un homme et une femme, pensa-t-il. Et comme ça que ça n'avait jamais été entre Beth et lui.

Jennifer l'embrassa, lui caressa la lèvre de sa langue.

— Ça te plairait de venir au lit ? demanda-t-elle.

— Je croyais que tu avais mis le dîner au four.

— Je croyais que tu n'avais pas faim.

— J'ai faim, dit-il, mais pas de macaroni.

— Euh-euh.

— Mais je suis fatigué, aussi.

— Alors, je me mettrai dessus.

Pour le moment, toute inquiétude avait disparu des yeux de Jennifer, remplacée par une petite lueur égrillarde.

— Alors, tu veux baiser, oui ou non ?

— Oui, je veux baiser, dit-il.

## VINGT HEURES TRENTE – BENNY HILLER

Ecoutant à la porte de l'appartement en sous-sol du gardien, Hiller entendit Corales s'exclamer :

— Nom d'un chien, ça fait quarante parties de suite, Willie ! Merde, quarante parties gagnantes !

— Tu as beaucoup de chance, mon ami, répondit la voix de Lorsec.

Mais la voix du chiffonnier sonnait irritée, comme s'il n'aimait pas perdre. Hiller eut un petit sourire dans la pénombre du sous-sol. Lorsec allait perdre beaucoup plus, et bientôt, si ça ne dépendait que de lui.

Depuis la veille, Hiller attendait l'occasion de pénétrer chez Lorsec. Seulement, le chiffonnier était demeuré invisible. Hiller avait surveillé la rue de sa fenêtre, avait fait le tour du quartier une demi-douzaine de fois, mais n'était pas allé jusqu'à sonner chez Lorsec. A sa connaissance, Lorsec aussi devait surveiller la rue. Si le chiffonnier soupçonnait ce que Hiller avait en tête, il pouvait planquer ailleurs l'écrin et les étiquettes, si ce n'était déjà fait. Hiller avait donc pris son mal en patience, se disant qu'il n'avait pas à s'inquiéter tant que Lorsec ne le contactait pas pour le faire chanter ; et, une demi-heure plus tôt, alors qu'il s'était remis à surveiller la rue de sa fenêtre, voilà que Lorsec avait reparu. Quand le chiffonnier avait monté le perron et disparu dans l'immeuble, Hiller s'était dit que ce connard de Corales l'avait fait entrer et qu'ils se trouvaient maintenant tous les deux dans l'appartement du gardien. Il s'était glissé au sous-sol pour s'en assurer. Et il semblait bien que Lorsec allait y rester un moment, à jouer au gin-rami.

— A toi de donner, Willie, disait Corales. Je vais tenter la quarante et unième — quarante et un, et après, tout droit jusqu'à cinquante !

Hiller s'éloigna de la porte à reculons, marcha vers l'escalier qu'il monta légèrement, silencieusement, avec ses chaussures à semelles de caoutchouc — ses chaussures de jogging, ses chaussures de travail. Il sortit de la maison par la grande porte et alluma une cigarette en descendant la rue vers l'est, jusqu'à l'immeuble où il avait vu entrer Lorsec la veille.

Une fois dans le hall, il se dirigea vivement vers l'escalier. Arrivé sur le palier du troisième, il constata qu'il était désert. Il s'arrêta devant la porte portant le numéro six, et se pencha pour examiner la serrure. Ses lèvres s'écartèrent en un sourire. Pas de problème. Lorsec n'avait ni serrure de sécurité ni verrous compliqués, mais une pauvre serrure minable qu'un enfant pouvait crocheter.

En trente secondes, le pène joua et la porte s'ouvrit. Il s'assura que les deux autres portes donnant sur le palier étaient toujours fermées ; puis il entra et referma derrière lui.

Alors, il respira. Le plus dur était fait. Fouiller un appartement vide, c'était facile.

La pièce dans laquelle il se trouvait était sombre, uniquement éclairée par la lumière d'un réverbère, mais même comme ça, Hiller se rendit compte qu'elle était propre et bien meublée. Pas du tout le genre d'intérieur qu'il imaginait pour un chiffonnier comme Lorsec. Il se déplaçait silencieusement dans l'appartement, se servant de sa lampe-crayon pour inspecter le séjour, mais en en abritant le rayon de sa main pour que la lumière ne se reflète pas dans la fenêtre. Il fouilla les tiroirs, il fouilla sous les coussins, derrière les rideaux, sous les lampes.

Rien.

Hiller passa dans la chambre et se mit à fouiller la commode. Il fut étonné de la qualité des vêtements, et du fait que la moitié étaient féminins. Lorsec devait vivre avec une femme. Il y avait même quelques beaux bijoux et un rouleau de cinquante dollars en petites coupures lié par un élastique sous une pile de lingerie. Hiller se servit. Pourquoi pas ?

Il fourrait l'argent dans sa poche quand il entendit le bruit dans la pièce de devant. Il frissonna. On aurait dit qu'on venait d'ouvrir, et d'entrer.

Hiller se dirigea vers la porte de la chambre — et le séjour s'alluma. Il battit des paupières, levant une main pour s'abriter les yeux. Et il vit un grand costaud en pantalon et blazer clair, un mec qu'il n'avait jamais vu, et avec un air tendu et déterminé qui ne lui plut pas du tout.

Et l'homme pointait un pistolet sur lui.

La peur lui serra la poitrine comme un étau, le rivant au sol. Il fixait l'étranger, désorienté. Qui c'était ? Qu'est-ce qu'il faisait là, merde ? Pourquoi il ne disait rien ?

Hiller tourna imperceptiblement la tête, jeta un coup d'œil vers la fenêtre de la chambre. Elle portait des barreaux de fer forgé ; typique, pour Manhattan. Hiller savait qu'il aurait dû vérifier plus tôt, s'assurer qu'il y avait une autre sortie à l'appartement ; maintenant, c'était trop tard. Il ramena les yeux sur le costaud au pistolet.

— Hé, écoutez, mon vieux... commença-t-il.

La main tenant le pistolet était rigide, le doigt serré sur la détente.

— Ecoutez, dit Hiller, tout ce que je veux, c'est sortir d'ici, d'accord ? Sortir d'ici, c'est tout.

Il fit un pas vers l'homme, tendant la main en un geste suppliant.

Un éclair fulgura. Quelque chose s'enfonça dans la poitrine de Hiller. La rotation du monde sembla s'inverser. Puis il sentit ses doigts s'enfoncer dans le tapis, et il réalisa qu'il était par terre. Du sang lui remonta dans la gorge, dégoutta de sa bouche. Très loin, quelqu'un hurlait.

— Pourquoi ? parvint-il à articuler.

Puis il mourut.

## VINGT-TROIS HEURES – MICHELE BUTLER

Dans la chambre de Michele, le téléviseur venait de se détraquer une fois encore ; l'image avait disparu, remplacée par un réseau de diagonales clignotantes qui projetaient des ombres asymétriques sur les murs, et sur le lit où elle était étendue avec Marco. Le son était coupé ; la télé avait rempli son rôle de veilleuse, dont la lumière douce, disait Marco, stimulait sa sexualité.

La sexualité de Marco. Michele frissonna, au souvenir de ses mains expérimentées et voraces, de l'odeur sûre de son haleine et de son corps maigrichon. Avec lui, pas besoin de feindre la frigidité ; il ne lui avait inspiré que froideur et répulsion.

Etendue sur le dos, elle fixait le plafond, le haïssant de toutes ses forces, et s'en voulant d'avoir cédé. Il fallait qu'elle s'éloigne de Marco, ne serait-ce qu'un moment.

Elle roula sur le flanc et s'assit au bord du lit.

— Hé, où tu vas, poupée ? murmura Marco derrière elle.

Michele se raidit. Sans se retourner, elle répondit :

— J'ai soif. Je vais me chercher à boire. Tu veux quelque chose ?

— Tu as de la bière ?

— Je crois.

Elle se rappela deux boîtes de Budweiser oubliées dans le fond du réfrigérateur.

— Super, dit Marco. Grouille-toi, poupée. Je sens que je me remets à bander.

Elle réprima un frisson. Sortant de la chambre, elle entendit derrière elle le déclic du briquet quand il s'alluma un autre joint.

Dans la cuisine, elle fit couler l'eau froide et en but un grand verre. Elle avait vraiment soif ; elle avait même l'impression de n'avoir jamais eu si soif. Puis, à la lumière s'échappant de la porte du réfrigérateur, elle s'escrima contre la languette d'une boîte de bière, sans parvenir à l'arracher. Marco n'aurait qu'à se débrouiller.

Elle revint dans la chambre et posa la bière sur la table de nuit.

— Je ne suis pas arrivée à l'ouvrir, dit-elle.

Il sourit, comme perdu dans un rêve.

— Pas de problème.

Le bout de la cigarette de marijuana rougeoya comme un signal d'alerte quand il inspira une bouffée.

— Tu veux un joint ? demanda-t-il.

— Non, dit-elle.

Il n'arrêtait pas de l'asticoter pour qu'elle fume un joint avec lui, ou tire au moins une bouffée du sien ; elle n'avait jamais fumé et elle n'avait pas envie de commencer maintenant, avec lui, mais elle regrettait presque d'avoir refusé, de ne pas être camée. Les dernières heures auraient été moins pénibles.

— Reviens te coucher, dit Marco.

Elle se remit au lit, s'allongea à côté de lui, toute raide. Sa rigidité avait quelque chose de cadavérique ; elle le savait, mais elle s'en moquait. Il ne le remarquerait même pas. Elle comprenait maintenant qu'il ne voyait que ce qui l'arrangeait.

— Tu sais, poupée, dit-il, tu en as des choses à apprendre. Tu as de la veine de tomber sur un mec comme moi pour t'apprendre les raffinements. Maintenant, fais-moi une pipe...

Il s'interrompit brusquement, puis reprit, d'une voix changée :

— Nom de Dieu !

Il se redressa tout d'une pièce, les yeux rivés sur la porte.

Stupéfaite, Michele ouvrit la bouche pour lui demander ce qui se passait. Mais, en même temps, elle suivit son regard et la question expira dans sa gorge. Elle vit ce qui se passait.

La sombre silhouette d'un homme se dressait sur le seuil.

Elle s'assit brusquement, comme Marco, et sa mâchoire s'affaissa. L'homme tenait quelque chose d'encombrant dans les bras : un coussin du canapé. En un éclair, elle comprit qui il était ; la peur la paralysa, une terreur telle qu'elle n'en avait jamais connue.

La silhouette noire s'avança, prit une vigueur bizarre, tendit le coussin vers elle et Marco comme une offrande.

— Le salaire du péché est la mort, dit-il doucement.

Michele aperçut brièvement le pistolet qu'il tenait derrière le coussin. Elle voulut crier, expulser sa terreur, mais sa gorge était trop serrée pour pouvoir seulement respirer. Elle entendit Marco geindre derrière elle — et soudain, il lui saisit le bras, les cheveux, la tirant sur le côté pour se protéger de son corps. Mais il n'avait pas été assez rapide.

Il y eut un bruit sec et étouffé. Et la tête de Marco sembla exploser.

Du sang jaillit de son orbite gauche ; elle en fut éclaboussée à la joue, au bras. La main de Marco la lâcha, son corps tomba en arrière et sa tête cogna contre le montant du lit.

Michele se mit à hurler.

## VINGT-TROIS HEURES QUINZE – E. L. OXMAN

Dans l'appartement de Jennifer, situé juste au-dessous de celui de Michele, Oxman entendit le cri. Pas très fort, et d'abord, il ne comprit pas ce que c'était. Il quitta le canapé où il réfléchissait tandis que Jennifer travaillait à des croquis de mode à sa table à dessin. La faim les avait tirés du lit vers huit heures, et ils étaient debout depuis.

Son mouvement soudain attira l'attention de Jennifer ; elle s'arrêta de travailler et le regarda, perplexe.

— Qu'est-ce qu'il y a, E. L. ?

— Tu as entendu ?

— Entendu quoi ?

Puis, au-dessus d'eux, il y eut des bruits — des pas lourds, quelqu'un qui courait. Tous les muscles d'Oxman se tendirent. Il tira son revolver de service, courut à l'entrée, poussa les verrous. Il ouvrit brutalement, jeta à Jennifer par-dessus son épaule :

— Referme à clé derrière moi.

Et il se rua dans le couloir.

Comme il faisait un pas vers l'escalier, il entendit le grincement de l'ascenseur qui descendait.

— E. L., demandait Jennifer d'un ton pressant, qu'est-ce qui se passe ?

— Rentre et ferme à clé, lui ordonna-t-il.

Il hésita une seconde pour s'assurer qu'elle s'exécutait,

puis s'élança vers l'escalier, qu'il descendit quatre à quatre, essayant d'arriver dans le hall avant l'ascenseur.

Sur le palier du premier, il se cogna dans le mur et faillit perdre l'équilibre ; un élancement de douleur fulgura dans son bras. Il se redressa et, hors d'haleine, attaquait la dernière volée de marches quand il entendit la porte de l'ascenseur s'ouvrir en bas, le bruit sourd d'une course.

Le hall était vide quand il l'atteignit, la porte de la rue finissait de se refermer.

Jurant violemment, Oxman allongea le pas et arriva à la porte en courant. Il avait oublié combien elle était lourde, et il faillit tomber dans sa hâte à l'ouvrir ; mais elle finit par tourner sur ses gonds et il s'élança, dégringolant le perron jusqu'au trottoir.

A part deux phares venant de Riverside, la rue était déserte.

Il rentra précipitamment dans l'immeuble. L'ascenseur étant toujours là, il le prit jusqu'au troisième. Wally Singer, qui habitait en face de Michele, avait passé la tête dans l'entrebâillement de sa porte ; il la rentra précipitamment en voyant Oxman et referma violemment. Oxman espérait encore s'être trompé sur le sens du cri qu'il avait entendu, des pas qui fuyaient. Mais quand il atteignit la porte de Michele, il comprit qu'il avait vu juste.

Le battant était entr'ouvert.

Son revolver à la main, il cria :

— Miss Butler ? Police.

Silence.

Oxman poussa la porte et entra, redoutant ce qu'il allait trouver. La seule lumière venait de la chambre, lueur pâle et clignotante du téléviseur. Il trouva l'interrupteur du séjour, alluma et se dirigea lentement vers la chambre.

Il sentit l'odeur de la poudre avant même de voir les deux formes immobiles sur le lit à la lueur fluctuante du téléviseur. Son estomac se noua, réaction qu'il connaissait bien. Il traversa la pièce, remettant son arme dans son holster, et alluma la lampe de chevet.

La lumière soudaine scintilla sur le sang répandu. Il reconnut l'homme nu : Marco Pollosetti ; d'un coup d'œil, il vit la mixture de sang et de cervelle projetée sur la tête du lit, comme un grotesque test de Rorschach, et le trou écarlate à la place où s'était trouvé l'œil gauche de Pollosetti, et il comprit qu'il était mort sur le coup. Mais la petite Butler vivait encore. Blessée à la poitrine, couverte de sang, inconsciente ; mais il vit le mouvement presque imperceptible de ses seins qui se soulevaient et s'abaissaient, et, quand il posa le pouce sur l'artère de son cou, il sentit le pouls battre faiblement.

Dans le placard, il trouva une épaisse couverture qu'il étendit sur elle, puis il courut au séjour, repéra le téléphone, déploya son mouchoir sur le combiné et appela une ambulance. Puis il composa le numéro de son commissariat.

— Oxman, dit-il au standardiste. Passez-moi le Lieutenant Manders.

— Ox, dit Manders, dix secondes plus tard, qu'est-ce qu'il se passe, nom de Dieu ? Je viens de vous appeler, et la fille Crane dit que vous êtes sorti en courant, revolver à la main...

— Un autre meurtre, dit Oxman, laconique. Dans l'appartement au-dessus de celui de Jennifer.

— *Quoi !*

— Deux personnes, cette fois — Marco Pollosetti et Michele Butler. Pollosetti est mort ; la femme vit encore, mais tout juste. J'ai appelé une ambulance.

— Nom d'un chien ! dit Manders. Ça s'est passé quand ?

— Il y a quelques minutes.

— Merde ! Je croyais que nous l'avions, le salaud. Je croyais que c'était terminé.

— Terminé ? De quoi parlez-vous ?

— Nous avons reçu un appel il y a quelques minutes, dit Manders. Quelqu'un s'est fait tuer peu après dix heures au cours d'un cambriolage au 1120 Quatre-Vingt-Dix-Huitième Rue Ouest. Un intrus, pas un résident. Je me disais que c'était notre dingue.

Oxman sentit son estomac se contracter.

— Impossible, Lieutenant. Ce qui s'est passé ici... ça porte sa marque.

Il raccrocha et retourna dans la chambre. Michele Butler respirait toujours ; il vérifia son pouls pour s'en assurer. *Allez, toubibs, grouillez-vous,* pensa-t-il.

Comme en réponse, le hululement d'une sirène approchante se fit entendre dans la rue.

## VINGT-TROIS HEURES QUARANTE-CINQ
## ART TOBIN

Debout dans la chambre, dans un appartement du 1120 Quatre-Vingt-Dix-Huitième Rue Ouest, Tobin serrait les dents, furieux. Il venait de raccrocher ; le Lieutenant Smiley l'avait appelé pour l'avertir qu'on venait de tirer sur Marco Pollosetti et Michele Butler, et qu'Elliot Leroy avait failli pincer le salaud sanguinaire qui les avait abattus. Tobin avait bien cru, comme Manders, qu'ils tenaient *déjà* leur dingue, quand il avait reçu ce coup de fil. Maintenant, ils étaient revenus à la case départ, avec un et peut-être deux homicides de plus sur les bras.

Tobin pensait toujours que le meurtre du 1120 était lié aux autres, d'une façon ou d'une autre. Il détestait les coïncidences. Mais si les deux affaires étaient liées, il ne voyait pas comment.

Le locataire du 1120, un certain Herb Blocker, était assis dans le séjour avec sa blonde épouse, Gretchen. Ils avaient dîné en ville, étaient rentrés une heure plus tôt et avaient trouvé quelqu'un dans leur appartement, en train de fouiller dans la chambre. Blocker était bijoutier à la Bourse aux Diamants. Il avait un permis de port d'arme. Il avait son arme sur lui. Et il s'en était servi.

L'affaire semblait donc simple : un cambrioleur surpris en flagrant délit, et abattu. Du moins, c'est ainsi qu'il considérait la chose, maintenant.

Sauf que le mort habitait non seulement la Quatre-Vingt-

Dix-Huitième Rue, mais aussi le bloc où tous les meurtres avaient eu lieu. A son arrivée, quand Tobin était entré dans la chambre pour rejoindre l'agent de garde, le cadavre lui avait rappelé quelque chose. Il l'avait contourné pour bien voir le visage, et il avait immédiatement reconnu Benny Hiller.

A ce stade, la question était tellement embrouillée que Tobin n'essayait même pas de gamberger sur des solutions possibles. Il retourna dans le séjour et écouta le récit incohérent de Blocker. Le bijoutier n'avait jamais tué personne avant ce soir-là ; il n'avait jamais réfléchi aux conséquences d'un acte aussi simple que de braquer une arme et presser la détente. Tobin avait tué un homme, cinq ans plus tôt ; il se mettait à la place de Blocker et se sentait indulgent. Il s'efforçait toujours de le calmer pour qu'il puisse faire une déposition cohérente quand les techniciens arrivèrent — les gars du labo et le photographe, puis Smathers, l'assistant du médecin légiste.

Il regarda le toubib faire lentement le tour du cadavre, souriant comme s'il soupçonnait Hiller de bluffer et qu'il craignait de le voir se relever tout d'un coup.

— Il est bien mort, dit Smathers, ressortant sa plaisanterie habituelle.

Tobin l'avait même entendue sur la scène d'un accident macabre survenu dans Broadway, et où la victime avait été décapitée.

— Je pensais bien qu'il ne dormait pas, dit Tobin.

— Vous voulez qu'on prenne les photos avant que je me mette au travail ?

Tobin acquiesça de la tête. C'était la procédure habituelle : on fixait d'abord la scène sur la pellicule, puis Smathers et le labo se mettaient au boulot.

Pendant que le photographe faisait le tour de la pièce en prenant des Polaroïds au flash, Smathers vint se placer à côté de Tobin.

— Deux morts de plus dans la rue, ce soir, dit-il. C'est le dernier acte d'*Hamlet* ou quoi ?

— Je voudrais bien que ce soit le *dernier* acte, dit Tobin.

— J'ai ordre d'y aller quand j'en aurai fini ici, dit Smathers. Votre équipier, Oxman, y est déjà.

— Je sais. On me l'a dit.

Il fallait qu'il s'éloigne de Smathers. Sans ajouter un mot, il entra dans le séjour pour voir si Herb Blocker et sa femme s'étaient suffisamment calmés pour faire leur déposition. Il avait vu tout ce qu'il avait besoin de voir dans la chambre.

— Il... il est vraiment mort, hein ? demanda Blocker de son fauteuil.

Il avait le visage gris, et ses mains tremblaient encore.

— Enfin... quand on n'est pas docteur, il arrive qu'on se trompe.

— Il est bien mort, dit Tobin, reprenant l'astuce vaseuse de Smathers. Ne vous mettez pas dans cet état, monsieur Blocker. Vous pourriez être à sa place.

— Il était armé ? demanda Gretchen Blocker.

— Non. Mais ça ne fera sans doute pas grande différence. Votre mari ne pouvait pas le savoir.

— J'aurais quand même dû essayer de m'en assurer, dit Blocker, d'un air pitoyable. Je n'aurais pas dû... tirer comme ça. Mais il s'est avancé vers moi, en tendant les mains ; j'ai cru qu'il allait m'attaquer...

— Calmez-vous, monsieur Blocker.

— Est-ce que Herb va... avoir des ennuis ?

— Quelques ennuis, dit Tobin.

Blocker n'était pas leur dingue ; il en était raisonnablement certain. Et parce qu'il trouvait ces gens sympathiques, il décida de ne pas leur cacher la vérité.

— Mais Hiller a été tué de face, dans votre chambre, de sorte que vous pourrez plaider la légitime défense ou l'homicide justifié, quand vous vous serez dépêtré de toutes les complications légales. Vous aurez besoin d'un bon avocat, même dans un cas comme celui-là.

— Hiller, dit doucement Blocker. C'était son nom ?

Maintenant, ça devenait personnel ; il avait tué un

homme qui avait un nom, un être humain réel, non plus une silhouette menaçante tapie dans sa chambre.

— Il habitait à l'autre bout de la rue, dit Tobin. Quand nous vérifierons, nous découvrirons que c'était un pro, j'en suis pratiquement sûr.

— Vous voulez dire un cambrioleur professionnel ?

Tobin acquiesça de la tête.

— Il en a le costume ; il en a les outils dans sa poche de veste, et il est entré ici sans éveiller l'attention de personne. Oui, c'était bien un pro.

— Mon Dieu, gémit Blocker, pourquoi a-t-il fallu qu'il nous choisisse, nous ? Pourquoi *nous ?*

*Ouais,* pensa Tobin, *pourquoi ?*

Il voulait en finir avec les préliminaires de cette enquête, pour pouvoir aller retrouver Elliot Leroy et savoir ce qui s'était passé là-bas. Il dit :

— Je voudrais vous poser quelques questions, monsieur Blocker.

— Oui, bien sûr, dit Blocker, avec une bonne volonté pathétique.

Maintenant, il avait besoin de raconter son histoire, pour s'en débarrasser, pour s'en purger.

## LES CASSETTES COLLIER

Deux méchants de plus sont morts. Deux souillures de mon univers ont été lavées.

J'ai su que Marco Pollosetti et Michele Butler seraient les prochains pécheurs à punir quand l'Œil les a observés en train de forniquer sur le lit de la femme. Les petites fesses maigrichonnes et poilues de Pollosetti se soulevant et s'abaissant à un rythme de plus en plus rapide, son corps enserré dans les jambes de la fille, sa bouche rivée à son sein pâle comme un nourrisson qui tète... vision impure et répugnante. Comme un seul être, comme une bête obscène, ils se tortillaient de conserve, de plus en plus frénétiques, les jambes battant l'air, comme y cherchant un point d'appui. L'Œil a vu les spasmes insensés de leurs corps arriver au paroxysme, puis il s'est fermé honteusement quand ils eurent rassasié leur luxure. Et j'ai immédiatement quitté l'appartement, je suis descendu dans mon univers pour leur dispenser leur juste récompense ; je leur ai donné la Mort ; je leur ai donné le salut.

Maintenant, l'Œil s'est rouvert et je surveille la police qui s'agite futilement. Ce sont des Philistins ; je ne tomberai pas entre leurs mains. Au contraire. Je le prouve et continue à le prouver, n'est-ce pas ?

Et je dispense un enseignement alors même que j'exerce ma vengeance et délivre les pécheurs de leur vie pour les envoyer dans l'infini purifiant. Maintenant, l'Inspecteur

Oxman doit savoir que le destin qui a frappé les deux jeunes fornicateurs aurait aussi bien pu les frapper, lui et sa catin. Qu'en pensent-ils, lui et Jennifer Crane ? A quoi pensent-ils, en ce moment même ? La peur hante par accès ceux dont elle s'empare. L'Inspecteur Oxman ne reposera pas en paix ce soir, car maintenant il doit sans doute se rendre compte de ma puissance.

*Cinquième partie*

# MARDI 24 SEPTEMBRE

## SEPT HEURES QUINZE – JENNIFER CRANE

Elle n'arrivait pas à se réchauffer.

Elle n'avait pas dormi de la nuit, le climatiseur arrêté et sa couverture électrique montée au maximum, seule dans son lit parce qu'E. L. n'avait pas arrêté de travailler, d'entrer et de sortir de l'appartement. Elle avait pris une douche, aussi chaude qu'elle pouvait la supporter ; deux fois elle avait allumé le four pour essayer de réchauffer l'appartement, mais E. L. s'était plaint de la chaleur en rentrant et l'avait éteint ; elle avait enfilé un pull et une veste légère, qu'elle portait toujours. Mais elle avait toujours froid. Ses pieds étaient glacés, comme si elle avait marché pieds nus dans la neige ; ses mains étaient gelées, et elle était secouée de frissons.

C'était la peur, elle le savait. Elle n'avait jamais eu aussi peur qu'en ce moment, que depuis le retour d'E. L. la veille, lui annonçant ce qui était arrivé à Michele Butler et Marco Pollosetti. Mais ce n'était pas seulement pour elle qu'elle avait peur ; elle avait peur pour E. L. aussi. Et elle ne craignait pas seulement pour leurs vies ; mais aussi pour ce qu'il y avait entre eux, ces rapports fragiles qu'ils avaient commencé à construire avant ces nouvelles explosions de terreur des deux derniers soirs.

Pour la première fois depuis Zach, que ça lui plût ou non, elle avait trouvé quelqu'un qui avait de l'importance pour elle, elle avait laissé quelqu'un pénétrer dans son cœur et son esprit comme dans son corps. Peut-être qu'ils n'auraient pas un avenir commun, E. L. et elle, mais peut-être y en aurait-il un. Elle désirait ardemment le savoir. Mais si cette folie continuait, s'ils n'arrêtaient pas bientôt le dément, elle sentait que quelque chose de terrible allait se passer. E. L. serait tué, ou les circonstances les sépareraient autrement... *quelque chose* de terrible allait se passer.

Elle frissonna, resserra étroitement ses bras autour d'elle en arpentant sa chambre. E. L. était dans le séjour avec Art Tobin ; elle entendait le bourdonnement de leurs voix à travers la porte, mais pas ce qu'ils disaient. E. L. lui avait demandé de les laisser à l'arrivée de Tobin ; donc, quel que fût le sujet de leur conversation, il désirait que ça reste entre eux. Mais elle pensait savoir de quoi il s'agissait — de la même chose dont elle avait discuté avec E. L. une heure plus tôt.

Il voulait qu'elle déménage, qu'elle aille dans un autre quartier où elle serait en sécurité. Et il allait mettre une femme flic à sa place.

— C'est la seule solution de bon sens, lui avait-il dit. Tu ne peux pas rester ici ; c'est trop dangereux. Ce dingue est entré ici et il en est ressorti une fois. Rien ne l'empêche de recommencer, et je ne veux pas prendre de risques, même si la maison grouille de flics.

— Mais s'il surveille l'immeuble, il me verra partir...

— Non. La policière arrivera en uniforme. Nous la choisirons de la même taille et du même gabarit que toi. Vous échangerez vos vêtements. Elle aura aussi les cheveux d'une couleur différente des tiens, très différente, et elle apportera des perruques pour vous deux. La substitution ne prendra que quelques minutes. S'il surveille l'appartement, il n'aura pas le temps de remarquer quoi que ce soit.

— Et toi ? demanda-t-elle.

— Il faut que je reste, Jennifer, tu le sais.

— Je veux rester ici avec toi.

— Non, je te l'ai dit, c'est trop dangereux.

— Zut, E. L., je suis chez moi...

— Non, plus maintenant, dit-il d'un air sinistre. Ton appartement est devenu notre quartier général, et peut-être un piège. Je n'aurais pas dû te laisser ici si longtemps. J'aurais dû appeler une policière vingt-quatre heures plus tôt.

— Et si je refuse de partir ?

— Alors, je te ferai mettre en garde à vue, et enlever de force. Je parle sérieusement, Jennifer. Ce n'est pas un jeu.

— Tu crois que je ne le sais pas ?

— Alors, ne discute plus avec moi. Je suis flic, et je sais ce que je fais.

Ainsi, il avait pris sa décision et elle allait partir. La femme flic devait arriver à huit heures.

Elle alluma une cigarette — elle fumait trop, un paquet entier depuis qu'elle s'était levée — et s'approcha de la porte fermée. Le son assourdi des voix lui parvenait encore de l'autre pièce. Impulsivement, elle entrebâilla sans bruit pour écouter.

— ... parle même d'évacuer tout le bloc, disait Tobin. C'est te dire si on est paniqué, à la Mairie. A cause des media, toute la ville est au bord de la panique.

— Mais s'ils font une connerie pareille, on ne lui mettra jamais la main dessus. Il habite sans doute dans le bloc. Et même si ce n'est pas le cas, il n'a qu'à s'écraser un moment et attendre que les choses se tassent et que tout le monde remménage.

— Je sais. C'est ce que Smiley a dit au grand chef, qui a l'air d'être d'accord. Mais ils parlent toujours d'établir un cordon de policiers tout autour du bloc.

— Mauvais, ça aussi.

— C'est bien mon avis. Davantage de patrouilles, davantage de flics en planque, d'accord. Mais si on transforme le quartier en zone de guerre, on peut dire adieu à notre dingue.

— Ouais. Il a déjà perdu les pédales ; il a frappé deux

jours de suite et il pense qu'il est invincible. Mais il est veinard, c'est tout. Il va recommencer bientôt, et alors peut-être que la veine l'abandonnera. *Si* tout le monde ne se met pas à paniquer.

— Tu crois qu'il s'en prendra à toi la prochaine fois ?

— J'espère bien que oui, dit E. L. Nom de Dieu, j'espère bien que oui.

Jennifer referma la porte, frissonnante, et s'approcha de la table de nuit pour écraser sa cigarette dans le cendrier débordant de mégots. Elle en alluma une autre immédiatement. La fumée lui brûla les poumons, la fit tousser et les larmes lui montèrent aux yeux.

*Tu crois qu'il s'en prendra à toi la prochaine fois ?*

*J'espère bien que oui. Nom de Dieu, j'espère bien que oui.*

*Et j'espère bien que non,* pensa-t-elle. *Mon Dieu, j'espère bien que non.*

Elle avait encore les yeux humides d'avoir toussé ; elle sentait les larmes tièdes sur ses joues glacées. Soudain, elle regretta de ne pas pouvoir pleurer, d'être du genre qui n'est pas capable de s'asseoir et de donner libre cours à ses émotions. Ce devait être si bon de s'asseoir et...

Et elle s'assit sur le lit et se mit à pleurer.

## HUIT HEURES DIX – WILLIE LORSEC

Corales le fixait par-dessus la table. Richard était debout, une tasse de café dans une main, un paquet de cartes dans l'autre. Dans ses yeux se lisait une profonde déception, et, pensa Lorsec, quelque chose approchant du désespoir.

— Qu'est-ce que ça veut dire que tu veux plus jouer, Willie ? Qu'est-ce que ça veut dire ?

— Exactement ce que ça dit. Il faut que tu comprennes...

— Je ne comprends pas, dit Corales. Peut-être que tu comprends pas non plus. J'ai gagné quarante-neuf parties de suite. Une de plus, et ça fait cinquante, et je peux entrer dans le Livre des Records. Et je veux y arriver, Willie. Tu as dit hier soir que tu jouerais ce matin ; tu m'as promis avant de partir. Une seule partie !

— Richard, tu n'es pas raisonnable. Deux meurtres de plus hier soir, et dans l'immeuble. Et un autre de tes locataires tué à quelques maisons d'ici. On ne peut pas continuer à jouer comme ça, comme si rien ne s'était passé.

— Pourquoi ?

— Parce que. Tu connaissais chacune des victimes. Ça ne te fait rien qu'ils soient morts ?

— Si, ça me fait, dit Corales. Je suis embêté qu'ils soient morts. Mais ce n'étaient pas des amis, et je n'y peux rien. Pour toi et moi, la vie continue, non ?

— Richard, écoute-moi...

— Tu as peur de continuer à perdre. C'est ça, non ? Tu as perdu quarante-neuf parties de suite, et tu ne veux pas en perdre une de plus.

— Mais non, dit Lorsec.

Ce qui n'était pas tout à fait vrai. En fait, ça commençait à le contrarier de perdre tant de parties consécutives ; il n'était pas bon perdant. D'abord, la chance phénoménale de Corales l'avait amusé — et il avait continué à jouer le jeu, parce qu'il aimait bien Corales, sincèrement. Mais trop c'est trop. Il avait trop de choses en tête pour continuer ces enfantillages.

— Alors, tu devrais jouer une partie de plus pour que je puisse entrer dans le Livre des Records.

— Richard, même si j'acceptais de jouer une autre partie, rien ne garantit que tu la gagnerais.

— Je gagnerais, c'est sûr. Je gagnerais.

— Impossible d'en être sûr. Est-ce que tu es sûr, seulement, que d'avoir gagné cinquante parties de suite te ferait entrer dans le Livre des Records ?

Corales battit des paupières.

— Quoi ?

— Tu as vérifié dans le Livre des Records, Richard ? Quel est le record de parties gagnantes au gin-rami ?

— Non, j'ai jamais vérifié, dit Corales. Mais c'est forcé que ce soit le record. Personne peut gagner plus de cinquante parties de suite.

— Bon, alors, suppose que le record soit quarante-huit. Ou moins. Dans ce cas, tu as déjà établi ton record, non ?

— J'y avais jamais pensé, dit Corales en fronçant les sourcils.

Puis son front se plissa encore davantage et il dit :

— L'ancien record, je m'en fous. Je veux gagner cinquante parties de suite. Je veux voir combien de parties je peux gagner d'affilée. Peut-être que je peux en gagner soixante-quinze, ou même cent. Peut-être que je peux établir un record que personne ne pourra *jamais* battre.

Lorsec soupira.

— Je crois qu'il vaut mieux que je m'en aille.

— T'en aller ? Tu veux dire que tu ne joueras plus jamais ?

— Je t'ai déjà dit que non. Impossible de me concentrer avec tout ce qui se passe, avec tant de flics dans le coin...

— Merde pour les flics ! Je m'en fous, des flics !

Maintenant, Corales était congestionné, et il serrait les poings.

— Alors, pourquoi t'es venu ce matin, si tu veux plus jouer ?

— Je voulais te voir, c'est tout...

— Ouais, bien sûr, dit Corales. Et tu veux que je continue à te laisser fouiller dans les ordures, hein ? C'est pour ça que t'étais mon copain.

— Ce n'est pas vrai. Tu es mon ami.

— Ouais, ben, t'es plus mon ami à moi, ça c'est sûr, dit Corales avec colère. Va-t'en. Je veux plus te voir, jamais.

— Richard...

— Va-t'en, j'ai dit. Va-t'en ! Et reviens jamais. Va faire copain avec un autre putain de gardien, si c'est pas déjà fait, et fouille dans ses ordures à lui.

Lorsec se demanda s'il allait continuer à discuter, s'efforcer de le calmer, mais l'expression de Corales le fit changer d'avis. Il poussa un autre soupir, inaudible cette fois, et se dirigea vers la porte.

— Quoique tu penses en ce moment, dit-il en l'ouvrant, je suis ton ami et je ne te veux que du bien.

— Va te faire voir, Willie, dit Corales.

Et il claqua la porte sur Lorsec.

## HUIT HEURES VINGT-CINQ – WALLY SINGER

Il n'en croyait pas ses oreilles ; non, il n'en croyait pas ses oreilles.

— Tu me quittes ? dit-il. Tu me quittes ? Qu'est-ce que c'est encore que ces conneries, Marian ?

— Ce ne sont pas des conneries, dit Marian.

Elle était toujours près de la commode, dont elle sortait méthodiquement ses vêtements pour les mettre dans la valise ouverte posée sur le lit. Elle ne s'était pas interrompue, l'avait à peine regardé depuis qu'il était entré et l'avait surprise à faire ses bagages, quelques minutes plus tôt.

— Tu ne peux pas m'abandonner !

— Je ne peux pas ? Alors, regarde.

— Mais où tu vas, nom de Dieu ?

— J'emménage avec un ami, dans le Village.

— Quel ami ?

— Tu ne connais pas. Un homme.

— Un homme ?

— Un homme que je vois depuis quelque temps, dit-elle en pliant soigneusement une jupe. Un homme que j'aime et qui m'aime.

Il trouva ça comique. Rejetant la tête en arrière, il éclata de rire, mais le mouvement brusque aggrava la migraine consécutive à sa gueule de bois, le fit grimacer, et réduisit son éclat de rire à un aboiement. Nom de Dieu, il devait avoir bu au moins une demi-caisse de bière, la veille. Mais qui pouvait le lui reprocher ? Encore des meurtres, et dans l'immeuble même, de l'autre côté du couloir, cette petite pimbêche de comédienne, et le trompettiste camé du premier ; des flics dans tous les coins, encore des interrogatoires. Ça l'avait drôlement secoué, encore plus que quand Marian lui avait appris la mort de Cindy.

Et maintenant, ça, en plus. Marian qui faisait sa valise, lui disant qu'elle s'en allait, qu'elle en aimait un autre. Marian ? Cette grosse conne de Marian ? C'était comique, pour ça, oui, follement comique. Il fallait être fou pour aimer cette grosse vache.

— Rigole tant que tu veux, dit-elle.

Elle n'avait pas l'air en colère ; elle n'avait pas d'air du tout, sauf l'air résolu.

— Il se trouve que c'est la vérité.

— Mais bien sûr. Et tu crois que des trucs pareils ça peut m'emmerder, me faire mal ?

— Ça m'est égal que ça te fasse mal ou non. Toi, tu m'as souvent fait mal, Wally, et je n'ai plus envie de vivre avec toi, je n'ai plus envie d'être ta femme. C'est ça l'important, pour le moment.

Cette fois, il formula sa pensée en paroles.

— Qui peut bien vouloir d'une grosse vache comme toi ?

Ça, ça porta ; sa grosse bouille se contracta sous l'insulte. Mais elle ne s'arrêta quand même pas de bourrer sa valise. Et elle ne répondit pas à sa question.

Le désespoir s'empara de Singer. Peut-être que *c'était* vrai ; peut-être qu'elle avait trouvé un amant. Et peut-être qu'elle allait vraiment le quitter. Il n'arrivait toujours pas à y croire, mais si c'était vrai ? Qu'est-ce qu'il allait faire, nom de Dieu ?

— Tu ne sortiras pas d'ici, dit-il.

— Qu'est-ce que tu vas faire ? Me retenir par la force ? L'immeuble grouille de flics, Wally ; tout ce que j'ai à faire, c'est de pousser un cri et ils seront à la porte dans les dix secondes.

— Je suis ton mari, merde !

— Plus pour longtemps, dit-elle. Je vais demander le divorce dès que j'aurai trouvé un avocat.

— T'es dingue, dit-il. T'as complètement perdu les pédales.

— Tu peux garder l'appartement et les meubles. J'enverrai chercher le reste de mes affaires dans quelques jours.

— Garder l'appartement ? Nom d'un chien, comment veux-tu que je paye le loyer ?

— Il est payé jusqu'à la fin du mois. Après, tu n'auras qu'à travailler, c'est tout. C'est ton problème, Wally, pas le mien. Plus maintenant.

— Tu peux pas me faire ça, salope !

— J'aurais dû le faire depuis longtemps, dit-elle.

— C'est lui qui t'a monté la tête, hein ? Le salaud qui te baise.

— Non, ce n'est pas lui. Il y a longtemps que j'y pensais, et ce qui s'est passé hier soir m'a décidée. Et ce n'est pas un salaud. Il est tendre et gentil ; il est tout ce que tu n'es pas.

— Qui c'est ? Comment il s'appelle ?

— Je n'ai pas envie de te le dire.

— J'ai le droit de savoir avec qui tu t'enfuis.

— Je ne m'enfuis pas.

— Merde, Marian, qui c'est ?

— Non, dit-elle.

Elle mit ses derniers vêtements dans sa valise, ferma le couvercle, appuya dessus et boucla les serrures.

— Il y a cinquante dollars dans un pot, à la cuisine. Ça te permettra de te débrouiller en attendant de trouver du travail.

Il avait envie de la battre. Bon Dieu ce qu'il avait envie de se ruer sur elle et de cogner sa grosse gueule de vache jusqu'à ce qu'elle dégouline de sang. Mais il était paralysé ; ses jambes n'arrivaient pas à bouger. Il resta immobile sur le seuil, le sang battant à grands coups à ses tempes. Il ne bougea même pas quand elle passa devant lui avec sa valise pour aller dans le séjour.

— Je t'aurai, Marian, lui cria-t-il. Tu ne t'en tireras pas comme ça !

— Au revoir, Wally, dit-elle.

Quinze secondes plus tard, elle était partie, vraiment partie.

Alors, il retrouva l'usage de ses jambes dès qu'il entendit la porte claquer. Mais il n'alla pas loin, jusqu'au milieu de l'atelier seulement ; il ne savait pas où aller, il n'avait nulle part où aller. Ça, il le savait maintenant, il le croyait, et c'était comme si une trappe s'était ouverte sous ses pieds pour l'engloutir. Ses mains tremblaient ; il avait la nausée. Et il était affolé, piégé. De l'autre côté de la pièce, les sculptures de Marian semblaient lui sourire, se foutre de lui. Il essaya de prendre son courage à deux mains pour aller les briser, mais il n'y arriva même pas. Il resta debout, tremblant de tous ses membres, et l'injuriant dans sa tête.

Il n'y avait rien à faire.

Les questions n'arrêtaient pas de fulgurer dans sa tête, comme les images lumineuses d'un jeu vidéo.

Oxman arpentait le séjour de Jennifer, de la porte aux fenêtres inondées de soleil, et revenait, frustré. Il était seul dans la pièce. Carla Ullman, la femme flic, était arrivée quelques minutes plus tôt et se trouvait dans la chambre avec Jennifer, où elles échangeaient leurs vêtements. Tobin était parti, pour continuer à prendre les dépositions des locataires de l'immeuble — opération sans doute inutile, car personne ne semblait avoir vu ou entendu le tueur, la veille, comme si c'était un fantôme ayant le pouvoir d'apparaître et de disparaître à volonté. Oxman ferait la même chose dès que Jennifer partirait en compagnie des agents en tenue qui attendaient sur le palier.

Pourquoi le dingue s'en était-il pris à Michele Butler et Marco Pollosetti, et non à lui et Jennifer ?

Comment était-il entré dans l'immeuble, la veille ? Aucune des portes et des fenêtres du rez-de-chaussée n'avait été forcée ; le labo était formel. Et les interrogatoires préliminaires des locataires leur avaient permis d'établir qu'aucun d'eux n'avait ouvert à personne avant les meurtres. Vivait-il lui-même dans l'immeuble ? Avait-il une clé de l'entrée principale ? Ils avaient obtenu des ordres de perquisition, et ils fouillaient maintenant tous les appartements. Mais s'il habitait l'immeuble, il était trop astucieux pour garder chez lui son arme ou tout autre objet pouvant l'incriminer, et ils avaient peu de chances de trouver quelque chose.

Comment était-il entré chez Michele Butler ? Les gars du labo avaient aussi examiné sa porte et n'y avaient trouvé aucun signe d'effraction. Avait-elle négligé de la fermer à clé pour une raison ou une autre ? Ou oublié ? Se pouvait-il que le dingue fût un homme qu'elle connaissait assez bien pour lui confier une clé ?

Butler avait-elle reconnu en l'assaillant un ami ou un voisin ? Ou, si c'était un étranger, pourrait-elle le décrire ? On avait réussi à lui retirer la balle de la poitrine, et les médecins pensaient qu'elle avait de bonnes chances de s'en tirer, mais quand Oxman avait appelé l'hôpital, un quart d'heure plus tôt, pour demander de ses nouvelles, elle n'avait toujours pas repris connaissance, et on ne savait absolument pas quand elle reviendrait à elle.

Comment le dingue avait-il su qu'Oxman avait fait l'amour avec Jennifer dimanche soir ? S'il habitait l'immeuble, cela expliquait qu'il ait pu le voir entrer chez elle, mais cela n'expliquait pas comment il savait qu'Oxman était entré en elle. Il ne voyait pas à travers les murs, merde ! Heureuse supposition ? Non, au téléphone, sa voix était assurée, vertueusement offensée ; il *savait*. Et pourtant, comment *pouvait*-il savoir, nom de Dieu ?

Y avait-il un rapport entre le dingue et le meurtre de Benny Hiller ? Tobin excluait formellement la possibilité que Herb Blocker, l'homme qui avait abattu Hiller, fût leur dingue ; Herb Blocker avait agi pour protéger son domicile et ses biens, voilà tout. Tobin pensait que Hiller était un cambrioleur professionnel, et ce qu'on avait trouvé chez lui avait pratiquement confirmé cette hypothèse. Il se pouvait que la mort de Hiller fût une simple coïncidence, sans lien avec les autres meurtres ; qu'il ait simplement eu la main malheureuse en choisissant le lieu de son dernier boulot. La seule chose qui clochait avec cette théorie, c'est que les professionnels ne travaillaient jamais chez eux. Le dernier endroit qu'ils choisiraient pour le cambrioler, c'était bien un immeuble situé dans le même bloc que le leur. Mais quelle autre raison Hiller pouvait-il bien avoir pour pénétrer chez les Blocker ? Cela avait-il quelque chose à voir avec leur dingue, et si oui, *quoi ?*

La porte de la chambre s'ouvrit, et Jennifer sortit accompagnée de Carla Ullman. Oxman s'immobilisa pour les considérer. Au premier coup d'œil, il vit que l'échange s'était opéré, mais s'il n'avait pas été au courant, il ne s'en serait peut-être pas aperçu. Personne ne pourrait donc s'en apercevoir de loin. Ullman avait une certaine ressemblance avec Jennifer — c'est pourquoi on l'avait choisie — et avec les perruques qu'elles portaient maintenant, plus Jennifer en uniforme et Ullman en robe empruntée à Jennifer, elles passaient assez bien l'une pour l'autre.

— Tout est prêt, Oxman, dit Ullman. Comment sommes-nous ?

— Très bien. Je crois que ça marchera.

Jennifer s'approcha de lui.

Immobile, les bras ballants, il la regarda, la caressant du regard.

— Je n'ai pas envie de partir, E. L., dit-elle.

— Je sais. Mais il le faut.

— Tu sais où ils m'emmènent ?

— Oui. Dans un hôtel de l'East Side.

— Le Haverton, m'a dit Carla.

Il hocha la tête.

— Tu y seras très bien.

— Oui ? Sans doute. Mais je me sentirai mieux si je peux te parler plus tard, juste deux minutes.

— J'essaierai de t'appeler, dit-il.

— C'est ça. Essaye.

Elle lui adressa un petit sourire ; il voyait l'effort qu'elle faisait.

— Je suis prête, dit-elle.

Il se détourna, alla à la porte, l'ouvrit. Les deux agents postés sur le palier se mirent au garde-à-vous.

— La policière Ullman quitte les lieux, dit Oxman, assez fort pour que les voisins puissent l'entendre. Escortez-la jusqu'au rez-de-chaussée, s'il vous plaît.

— Oui, Inspecteur, dit l'un, très naturel.

Un acteur né.

Jennifer vint jusqu'à la porte, considéra longuement Oxman, puis sortit. Il la regarda s'éloigner en uniforme, droite et raide, la main crispée sur le sac noir d'Ullman. Une boule se forma dans sa gorge.

Quand il referma la porte à clé, Ullman dit avec un engouement affecté :

— Parfait.

Personne ne l'avait avertie qu'il y avait quelque chose entre lui et Jennifer, bien sûr, mais Ullman le savait ; ça se voyait dans ses yeux.

— Un café, Ox ? proposa-t-elle.

— Non, dit-il. J'en ai bu assez.

— Je peux en faire pour moi ?

— Vas-y. Tu es censée habiter ici.

Elle hocha la tête et se tourna vers la cuisine. Et le téléphone sonna.

Oxman s'en approcha vivement, faisant signe à Ullman.

— Réponds, dit-il. Si c'est pour Jennifer, dis que tu as un rhume ou autre chose, et que tu n'as pas de voix. Et raccroche.

— D'accord.

Ullman prit le combiné, écouta un instant, puis le tendit à Oxman

— C'est le Lieutenant Manders.

Il prit le combiné.

— Oxman.

— Je suis à Saint-Luc, Ox, dit Manders. Michele Butler vient de se réveiller.

— Dieu soit loué. Vous lui avez parlé ?

— Pas encore. Le docteur est encore avec elle, mais il dit que nous pourrons la voir bientôt.

— Tout est encore secret ?

— Ouais, dit Manders. Après avoir sollicité la coopération des media, on a décidé de garder secret l'état de Michele Butler ; pour tout le monde en ville elle est sans doute morte hier soir en même temps que Marco Pollosetti. Si elle pouvait identifier son assaillant, nous ne voulons pas que le dingue sache qu'elle est vivante. Ou que nous avons son signalement avant que nous soyons prêts à le faire circuler. Quoi de neuf chez vous ?

— Jennifer Crane vient de partir, dit Oxman. C'est tout.

— Pas de problèmes ?

— Non.

— Parfait. Ne bougez pas. Je vous rappelle dès que j'aurai parlé à Butler. (Manders fit une pause.) Vous êtes croyant, Oxman ?

— Oui, mais pas pratiquant. Pourquoi ?

— Moi non plus, dit Manders. Mais si Butler ne peut pas identifier son agresseur, nous ferions bien de réviser nos prières.

## NEUF HEURES DIX – MICHELE BUTLER

Pâle et immobile dans son lit d'hôpital, elle attendait que la police vienne l'interroger. Elle avait les idées assez claires, quoiqu'un peu brumeuses sur les bords ; elle les contrôlait fermement, essayant de se persuader qu'il ne s'agissait que d'un nouveau rôle. Les flacons et les tuyaux qu'elle avait dans le bras, les bandages autour de sa poitrine, la chambre blanche et stérile — ce n'étaient que des accessoires. La scène qu'elle allait jouer faisait partie d'une production théâtrale. Ou peut-être d'un feuilleton télé. *Hôpital Général.* Même la douleur sourde qu'elle ressentait, se disait-elle, elle l'avait créée elle-même pour mieux jouer le personnage d'une grande blessée.

Mais elle n'arrivait pas à s'en convaincre. Le monde du théâtre, du faux-semblant, le seul où elle eût jamais vécu, s'était écroulé, et gisait en ruines, à l'intérieur d'elle-même. Le monde réel, c'était celui où elle se trouvait maintenant, et les images de terreur qui surgissaient d'elles-mêmes dans son esprit — la sombre silhouette de l'intrus, le pistolet dans sa main, la tête de Marco qui explosait, le sang qui jaillissait — étaient des images réelles. Rien d'autre ne comptait, rien d'autre n'avait de sens. L'autre monde, le monde du faux-semblant, c'était un monde factice, bidon, un monde de fantômes et de rêves brisés, et la femme qui y avait vécu était morte avec lui.

Mais elle, elle n'était pas morte ; la vrai Michele Butler était encore en vie. Et elle ne mourrait pas.

Maintenant, la police était là.

Elle n'avait pas entendu la porte s'ouvrir, mais elle sentit leur présence, tourna la tête et les vit debout près du seuil. Ils étaient deux. Ils s'approchèrent du lit, et le plus grand, qui avait un visage triste, dit :

— Je suis le Lieutenant Manders, Miss Butler. J'aimerais vous poser quelques questions sur ce qui s'est passé hier soir.

— Oui.

Il se pencha vers elle.

— La première question est la plus importante. Avez-vous reconnu l'homme qui vous a attaqués, vous et Marco Pollosetti ?

— Non, dit Michele.

— Vous ne l'aviez jamais vu ?

— Je n'ai pas bien vu son visage. Il faisait sombre.

— Pouvez-vous le décrire ?

— Non. Je suis désolée, mais... non.

Le Lieutenant Manders fit « merde » entre ses dents, et regarda l'autre policier. Puis il dit :

— Essayez de vous souvenir, Miss Butler. Y a-t-il quelque chose que vous puissiez nous dire le concernant ?

— C'était une silhouette noire, c'est tout. Tout est arrivé si vite...

— Il était costaud ? Grand ? Gros ? Mince ?

— Costaud, je crois. Juste un homme, juste... un homme.

— A-t-il dit quelque chose avant de tirer ?

— Il a dit... je crois que c'était : « Le salaire du péché est la mort. »

— C'est tout ?

— Oui. Et alors, il a tiré sur Marco. Mon Dieu, il...

— Calmez-vous. Est-ce que Pollosetti a dit quelque chose ? Est-ce qu'il a eu l'air de reconnaître votre agresseur, lui ?

Maintenant, les images étaient bien nettes dans sa tête — la tête de Marco qui explosait, et le sang, tout ce sang, et le pistolet qui se braquait sur elle, et le deuxième éclair.

— Miss Butler ?

— Non, dit-elle. Non.

— Parfait, dit Manders, au bord du désespoir. Dites-moi une chose maintenant : la porte de votre appartement était-elle fermée à clé ?

— Oui.

— Vous en êtes sûre ?

— Je l'ai fermée moi-même après l'arrivée de Marco.

— Alors, comment le tueur est-il entré ?

— Je ne sais pas.

— Vous n'avez rien entendu de la chambre ?

— Rien. Tout d'un coup, il était là, c'est tout.

— Qui d'autre avait une clé de votre appartement ?

— Personne.

— Pas même Pollosetti ?

— Non. Je n'aurais jamais donné une clé à Marco.

— Il était votre amant, non ?

— Mon Dieu, non. Je le connaissais à peine.

— Miss Butler, vous étiez au lit avec lui.

— Oui. Je... oui, j'étais au lit avec lui.

— Avec un homme que vous connaissiez à peine ?

Elle détourna les yeux.

— C'était... c'était juste...

— Juste quoi ?

Elle voulait dire : « juste une aventure ». Elle avait la réplique, la réplique de théâtre sur le bout de la langue, amère et brûlante, mais elle n'arrivait pas à la formuler en paroles. Quelque chose se passait en elle, quelque chose de critique, le désir soudain et irrésistible de faire un pas que l'ancienne Michele, celle qui vivait dans ses rêves, n'aurait jamais fait. Et avant d'avoir eu le temps de se retenir, elle dit :

— Il m'a forcée à coucher avec lui.

Manders étrécit les yeux.

— Forcée ?

— Il serait allé à la police si j'avais refusé. Il m'aurait dénoncée.

— Miss Butler, de quoi parlez-vous ?

*Ne lui dis rien,* pensa-t-elle. *Rien de plus ! Il t'arrêtera, tu iras en prison, Maman et Papa l'apprendront et tout le monde le saura, tu ne peux pas avouer comme ça...*

— Je suis une voleuse, dit-elle.

Les images disparurent, et la terreur avec elles, et c'était comme si un poids très lourd tombait de sa poitrine ; elle en était toute faible, de soulagement, elle se sentait bien réelle, maintenant.

— J'ai volé des bijoux dans les grands magasins et je les ai vendus pour financer ma carrière de comédienne.

## ONZE HEURES QUARANTE-CINQ
## RICHARD CORALES

Il ouvrit la porte de son appartement, et distingua un autre flic au sous-sol, un grand Noir qu'il avait déjà vu une ou deux fois.

Corales jura mentalement. Il en avait marre, des flics. Ils ne pouvaient pas se tirer, tous, et lui foutre la paix ?

— Inspecteur Tobin, dit le flic noir en montrant son insigne. J'ai quelques questions à vous poser, monsieur Corales, si ça ne vous fait rien.

— Si, ça me fait, dit Corales. J'ai du travail. Il faut que j'aille à la droguerie pour acheter des robinets.

— Je n'en ai pas pour longtemps.

— Ecoutez, je vous ai déjà tout dit. Je sais rien de ce qui s'est passé là-haut hier soir. Je dormais. Combien de fois vous allez venir me déranger ?

— Je ne suis pas venu au sujet des meurtres de là-haut, dit Tobin. Mais à propos du meurtre commis au bout de la rue.

— Au bout de la rue ?

— Benny Hiller. Vous êtes bien au courant, non ?

— Ouais, je suis au courant. Il habitait dans l'immeuble.

— Saviez-vous qu'il était cambrioleur ?

Corales battit des paupières.

— Quoi ?

— Cambrioleur, dit Tobin. Vous vous doutiez que c'était ça, son métier ?

— Non alors, je m'en doutais pas. Sans blague, M. Hiller était vraiment un cambrioleur ?

— Sans blague.

— Vous aviez beaucoup de contacts avec lui ?

— Des contacts ?

— Vous le voyiez, vous lui parliez souvent ?

— Je le voyais de temps en temps dans la journée pendant que je faisais mon travail, dit Corales. Il était souvent chez lui pendant la journée. Il disait qu'il travaillait de nuit, dans un café.

— Quand lui avez-vous parlé pour la dernière fois ?

— Dimanche, je crois.

— Où ?

— Ici, au sous-sol. Il était descendu pour me parler.

— De quoi ?

— Ça lui plaisait pas que je laisse Willie Lorsec fouiller dans les ordures.

— Qui est Willie Lorsec ?

*C'est un faux jeton,* pensa Corales, *voilà ce que c'est.* Mais il dit :

— C'est un chiffonnier.

— Est-ce qu'il habite dans cette rue ?

— Ouais. Entre West End et Broadway.

— C'est un de vos amis ?

— Plus maintenant.

— Comment ça se fait ?

Corales n'avait pas envie de parler à Tobin des quarante-neuf parties qu'il avait gagnées d'affilée ; il ne voulait plus y penser, parce que ça le mettait en rogne.

— Il n'était pas vraiment mon ami. Il venait de temps en temps pour que je le laisse fouiller dans les ordures.

— Ramasser les objets intéressants, c'est ça ?

— Ouais.

— Et ça ne plaisait pas à Benny Hiller que Lorsec fasse ça ?

— Non, ça lui plaisait pas.

— Pourquoi ?

— Il disait que Willie avait volé des trucs dans ses ordures.

— C'est bien le mot qu'il avait employé : volé ?

Corales hocha la tête.

— Je lui ai dit que c'était pas voler que de prendre des trucs que quelqu'un a jetés aux ordures. Mais il s'est mis en colère et il m'a traité de ballot. Ça m'a pas plu. Je suis pas un ballot.

— Hiller vous a-t-il dit ce que Lorsec avait pris dans ses ordures ?

— Non. Il me l'a jamais dit.

— Avez-vous idée de ce que ça pouvait être ?

— Non ; Willie trouvait des tas de trucs. Je regardais jamais pour voir ce que c'était.

— Qu'est-ce qu'il vous demandait de faire, Hiller ? Que Lorsec vous rende ces choses ?

— Non. Il avait juste dit qu'il ne voulait plus que je laisse entrer Willie au sous-sol.

— Est-ce qu'il avait l'intention d'aller récupérer ses affaires ?

— Je suppose. Il m'avait demandé où habitait Willie.

— Vous le lui aviez dit ?

— Non. Je ne sais pas où il habite.

— Vous venez de me dire que Lorsec habite dans le bloc suivant.

— Je suis jamais allé chez lui, dit Corales. C'est toujours lui qui vient me voir.

— Alors, comment savez-vous où il habite ?

— Il me l'a dit, et je l'ai vu dans le quartier, à fouiller les poubelles.

— Vous a-t-il dit d'où il est originaire ?

— Quelque part en Nouvelle-Angleterre. Il a jamais dit où.

— Et il vous a dit d'autres choses sur lui ?

— Non, je crois pas.

— Bon, de quoi parliez-vous quand il venait vous voir ?

— On parlait pas de grand-chose. Des fois, il m'aidait

dans mon travail, à porter des caisses, par exemple ; le reste du temps, il fouillait dans les ordures, ou on jouait au gin-rami. Je joue beaucoup mieux que lui au gin-rami, dit Corales, avec une moue de fierté. Beaucoup mieux.

— Je vous en félicite, dit Tobin. Vous ne sauriez pas, par hasard, où est Lorsec en ce moment ?

— Non. Il est venu ce matin, vers huit heures, mais je lui ai dit de s'en aller. Je sais pas où il est allé après, et je m'en fous.

# LES CASSETTES COLLIER

Je suis sorti dicter sur le balcon. En bas, et de l'autre côté du fleuve, mon petit univers étouffe et agonise sous la morsure du soleil. Mais ici, en haut, souffle une brise rafraîchissante, et je suis bien. La différence, si je puis me permettre une petite plaisanterie, est celle qu'il y a entre le ciel et la terre.

L'Œil est près de moi, et attend. Comme il est beau sous le soleil ! Comme elles brillent, ses montures de cuivre ! Parfois, comme en cet instant, son terrible pouvoir me frappe, et je ressens à son égard — curieusement ou non — ce que je ressentais pour les femmes dans les jours qui ont précédé mon apothéose. Quand je le touche, je ressens quelque chose qui ressemble à l'extase. Lorsque mon œil se fond avec son Œil, je connais l'ivresse la plus pure.

Bientôt, je m'approcherai de lui et, ensemble, nous apprendrons ce que font cet après-midi mon troupeau et la police. D'ailleurs, rien ne peut m'affecter de ce que font ces acolytes insensés de la loi. La puissance qui est mienne se dilate en moi. Je peux exercer journellement ma vengeance si tel est mon choix, éternellement, et ils ne peuvent rien faire, sauf attendre, en proie à une terreur sacrée bien plus grande que celle que je ressens pour l'Œil.

Je n'ai pas même besoin de brandir moi-même l'épée de la justice pour punir un pécheur, comme l'a prouvé la mort de Benny Hiller. Seule la volonté de Dieu est nécessaire ; la main d'un mortel peut exécuter la sentence. Je dois avouer que j'ai ri en apprenant par la télévision la fin de Hiller. La police n'y doit rien comprendre ! Ils ne peuvent pas saisir l'étendue de mon pouvoir pour éliminer le mal. Hiller était mauvais, vulgaire cambrioleur, prédateur qui fait sa proie du juste ; j'ai décrété qu'il devait mourir, et il est mort. C'est aussi simple et terrifiant que ça.

Ce soir, je redescendrai parmi mes enfants, et quand le temps sera venu, je mettrai fin à une autre vie inique. Demain soir, peut-être, je frapperai de nouveau. Et le lendemain, et le surlendemain et toujours, tandis que le monde continuera à tourner mesquinement. Car Dieu réside dans son ciel, et il veillera à ce que tout soit juste dans son univers.

Il est, à ma montre, midi six. Je le note.

L'Inspecteur Oxman a moins de douze heures à vivre.

## MIDI CINQUANTE – E. L. OXMAN

Il revenait vers le 1276, après une interview avec les media, et d'autres interrogatoires débilitants des habitants du bloc, quand il vit Artie Tobin sortir de l'immeuble. Il attendit Tobin au bas du perron.

— Je te cherchais, Elliot Leroy, dit Tobin.

Etrécissant les yeux sous ses gros sourcils, il considéra le ciel et la brume de chaleur au-dessus de leurs têtes.

— Nom de Dieu, ce qu'il fait chaud.

— Et de plus en plus chaud.

— Ouais. Il y a du nouveau ?

— Rien. Les fouilles des appartements, dit-il, montrant de la tête le 1276, ont été négatives ; encore un cul-de-sac. Tu es au courant pour la petite Butler, je suppose ?

Tobin acquiesça de la tête.

— Je viens d'avoir Smiley au téléphone. Bonne nouvelle, elle s'en sortira ; mauvaises nouvelles pour le reste.

— C'est ce que je voulais dire par « de plus en plus chaud », dit Oxman. Tu as découvert quelque chose ?

— Bah, quelque chose qu'il vaudrait la peine de vérifier. Trop tôt pour savoir si ça nous mènera quelque part. Tu connais un certain Willie Lorsec, copain du gardien d'ici, Corales ?

— Lorsec, le chiffonnier ?

— C'est bien lui.

— Je l'ai brièvement interrogé il y a quelques jours. Pourquoi ?

— Corales m'a dit que Benny Hiller en avait après Lorsec, à propos de certains trucs qu'il avait pris dans ses ordures. Hiller semblait avoir envie de les récupérer.

— Quels trucs ?

— Corales ne sait pas.

— Savait-il pourquoi Hiller avait tellement envie de les récupérer ?

— Il dit que non. Tu as l'adresse de Lorsec ?

— Corales ne la connaît pas ?

— Il sait juste que c'est un peu plus bas dans la rue. Il n'a jamais été chez Lorsec.

Oxman sortit son carnet et se mit à feuilleter.

— Ah, voilà. 1107 Quatre-Vingt-Dix-Huitième Rue Ouest. Une des pensions de famille près de Broadway, sans doute.

— Tu n'y es pas allé non plus, hein ?

— Non. J'ai parlé à Lorsec chez Corales, et je n'ai pas eu le temps de le revoir. J'aurais peut-être dû.

— En tout cas, le 1107 n'est pas l'immeuble où Hiller a été tué, ça, c'est sûr. Je me disais qu'il y avait peut-être un lien entre Lorsec et la présence de Hiller dans cet immeuble, hier soir, mais d'après ce que tu dis, ce n'est pas possible. Je vais quand même tâcher de retrouver Lorsec.

— Je serai chez Jennifer Crane, si tu as besoin de moi.

— D'accord.

Oxman entra au 1276. En haut, il frappa, déclina son identité et interpella Jennifer par son nom, à l'intention d'éventuelles oreilles indiscrètes. Ullman lui ouvrit.

— On a appelé ? lui demanda-t-il.

— Non. Rien à signaler, Ox.

— Tu as déjeuné ?

— Pas encore. Je peux faire quelque chose, si tu veux.

— Je m'en charge. Ça m'occupera.

Il entra dans la cuisine, trouva du saucisson et du fromage dans le réfrigérateur, du pain et un paquet de chips dans le buffet, et posa le tout sur la table. Il sortait des couverts du tiroir proche de l'évier quand le téléphone sonna.

Ullman avait déjà décroché le temps qu'il arrive au séjour. Il la regarda écouter, froncer les sourcils puis couvrir le combiné de sa main et se tourner vers lui.

— C'est pour toi, dit-elle.

— Manders ?

— Non. Il n'a pas dit son nom.

Oxman eut une prémonition. Il traversa vivement la pièce et lui prit le combiné.

— Oxman.

— Ici, la voix de Dieu, Inspecteur Oxman.

Oxman bouillait de rage. Depuis le temps qu'il était flic, il n'avait jamais haï aucun criminel comme il haïssait ce féroce pourvoyeur de la mort — pas même les trafiquants de drogue et les violeurs d'enfants. Il garda un moment le silence, le temps de reprendre son sang-froid. Puis il dit :

— Qu'est-ce que c'est, cette fois ?

— Avez-vous vraiment cru que vous pourriez tromper l'Œil.

— Que voulez-vous dire ?

— Vous savez très bien ce que cela veut dire, Inspecteur Oxman. L'Œil voit tout ; rien ne peut échapper à l'Œil. Et certainement pas le fait que Jennifer Crane a quitté cet appartement.

— Quoi ?

— La femme qui a répondu n'est pas Jennifer Crane. Oh, je reconnais qu'elle ressemble à Miss Crane ; sa perruque fait assez naturel. Mais l'Œil de Dieu a vu la supercherie. C'est une policière, peut-être ? Oui, une policière, sans aucun doute.

Les lèvres d'Oxman s'écartèrent en un rictus ; la rage l'étouffait, comme un mucus tiède et épais dans sa gorge.

— Miss Crane n'échappera pas au courroux de Dieu, dit la voix. Peu importe où vous l'avez emmenée ; je la trouverai, et alors, je la châtierai. Comme je vous châtierai aussi.

— Ecoutez, putain de...

— Le blasphème est aussi un péché, dit calmement la voix. Vous êtes au-delà de toute rédemption. Mort à ceux qui blasphèment Dieu. Mort à ceux qui forniquent sous l'Œil de Dieu. Mort à *vous,* Inspecteur Oxman. Bientôt. Très bientôt.

Il y eut un déclic, et la ligne retomba dans le silence.

Oxman raccrocha violemment, si fort que le timbre sonna. Il pivota vers Ullman.

— Il est au courant de l'échange. Il *sait,* le salaud.

Les yeux de celle-ci se dilatèrent.

— Mais comment ?

— Je ne sais pas. Est-ce que quelqu'un est venu pendant mon absence ?

— Non, personne.

— On a appelé ?

— Non.

— Tu es sortie, même une minute ?

Ullman secoua la tête.

— Peut-être que c'est ma voix qui lui a mis la puce à l'oreille. Peut-être qu'il connaît bien la voix de Jennifer.

— Il sait que tu portes une perruque, dit Oxman, il connaît ton visage. Comment peut-il savoir ça, nom de Dieu, s'il ne t'a pas vue ?

Oxman s'approcha des fenêtres et regarda dehors, sans voir. Comment pouvait-il savoir ? Etait-il dans la rue au départ de Jennifer, assez près pour la reconnaître ? Non. Il n'avait pas parlé de Jennifer sortant en uniforme et en perruque ; c'est d'Ullman qu'il avait parlé, et de la perruque d'Ullman. Et il ne semblait pas savoir avec certitude qu'Ullman était de la police ; il avait dit : *une policière, peut-être ? Oui, une policière, sans aucun doute,* comme si c'était le résultat d'une déduction. Et s'il avait vu Jennifer sortir, il n'aurait pas attendu si longtemps pour appeler et savourer son triomphe ; ce n'était pas comme ça qu'elle fonctionnait, sa mégalomanie. On aurait dit qu'il venait juste de découvrir l'échange, quelques minutes plus tôt.

Mais c'était impossible. Ullman n'avait pas quitté l'appartement, de son propre aveu, personne n'était venu, et elle n'avait même pas reçu de coups de téléphone. Le dingue habitait-il l'un des appartements situés au même étage, et avait-il pu voir Ullman quand elle lui avait ouvert, cinq minutes plus tôt ? Non, merde, ce n'était pas ça. Ullman s'était tenue derrière la porte, comme elle en avait l'ordre, et il s'était glissé vivement à l'intérieur ; personne n'avait pu la voir d'un des autres appartements.

Comment, alors ? *Comment ?* Le tueur n'était pas omniscient. Et il ne pouvait pas voir à travers les murs.

Et s'il le pouvait ?

Quelque chose remua dans l'esprit d'Oxman, une amorce de révélation. Et tout d'un coup, il cessa de regarder dans le vague ; il vit la fenêtre et ce qui s'étendait au-delà.

Les fenêtres sont aussi des murs ; et on peut voir à travers.

Le dingue n'arrêtait pas de parler de l'Œil, de l'Œil de Dieu. Mais pas comme s'il parlait de son œil à lui ; comme si c'était autre chose, un instrument indépendant.

Des jumelles, merde ? Surveillait-il quelque part, avec des jumelles ?

Oxman étudia attentivement le panorama visible de la fenêtre — et son idée s'effondra. Aucun endroit où un homme pût s'installer avec des jumelles, aucune cachette. L'appartement était au deuxième ; trop haut pour y voir de la rue avec des jumelles, même s'il s'était trouvé une cachette. Et s'il était monté dans un arbre, quelqu'un l'aurait vu ; Riverside Drive et le parc grouillaient de monde, de flics.

Et tout endroit situé au-delà du parc mettait l'immeuble hors de portée d'une paire de jumelles, même très puissantes. Et là-bas, aucune cachette non plus. Juste la voie express de West Side, le fleuve, et les gratte-ciel sur la rive du New Jersey.

*Les immeubles ?* pensa-t-il soudain. *Les gratte-ciel ?*

Mais ils étaient à plus de trois kilomètres ; de ces immeubles, personne ne pouvait voir si loin. Pas avec des jumelles, il faudrait au moins un...

L'Œil.

Un télescope ?

Un putain de *télescope ?*

Oxman se détourna de la fenêtre. C'était une idée dingue, il se raccrochait à une paille — et pourtant, c'était possible, ça expliquait comment le dingue savait qu'il avait fait l'amour avec Jennifer, comment il s'était aperçu de l'imposture d'Ullman, comment il se sentait si sûr de lui. Tous les morceaux du puzzle s'ajustaient. Ça expliquait tout.

Oxman courut au téléphone, déroula le long fil, l'emporta dans la cuisine, hors de vue des fenêtres, et appela son commissariat.

## TREIZE HEURES TRENTE – ART TOBIN

Willie Lorsec n'habitait pas la pension de famille du 1107.

Le nom de Lorsec ne figurait sur aucune des boîtes à lettres, et quand Tobin interrogea la propriétaire, elle confirma qu'il ne faisait pas partie de ses pensionnaires. Elle n'avait jamais entendu parler de lui. Ni les autres résidents de l'immeuble que Tobin avait interrogés.

Revenu sur le trottoir, Tobin se demanda si Elliot Leroy avait mal entendu ou fait une erreur en notant le numéro. Mais c'était improbable ; Elliot Leroy était trop prudent et trop minutieux pour faire une faute pareille. Ce qui signifiait que Lorsec avait donné une fausse adresse. Non que ça voulût dire grand-chose. Certaines espèces de personnes donnaient couramment de fausses adresses, pour éviter les désagréables visites de la police.

Quand même, Tobin avait de plus en plus envie de parler à Lorsec.

Il vérifia les boîtes à lettres de tous les autres immeubles du bloc. Aucune ne portait le nom de Willie Lorsec. Il traversa l'avenue et en vérifia les boîtes à lettres. Pas de Lorsec. Il interrogea une demi-douzaine de résidents pris au hasard, certains l'avaient vu dans le quartier, certains lui avaient parlé, mais aucun ne savait son adresse. Tobin jura intérieurement quand il eut fini. Il commençait à en avoir marre de cette connerie.

Sur West End Avenue, il trouva une cabine téléphonique qui n'avait pas été vandalisée et appela le commissariat. Le Lieutenant Manders n'était pas là. Tobin transmit ses informations à un autre inspecteur présent, Birnbaum, lui demandant de faire une enquête de routine sur un certain Willie Lorsec, chiffonnier. Il appela le numéro de Jennifer Crane, mais la ligne était occupée. Il se demanda s'il monterait à l'appartement, puis décida de ne pas perdre son temps. Il en parlerait plus tard à Elliot Leroy.

Il soupira et repartit continuer ses recherches.

## QUINZE HEURES QUARANTE-CINQ

E. L. OXMAN

— Un télescope ? dit Manders. Merde, Ox, vous croyez que c'est ça ?

Il venait d'entrer dans les bureaux de la Brigade Fluviale, à Battery Basin, où Oxman l'attendait en compagnie de l'Inspecteur Hoffman de la Brigade Maritime et du Lieutenant Jack Robert du Laboratoire Photographique de la Police.

— C'est peut-être un coup d'épée dans l'eau, Lieutenant, mais c'est la seule explication qui rend compte de tout. La seule possibilité qui explique tout.

— Expliquez-moi ça en détail.

Oxman s'exécuta. Quand il eut fini, Manders se mordillait les lèvres, l'œil pensif ; il semblait partagé entre le scepticisme et l'espoir.

— Peut-être, dit-il, peut-être. Mais comment inspecter tous ces gratte-ciel du New Yersey, nom de Dieu ? Il doit bien y avoir des milliers d'appartements.

— C'est là que j'interviens, dit Roberts. Nous allons les photographier.

— Les photographier ?

— Tous les gratte-ciel ; au téléobjectif. Une série de photos prises d'une vedette évoluant sur le fleuve ; une série prise d'hélicoptère. Puis on fera des agrandissements.

— C'est donc à ça que vous travaillez ?

— Exact. S'il y a un télescope, il faut obligatoirement

qu'il soit installé près d'une fenêtre ou sur un balcon. L'équipage de l'hélicoptère, y compris l'un de mes photographes, devrait pouvoir le fixer sur pellicule, peut-être même l'apercevoir à l'œil nu.

— S'ils peuvent le voir à l'œil nu, pourquoi s'embarrasser des photos ? demanda Manders.

— Il faut localiser l'appartement avec précision, dit Oxman. Et il nous faut aussi être très prudent dans l'utilisation de l'hélico. Notre dingue est intelligent et astucieux. S'il voit un hélicoptère s'attarder devant ses fenêtres, tout ce qu'il a à faire c'est de braquer son Œil sur lui, et il comprendra ce qui se passe. Et dans ce cas, il sera loin quand les flics du New Jersey viendront le cueillir. Nous ne pouvons pas risquer plus d'un passage avec l'hélicoptère.

— Ouais, je comprends, dit Manders, se tournant ensuite vers l'Inspecteur Hoffman. La police d'Etat du New Jersey est-elle alertée ?

— Oui, dit Hoffman. Ils sont prêts à passer à l'action.

— Et vous décollez quand ?

— L'appareil est prêt. Il restera en contact radio avec la vedette.

— J'aimerais bien venir, dit Manders d'un ton acide, mais j'ai rendez-vous à cinq heures avec l'adjoint au maire pour une conférence de presse. (Il se tirailla le lobe d'une oreille en considérant Oxman.) Ça ne serait pas mieux si vous étiez dans l'hélico, Ox ?

— Le dingue me connaît, répondit Oxman. Encore un risque que nous ne pouvons pas nous permettre.

Manders hocha la tête.

— Bon. Alors, vous êtes prêts ?

— La vedette attend, dit Hoffman.

Ils sortirent et descendirent la rampe pour rejoindre la vedette noire qui les attendait dans le Bassin. Etrécissant les yeux, Manders considéra la passerelle vitrée et demanda à Hoffman :

— Comment allez-vous cacher Ox ? Avec un télescope, le dingue peut aussi bien le voir dans la vedette que dans l'hélico.

— Pas avec les rideaux tirés, dit Hoffman.

## SEIZE HEURES TRENTE – ART TOBIN

Est-ce que tout le monde le fuyait ?

Tobin retournait cette pensée dans sa tête en se dirigeant vers la cabine téléphonique de West End Avenue. Willie Lorsec semblait avoir disparu, peut-être volontairement, pour ne pas avoir à se soumettre à un interrogatoire policier. C'était assez courant pour un chiffonnier de ne pas avoir de domicile fixe ; il dormait peut-être dans le métro, dans les parcs, à la gare, ou dans n'importe quel autre endroit de Manhattan fréquenté par les indigents. Quand même, ça irritait Tobin de ne pas arriver à le trouver. Même si Lorsec était blanc, Tobin avait bien l'intention de le malmener un peu, pour lui inspirer une saine crainte de Dieu, quand il lui mettrait enfin la main dessus.

Mais pour le moment, Tobin avait temporairement renoncé à trouver Lorsec et se demandait où était Elliot Leroy. Il était passé à l'appartement de Jennifer Crane, et Carla Ullman, toujours de service, lui avait dit qu'Oxman était parti trois heures plus tôt ; Elliot Leroy semblait avoir eu une idée, avait-elle dit, il avait appelé le commissariat en privé, puis il avait filé sans lui dire où il allait.

Qu'est-ce que c'était, cette idée ? se demandait Tobin. Ça ne ressemblait pas à Elliot Leroy, de s'en aller comme ça dans la nature sans laisser un message pour son équipier. Oxman devenait difficile à vivre en vieillissant ; Tobin le lui ferait remarquer la prochaine fois qu'il le verrait.

Il traversa la rue au vert, entra dans la cabine et composa le numéro du commissariat. Drake, le sergent de la réception, ne savait pas où était Oxman ; personne ne le savait, lui dit-il. Tobin demanda le Lieutenant Smiley, mais lui aussi avait disparu.

— Mais où ils sont tous ? demanda inutilement Tobin.

— Mystère et boule, dit Drake.

— Pourquoi Oxman et Manders n'ont-ils pas laissé un numéro où on peut les joindre ?

— Peut-être qu'ils sont dans un endroit où il n'y a pas de téléphone, suggéra Drake. Ils sont peut-être en transit.

— Transit mon cul. Si l'un ou l'autre revient, dis-leur que j'ai appelé.

— D'accord, Artie. Tu veux me laisser un numéro où on peut te joindre, toi ?

— Non, dit Tobin. Laisse-les mijoter dans leur jus, eux aussi.

Dans la passerelle exiguë de la vedette, écoutant le clapotis sec de l'eau contre la coque, Oxman essayait d'ignorer les protestations de son estomac. Le petit bateau roulait et tanguait plus qu'il ne l'aurait cru possible par ce temps-là.

Une fois les rideaux tirés, il ne voyait plus, droit devant lui, que le ciel brumeux parsemé de quelques nuages. Calder, le skipper, à peine plus grand qu'un nain et buriné par les éléments, manœuvrait le volant d'une main experte, et ne disait que l'indispensable. Ce qui convenait parfaitement à Oxman. Il n'était pas d'humeur à faire la conversation.

— On approche de la Quatre-Vingt-Dix-Neuvième Rue, dit Calder sans tourner la tête.

Penché sur son volant, il surveillait les eaux houleuses du fleuve et la circulation fluviale clairsemée.

Oxman ne dit rien. Ce fut Robert, déployant les pieds en aluminium de son trépied, qui répondit :

— D'accord. Je suis presque prêt.

Oxman regarda le photographe dégingandé installer son Nikon sur le trépied et visser un long téléobjectif pourvu d'une béquille de soutien.

— Tu crois que ça va être possible, Jack ? demanda-t-il. Ces immeubles sont quand même très loin.

Ces saloperies, c'est comme les montagnes, pensa

Oxman ; il faut presque être dessus avant qu'elles semblent proches.

Robert eut un sourire professionnel plein d'indulgence.

— C'est une lentille de deux cents millimètres, dit-il. J'aurais pu en prendre une plus puissante, mais le bateau ne constitue pas une plate-forme très stable, et une lentille de trois ou quatre cents millimètres aurait nécessité une plus longue exposition, ce qui nous donnerait du flou à l'agrandissement. Celle-ci n'a pas une grande profondeur de champ, mais nous obtiendrons une très bonne définition à l'agrandissement.

— Parfait, dit Oxman.

Il ne saisissait pas bien le côté technique ; la seule chose qui l'intéressait, c'était la solution de son affaire. Il n'avait jamais rien désiré autant que l'arrestation de son dingue, et il lui faudrait s'en remettre à la compétence de Robert, sans bien comprendre ce qu'il faisait.

La radio bourdonna, et une voix métallique crachota quelque chose qu'Oxman ne comprit pas. Puis la main noueuse de Calder lui tendit le micro.

— C'est l'hélicoptère, dit-il. Le pilote s'appelle Niebauer.

Oxman prit le micro, se raidissant contre les mouvements du bateau, enfonça le bouton et dit :

— Ici Oxman.

Quand il relâcha le bouton, il entendit dans le haut-parleur le battement régulier du rotor.

— Nous approchons maintenant du fleuve, dit Niebauer, la voix hachée par le bruit de l'hélice. Nous passerons au-dessus de vous dans une minute environ, à cinq cents pieds. Il y a-t-il de nouvelles instructions ? Parlez.

Maintenant, Oxman entendait le bruit du rotor par l'extérieur, et non plus par la radio. Il enfonça le bouton.

— Pas d'autres instructions, dit-il. Faites-nous savoir si vous repérez quelque chose. Parlez.

— D'accord. Terminé.

Oxman rendit le micro à Calder en disant :

— Maintenant, nous sommes à la hauteur du Bassin.

— Exact, dit Robert.

Il avait fini d'installer son équipement, et il avait légèrement écarté les rideaux de la passerelle, du côté du New Jersey, pour passer le bout de son téléobjectif. Il appliqua un œil contre le viseur, puis il regarda Oxman et hocha la tête. Il avait calculé qu'à cause de la perspective, l'appartement qu'ils cherchaient devait se trouver face au fleuve, dans l'un des gratte-ciel compris entre les Quatre-Vingtième et Cent Quinzième Rues. Il était prêt à commencer.

— C'est Sam Belson qui prend les photos dans l'hélico, dit-il à Oxman, regardant de nouveau dans le viseur. Il connaît son boulot ; il aura toutes les vues que nous ne pouvons pas prendre à cause de la perspective.

Soudain, le bateau se mit à rouler violemment. L'estomac d'Oxman exécuta un double saut périlleux, et il ravala une longue colonne de bile.

— Qu'est-ce qui se passe, merde ? demanda-t-il à Calder.

— Remous, dit le skipper. Provoqué par une saloperie de bateau de plaisance qui est passé trop près.

Il parlait comme si toutes les eaux de la terre n'existaient que pour les gens qui travaillent.

— Je ne peux pas photographier si ça continue, dit Robert, tenant fermement son trépied. Il faut stabiliser le bateau.

Calder grogna, ajusta les gaz. Le régime des moteurs diminua, la vedette perdit de la vitesse et le mouvement du bateau se modéra.

— Bon, dit Robert. Continue comme ça.

Il était à genoux, l'œil collé au viseur, déclenchant l'obturateur par contrôle manuel. L'obturateur émit un *snick* régulier, et l'enrouleur automatique bourdonna et fit avancer la pellicule. Il y eut trois *snicks* et *hum* en succession rapide, puis trois autres plus espacés.

Tendu, écoutant attentivement le bruit intermittent de l'appareil sur contrepoint d'hélicoptère, Oxman écarta les rideaux du côté de Manhattan et contempla la ville. De loin, elle paraissait ordonnée, propre et belle. C'était trompeur, cette illusion, comme tant de choses dans sa vie.

Sauf Jennifer. Ce n'était pas une illusion ; elle était bien réelle, peut-être la seule chose réelle au monde pour lui. Et elle était toujours en ville à l'Hôtel Haverton. Son cœur se serra. Il aurait peut-être dû l'obliger à quitter Manhattan, pour un endroit où il aurait été absolument certain qu'elle était en sécurité.

*Snick-hum !*

Il se renversa sur son siège fit un effort de volonté pour calmer son estomac, essaya de détendre les muscles contractés de son dos. Sans succès. Il y avait encore tant de choses à faire. Terminer les photos, retourner à Battery Basin, aller au labo photographique, développer les pellicules, faire les agrandissements. Même s'il avait raison au sujet du télescope, rien ne garantissait qu'il paraîtrait sur une photo, ou qu'ils pourraient localiser l'appartement avec exactitude. Et même s'ils arrivaient à le localiser, le tueur serait peut-être reparti dans la Quatre-Vingt-Dix-Huitième Rue pour continuer son carnage.

La radio fit entendre son crachotement métallique. Calder répondit et dit à Oxman en lui tendant le micro :

— Niebauer, de l'hélicoptère.

Il ne comprit pas ce que lui disait le pilote ; les parasites et le bruit du rotor l'en empêchèrent. Oxman pressa le bouton « Transmission » et demanda à Niebauer de répéter. Cette fois, il comprit l'essentiel du message — pas tous les mots, mais le sens général. Oui, merde, et d'ailleurs, trois mots suffisaient :

— ... repéré un télescope, dit Niebauer.

LES CASSETTES COLLIER

Depuis mon appel à l'Inspecteur Oxman — et comme je m'amuse au souvenir de cette conversation, à la consternation de son visage révélée par l'Œil — j'ai passé l'après-midi à lire et à méditer sur le mal.

La destruction du mal est devenue l'œuvre de ma vie ; connais ton ennemi sous toutes ses formes et ses déguisements. Tranquille après-midi occupé à étudier ce que Dieu est contraint de vaincre sur le champ de bataille, le minuscule Armageddon de la Quatre-Vingt-Dix-Huitième Rue. L'essai métaphysique de Conroy, *De la Nature du Mal,* quoiqu'un peu sec, s'est révélé particulièrement illuminant. Il a apporté beaucoup d'aliments à ma pensée, beaucoup d'aperçus sur la façon dont le péché et la méchanceté se manifestent parmi les membres les plus rusés de la société.

L'hélicoptère qui passe en ce moment devant mon immeuble me fait penser à un moustique — délicat, minuscule dans la distance, gracile dans ses concessions à l'aérodynamique du vol. Sans doute le bourdonnement de ses rotors est-il enregistré sur cette bande, et c'est lui qui m'a attiré à la fenêtre. Dehors et tout en bas, le fleuve s'étire comme une frontière entre le ciel et le monde mortel ; vedettes, péniches, embarcations diverses que je ne peux pas identifier, progressent lentement le long de la frontière argentée que l'Œil franchit. L'hélicoptère, ses rotors luisant au soleil, vole approximativement au centre de cette frontière. Que ce soit un appareil de la police ou un appareil de tourisme, son pilote et ses passagers se doutent-ils que leur machine s'attarde dans la zone qui sépare la vie et la mort ? Qu'il palpite comme une ombre sur un voile prêt à se déchirer ?

Je sens que je peux, si tel est mon bon plaisir, ouvrir la porte du balcon, étendre la main, la main de Dieu, et le cueillir en plein vol. Ou que, de mes doigts rigides, je peux lancer la foudre de ma volonté et anéantir l'appareil et ses occupants.

C'est une illusion, bien entendu, un caprice de l'imagination divine ; mon pouvoir n'est pas si grand. Mais le serait-il que je ne commettrais pas un tel acte. Après tout, je n'ai aucune raison de détruire l'hélicoptère et ses passagers.

Je ne fais rien, même impulsivement, qui ne fasse partie de la mosaïque cosmique de ma création.

## DIX-HUIT HEURES QUARANTE – JENNIFER CRANE

Elle s'éveilla et s'assit dans son lit, se rappelant peu à peu où elle était. Elle regarda autour d'elle, le papier bleu passé et les rideaux assortis qui ne se joignaient pas tout à fait au milieu de la fenêtre, la commode avec son miroir chantourné, le plafonnier à six ampoules pendu au centre du plafond comme une araignée soupçonneuse.

Elle se trouvait à l'Hôtel Haverton, dans la suite de deux pièces qu'on lui avait assignée. Elle s'était couchée, pour oublier son angoisse claustrophobique, la monotonie assommante de sa réclusion. Plus fatiguée qu'elle ne s'en rendait compte, elle s'était endormie presque immédiatement. Et maintenant, quelque chose l'avait réveillée ; elle n'était pas sûre de ce que c'était, mais elle frissonnait, couverte de sueur.

On frappa à la porte communicante. C'est ça qui avait dû la réveiller, pensa-t-elle. Le cœur battant, elle sortit lentement du lit et traversa, pieds nus sur le tapis rêche.

— C'est vous, Callahan ?

— Oui, madame. Je ne vous ai pas dérangée, j'espère ?

Jennifer soupira, détendit ses muscles crispés. Callahan était le policier chargé de veiller sur elle dans la suite. C'était un homme solide et compétent approchant de l'âge de la retraite, du genre qui allie l'expérience à la capacité, diminuée certes, mais toujours présente, d'accomplir des prouesses physiques. Il inspirait confiance, et c'était sans doute pourquoi, supposait-elle, on l'avait chargé de cette mission.

— Non, pas du tout, dit-elle.

Elle ouvrit la porte, considéra le visage rougeaud et inquiet de Callahan.

— Qu'y a-t-il ?

— Je me suis dit que vous aviez peut-être faim, dit-il. Il se fait tard. Je pourrais vous faire monter à dîner.

— Je n'ai pas faim. Mais mangez, vous.

— Vous devriez manger quelque chose, Miss Crane.

Il avait raison ; elle devrait manger quelque chose. Elle n'avait rien pris de la journée.

— Je suppose, dit-elle. Un sandwich, alors — à n'importe quoi. Et un verre ; je prendrais bien un verre. C'est permis ?

— Pourquoi pas ?

— Alors, un gin tonic. Double.

— C'est parti, dit Callahan. (Il ajouta, avec sollicitude :) Vous vous sentez bien, Miss Crane ?

— Oui, merci. Juste un peu fatiguée.

— Normal, c'est compréhensible. Mais ne vous en faites pas. Tout va s'arranger.

Il lui sourit, et, se retournant, marcha vers le téléphone.

Jennifer ferma la porte et entra dans la salle de bains. Se regardant dans le miroir au-dessus du lavabo, elle fut étonnée de son air hagard. Ce qu'il lui fallait, ce n'était pas manger ou boire ; c'était dormir. Elle but un demi-verre d'eau et retourna se coucher.

La couverture tirée jusqu'au menton, elle pensa à E. L. Il l'avait appelée une demi-heure plus tôt, avant qu'elle vienne se coucher ; il était au Laboratoire Photographique de la Police, mais il n'avait pas voulu lui dire ce qu'il y faisait. Tout ce qu'il avait dit, c'est qu'il avait enfin une piste, et que si tout marchait bien, la fin était en vue.

Etait-ce seulement pour la rassurer ? Ou bien était-ce vrai ? Elle pensait que c'était la vérité. E. L. n'était pas du genre à raconter des bobards, surtout à ce stade de l'affaire. Mais le fait qu'il fût peut-être près de trouver le tueur l'angoissait autant qu'il la soulageait. Quand elle s'était assoupie, quelques minutes plus tôt, elle avait fait un mauvais rêve à son sujet. Les détails en étaient vagues, tremblotants au bord de sa mémoire. Tout ce qu'elle se rappelait, c'est que c'était féroce et effrayant, comme si, dans son sommeil, elle avait eu la prémonition qu'un danger mortel l'attendait.

Elle frissonna — elle avait encore aussi froid que le matin, bien qu'elle eût depuis longtemps arrêté le climatiseur — et elle tira sur elle une autre couverture. *Il s'en sortira,* pensa-t-elle, *il s'en sortira.*

Elle se souvint alors de ce qu'il lui avait dit au téléphone, quand elle avait voulu lui parler de Zach et de sa grossesse interrompue, choses qu'elle commençait à regretter de ne pas lui avoir dites plus tôt. « Je ne veux pas entendre parler de ton passé, pas maintenant », avait-il dit. « L'avenir est assez précaire, et il ne faut penser qu'à lui. Le passé est mort ; inutile de le ressusciter et d'en encombrer nos vies. Ce qui compte, c'est toi et moi, c'est tout. Seulement l'instant présent, seulement demain. »

Et il avait raison, elle s'en rendait compte. Le passé, c'était seulement du temps écoulé, rien de plus, rien du tout. On ne pouvait pas dire, au vrai sens du mot, que le passé existait. On ne pouvait plus le voir, l'entendre ou le toucher ; il avait disparu.

*Ce qui compte, c'est toi et moi, c'est tout. Seulement l'instant présent, seulement demain.*

*Mon Dieu,* pensa-t-elle, *je vous en supplie, faites qu'il ne lui arrive rien...*

## DIX-NEUF HEURES TRENTE – E. L. OXMAN

La chambre noire du Laboratoire Photographique de la Police baignait dans une lumière rougeâtre. Oxman, bouillant d'impatience, observait Robert et deux techniciens qui développaient les pellicules de la vedette et de l'hélicoptère. Il ne parlait pas. C'étaient des professionnels au travail, qui savaient ce qu'on attendait d'eux ; inutile de les importuner par des questions. Il restait donc assis, maîtrisant son impatience, essayant de s'habituer à l'odeur des produits chimiques, qui lui montait un peu à la tête et lui flanquait mal au cœur car il avait l'estomac vide.

Robert tendit enfin la dernière série de photos à l'un des techniciens, qui passa avec l'autre dans une autre pièce.

— Voilà, cette partie est terminée, dit-il à Oxman.

— Parfait.

Robert, l'air crevé, alla éteindre la lumière rouge et alluma les tubes fluorescents. Il ôta son tablier en caoutchouc noir, le plia et le rangea dans un tiroir. Puis il fit signe à Oxman de le suivre et ils franchirent la porte par laquelle les deux techniciens avaient disparu.

Oxman se retrouva dans une autre chambre noire. Ici, l'odeur des produits chimiques n'était pas si forte. Les techniciens s'affairaient déjà à agrandir les photos développées en vue d'une clarté maximale. Deux rouleaux de pellicule étaient déjà agrandis, sur papier 25 × 20. Robert conduisit Oxman près de certaines épreuves, posées à plat sur une sorte de chevalet. Des pinces les maintenaient pour les empêcher de s'enrouler, et elles étaient juxtaposées de façon à se suivre, formant une vue aérienne en noir et blanc de la rive de l'Hudson prise d'hélicoptère. Le fleuve était réduit à quelques centimètres.

— Les immeubles sont juxtaposés exactement comme ils se succèdent dans la réalité, expliqua Robert.

Il montra quelques lignes obliques ajoutées à l'encre rouge.

— Elles ont servi à calculer les distances et les angles pour déterminer les gratte-ciel d'où il est possible de voir dans les fenêtres des immeubles de la Quatre-Vingt-Dix-Huitième Rue et de Riverside Drive, juste en cas.

Il montra plusieurs autres épreuves encore humides maintenues par des pinces sur un long comptoir en bois le long d'un mur.

— Celles-ci sont des agrandissements de fenêtres et de balcons du gratte-ciel où l'hélicoptère a aperçu le télescope. On en tire d'autres. Celles que Rudy met de côté sont celles qui ne révèlent aucun indice de la présence d'un appareil pour voir à distance.

Pendant qu'Oxman regardait, le technicien aux cheveux longs nommé Rudy étudiait rapidement mais soigneusement chaque épreuve, et les mettait ensuite sur le tas qui s'épaississait de plus en plus.

— Tous les agrandissements devraient être prêts d'ici une demi-heure, dit Robert. Tu peux attendre ici si tu veux, ou tu peux aller prendre un café dans mon bureau.

Oxman avait envie de rester, de regarder les techniciens agrandir les photos et les observer méticuleusement. Mais il se dit qu'un café lui ferait plus de bien.

— Je crois que je vais attendre dehors.

Robert hocha la tête et se remit à son travail.

Oxman sortit de la salle et entra dans le petit bureau encombré de Robert. Il y avait une cafetière électrique sur une table dans un coin, son pot en verre à moitié plein, et une pile de gobelets en plastique à côté. Il s'en remplit un et ajouta de la crème et du sucre.

Il se rappela une machine à sous qu'il avait vue dans un couloir. Il savait qu'il devait manger quelque chose maintenant qu'il avait le temps, même s'il était trop tendu pour avoir faim ; il n'avait rien pris de la journée, et une tablette de chocolat lui procurerait plus d'énergie que le sucre de son café.

## VINGT HEURES QUINZE – ART TOBIN

Tobin sortit de l'ascenseur, traversa le hall du 1276 et se dirigea vers la porte menant au sous-sol. Il était de mauvais poil, crevé, et en rogne. Il n'était pas arrivé à trouver Willie Lorsec. Il n'était pas arrivé à trouver Elliot Leroy ; la policière, Ullman, venait de lui dire qu'elle n'avait pas de nouvelles d'Oxman, et que personne d'autre n'avait appelé pour lui dire où il était. Et le Lieutenant Smiley n'était toujours pas au commissariat. Et comme si tout ça ne suffisait pas, le hamburger-frites qu'il avait mangé pour dîner, lui restait sur l'estomac.

*Personne ne me dit rien,* pensa-t-il. *Merde, ils laissent les Noirs dans le noir. Si j'étais blanc, je suis sûr qu'on me traiterait mieux que ça.*

Ce qu'il aurait dû faire, c'était de retourner au commissariat, raccrocher pour la journée, et au diable tout ça. Et c'était ce qu'il allait faire, mais avant, il voulait encore dire deux mots au gardien, Corales. A sa connaissance, Corales lui avait menti le matin, en disant qu'il savait où habitait Lorsec, ou du moins, où on pouvait le trouver. Si c'était le cas, Corales pouvait faire ses prières. Tobin n'était pas d'humeur à avaler une couleuvre de plus aujourd'hui.

Il ouvrit la porte du sous-sol, la franchit et la laissa se refermer silencieusement derrière lui sur ses amortisseurs pneumatiques. A la lumière parcimonieuse dispensée par l'ampoule allumée au bas de l'escalier, il distinguait la porte fermée de Corales, les rangées fantômatiques des armoires de rangement en bois, les étagères couvertes d'outils et de pots de peinture, des piles de boîtes en carton proches de la chaufferie pour faire tomber raide un inspecteur de la sécurité. Pas un bruit, à part le tic-tac étouffé d'un compteur électrique.

Il fronça le nez en sentant l'odeur de moisi, tendit la main vers l'interrupteur. Trois ampoules de plus s'allumèrent et chassèrent les ombres du sous-sol.

Et lui révélèrent un homme en coupe-vent, un grand costaud qu'il ne reconnut pas, et qui, sortant de la chaufferie, se dirigeait vers l'escalier.

Stupéfait, Tobin battit des paupières, se figea sur place, un pied sur le palier, l'autre sur la première marche. Le costaud s'arrêta aussi, et le dévisagea. Ils restèrent figés comme ça peut-être une seconde, et Toby, pris d'une intuition folle, pensa soudain : *C'est lui, c'est notre dingue, nom de Dieu !*

La suite ressembla à une scène de western : Tobin balaya en arrière le pan de sa vareuse et sortit d'un coup sec son revolver de service de son holster ; le costaud mit la main dans la poche de son coupe-vent, et l'en ressortit avec une arme. Le tonnerre des détonations fut presque simultané...

Tobin eut l'impression d'avoir reçu un coup de pied dans l'estomac, juste au-dessous du sternum. Le .38 lui tomba de la main ; ses genoux fléchirent, ses yeux se brouillèrent, et une pensée fulgura dans sa tête : *Non, pas comme ça !* Puis sa chute commença, il y eut le bruit, et la peur, et la douleur dans son ventre, et il se retrouva recroquevillé sur le flanc, en bas de l'escalier, la tête en bas, suffoquant, le sang bourdonnant dans ses oreilles.

De travers, comme s'il observait une scène sous-marine, il vit le costaud courir vers lui. Il pensa : *je l'ai raté.* Il essaya de bouger, sans résultat. Une partie de son esprit se révulsa, attendant la deuxième balle, le coup de grâce, qui ne vint pas ; le dingue passa près de lui en courant, monta l'escalier quatre à quatre.

Avant de perdre connaissance, Tobin entendit encore la porte s'ouvrir brutalement en haut de l'escalier, et un bruit de course qui s'éloignait dans le hall.

## VINGT HEURES QUINZE – E. L. OXMAN

Il en était à son troisième café quand Robert entra dans le bureau et lui dit :

— Ça y est, Ox.

Propulsé par une décharge d'adrénaline, Oxman se leva d'un bond et suivit Robert dans la salle de tirage. Mais le photographe lui montra non pas un, mais deux agrandissements granuleux, non pas un mais deux télescopes. Sur l'une des épreuves, la forme tubulaire du télescope était obscurcie, derrière des rideaux entrouverts, mais clairement visible ; sur l'autre, également granuleuse à cause du fort grossissement, le télescope était sur le balcon, monté sur un trépied métallique, et curieusement pointé vers le ciel.

— Merde, dit Oxman. *Deux ?*

— Ouais. Nous aurions dû envisager cette possibilité. L'astronomie et, plus simplement, l'observation des voisins, sont des passe-temps assez répandus. Mais le problème n'est pas aussi grand qu'il en a l'air.

— Non ? Pourquoi ?

Robert s'approcha de la table où ils avaient reconstitué la vie de la rive. D'un index taché de produits chimiques, il montra l'un des gratte-ciel.

— Voilà le gratte-ciel où se trouve le télescope intérieur, dit-il. Il se dresse à peu près en face de la Quatre-Vingt-Dix-Neuvième Rue. (Il déplaça son index.) Regarde l'angle de cette fenêtre avec la Quatre-Vingt-dix-Huitième Rue. D'ici, il est possible de voir les fenêtres de la Quatre-Vingt-Dix-Huitième Rue, mais c'est peu probable. L'angle est trop aigu. Et l'appartement se trouve au trente-huitième étage ; c'est trop haut.

— Et le télescope du balcon ?

— C'est celui que l'hélicoptère a repéré. Et voilà le gratte-ciel où il se trouve, dit Robert en le montrant du doigt. Dans Cliffside Park, juste en face de la Quatre-Vingt-Dix-Huitième Rue. Cet appartement est au vingtième étage, angle sud ; juste la bonne hauteur.

Tous ses sens subtilement affinés. Oxman ressentit l'ivresse sauvage du chasseur avant la curée.

— Quelle est l'adresse ?

— D'après les renseignements que nous tenons de la Police d'Etat du New Jersey, il s'agit des Tours de Crestview.

Robert lui donna l'adresse exacte.

— En consultant l'annuaire, on devrait facilement trouver le nom du locataire.

— Il faut aussi avoir celui de l'autre, juste en cas, dit Oxman.

— D'accord. Tu donnes les coups de fil ?

— Ouais, je m'en occupe.

Dans le bureau, le téléphone se mit à sonner. Robert franchit la porte de la salle de tirage, Oxman sur les talons, et décrocha.

— Oui, il est là, dit-il. (Puis, tendant le combiné à Oxman :) le Lieutenant Manders.

Oxman s'assit sur un coin du bureau tandis que Robert retournait dans la salle de tirage.

— Oxman.

— Art Tobin a été blessé, dit la voix de Manders, lugubre.

L'estomac d'Oxman se noua ; il se leva, la main crispée sur l'appareil.

— Oh, mon Dieu ! dit-il. C'est grave ?

— Assez. Il n'est pas mort mais... je ne sais pas, Ox. C'est une blessure abominable.

— Où ? Encore dans la Quatre-Vingt-Dix-Huitième Rue ?

— Ouais. Au sous-sol du 1276. Le gardien, Corales, a entendu la détonation et nous a prévenus.

— C'est arrivé comment ?

— Nous ne le savons pas encore. Artie est encore sur les lieux, sans connaissance.

— Encore le dingue, encore ce putain de dingue, merde.

— On dirait. Et il a encore filé sans dommages, exactement comme les autres fois. La veine qu'il a, ce salaud ! C'est incroyable !

*Mais c'est bien fini,* pensa Oxman ; sa veine est épuisée.

Oxman se sentit pris d'une rage folle, d'une rage démentielle qui menaçait de le priver de jugement et de raison.

— Vous êtes toujours là, Ox ? demanda Manders.

— Je suis là.

— Qu'est-ce qui se passe chez vous ? Robert et ses gars ont trouvé quelque chose ?

— Non, dit Oxman. Pas encore.

— Dites-leur de se dépêcher. Je vous rappellerai dès que j'aurai des nouvelles d'Artie.

— D'accord, dit Oxman, et il raccrocha avant que Manders ait pu rien ajouter.

Il fixait le sol devant lui, les poings serrés à ses côtés, quand Robert reparut sur le seuil.

— Ça va, Ox ? Tu es tout pâle.

Oxman le regarda, vit le photographe deviner quelque chose dans ses yeux et machinalement reculer d'un pas.

— Non, ça va, dit-il.

Il hocha la tête, non à l'adresse de Robert, mais en réponse à ce qu'il allait faire, et se tourna vers la porte.

— Où vas-tu ? lui cria Robert, d'une voix inquiète, car il sentait le changement qui s'était opéré chez Oxman. Et les appels au New Jersey ?

— Le lieutenant Manders s'en occupe, dit Oxman. J'ai autre chose à faire pour le moment.

Il sortit du labo et se dirigea vers sa voiture. Il croisa plusieurs personnes, mais il n'aurait pu dire à quoi elles ressemblaient, si c'étaient des hommes ou des femmes. Il n'avait qu'une chose en tête.

Arrivé à sa voiture, il la pointa vers la Holland Tunnel, vers le New Jersey.

Vers le dingue.

## VINGT HEURES QUARANTE-CINQ
## LEWIS COLLIER

Au volant de sa Toyota, le visage couvert de sang, sa bouche exsangue étirée en un rictus, Collier déboîta brutalement sur le Pont George Washington pour se mettre sur la voie de gauche, klaxonnant violemment et hurlant des injures au taxi qui gênait son avance. Il était furieux, non contre le chauffeur de taxi, mais contre le dernier caprice du destin qu'il aurait dû être capable de dominer.

C'était Oxman qu'il guettait, pas le policier noir, Tobin. L'équipier d'Oxman ne méritait pas de mourir à sa place ; Tobin n'était pas un pécheur au royaume de Dieu, l'Œil n'avait pas révélé qu'il faisait partie des méchants. Mais il souhaitait ardemment avoir tué Tobin. Le Noir avait vu son visage dans le sous-sol éclairé, et, s'il vivait, il pourrait identifier Dieu.

*J'aurais dû lui donner le coup de grâce,* pensa Collier. Mais sur le moment, il n'avait pas eu les idées nettes ; l'apparition soudaine de Tobin, l'échange de coups de feu, l'avaient énervé. C'était Oxman qui aurait dû mourir, ce soir. Oxman, Oxman, Oxman !

*Du calme, du calme,* se dit-il, freinant un peu pour réduire sa vitesse. Ce n'était pas le moment de perdre la tête ; c'était le moment de se maîtriser, d'analyser la situation et de se ressaisir. L'Inspecteur Oxman était toujours un mort en sursis ; son temps était presque expiré, la rencontre de sa volonté et de l'occasion à portée de sa main. Au moment voulu, à l'endroit voulu, l'Ange de la Mort n'avait plus qu'à presser la détente de l'arme de la justice, et pour Oxman, Oxman, Oxman, la bouche de l'Enfer s'ouvrirait et le feu le dévorerait.

Cette pensée le calma. *Je suis Dieu,* se rappela Collier. *Quelle inquiétude Dieu pourrait-il ressentir? Car je suis le Règne, la Puissance et la Gloire.*

Il se détendit un peu en arrivant au bout du pont, et prit la sortie de Skyline Drive et Cliffside Park. Maintenant, il conduisait normalement.

Il était presque arrivé chez lui.

VINGT ET UNE HEURES VINGT – E. L. OXMAN

Les Tours de Crestview étaient un gratte-ciel imposant en verre et en pierre d'une quarantaine d'étages, dans Cliffside Park. Sous sa marquise, se dressait un portier tout aussi imposant, en uniforme chamarré de dorures, auprès duquel celui du Général Patton aurait paru minable. Le portier porta la main à la visière luisante de sa casquette, en un impeccable salut militaire adressé à une femme décharnée qui passa comme à la revue, précédée de deux petits caniches en laisse.

Oxman gara sa voiture à quelque distance et revint sur ses pas. A l'entrée, il sortit son insigne de sa poche intérieure et le montra de loin au portier, comptant qu'il ne remarquerait pas qu'il appartenait à la Police de New York et non à celle du New Jersey. Pas de problème ; le portier jeta un bref coup d'œil sur l'insigne et détourna les yeux. Il avait accepté qu'Oxman fût un flic, et se demandait maintenant ce qui se passait.

— Je cherche le locataire de l'appartement situé au coin sud, vingtième étage, dit Oxman. Vous savez son nom ?

Le portier fronça les sourcils.

— Vous ne savez pas qui vous cherchez ?

— Répondez à la question, c'est tout.

Le portier interpréta correctement l'expression qu'il vit sur le visage d'Oxman, et elle le mit mal à l'aise. C'était un costaud, ventru sous son uniforme chamarré, avec, dans les épaules et le cou puissants, quelque chose de l'ancien soldat.

— Coin sud, vingtième étage, dit-il. Voyons... ce doit être M. Collier. Au Vingt-E.

— Il a un prénom ?

— Bien sûr. Lewis.

— Lewis Collier, dit Oxman.

Le nom lui laissa un goût amer dans la bouche.

— Il a un télescope sur son balcon, non ?

— Oui. C'est un astronome amateur.

— Ouais. Vous savez s'il est chez lui ?

— Il est chez lui, dit le portier. Il est rentré il n'y a pas cinq minutes.

L'estomac d'Oxman se serra, ses paumes devinrent moites. *Lewis Collier,* pensa-t-il. *J'espère que c'est bien lui.* Même dans l'état d'excitation où il se trouvait, Oxman se demanda ce qu'il ferait s'ils s'étaient trompés et si Collier n'était vraiment qu'un astronome amateur.

— Je vais monter chez Collier, dit Oxman. Et n'allez pas vous aviser de m'annoncer.

— Sûrement pas, Inspecteur, dit le portier, toujours l'air mal à l'aise. Beaucoup de personnes âgées habitent dans cet immeuble ; il ne va rien se passer de grave, non ?

— J'espère, dit Oxman.

Ce qui était, au mieux, un demi-mensonge.

Il poussa la porte double, traversa le hall élégant jusqu'aux ascenseurs, presque invisibles parce que leurs portes étaient en noyer plaqué, comme les murs. Il pressa le bouton Montée, la porte glissa, il entra, enfonça le numéro 20 sur la plaque de plastique noir lumineux. La porte se referma avec un léger sifflement, et la cabine commença à monter.

Le palier du vingtième était désert. Sur une épaisse moquette marron, Oxman enfila le couloir sud jusqu'à la porte marqué 20-E. Il n'y avait pas de judas, ce qui lui facilitait les choses. Il tira son revolver de service, serra les dents et frappa de la main gauche.

Quelques secondes se passèrent ; Oxman eut conscience de transpirer. Il allait refrapper quand une voix dit de l'intérieur :

— Qui est-ce ?

La voix lui parut vaguement familière, mais il n'arrivait pas à la situer.

— Le portier, Monsieur Collier, dit-il en contrefaisant la voix de l'ex-soldat. Je peux vous voir une minute ?

— A quel sujet ?

— Votre voiture, monsieur. Il y a un problème.

— Un problème ? dit la voix.

Puis Oxman entendit les verrous qu'on poussait, la chaîne de sécurité qu'on détachait ; la poignée de cuivre tourna et la porte s'ouvrit vers l'intérieur.

— Quel genre de...

L'homme s'interrompit en voyant Oxman qu'il regarda avec une stupéfaction mitigée de peur. Mais Oxman aussi était stupéfait, car l'homme n'était pas pour lui un étranger ; il connaissait Lewis Collier, mais pas sous ce nom.

Il le connaissait sous le nom de Willie Lorsec.

## VINGT ET UNE HEURES VINGT – ART TOBIN

Tobin reprit connaissance dans l'ambulance qui l'emportait à l'Hôpital Saint-Luc. Il savait où il était parce qu'il entendait le ululement de la sirène, qu'il voyait les deux ambulanciers en blouse blanche s'affairer autour de lui dans l'espace étroit et familier ; et il savait où il allait parce que c'était à Saint-Luc qu'on avait emmené les autres victimes du tueur de la Quatre-Vingt-Dix-Huitième Rue, Jack Kennebank et Michele Butler.

Mais à part ça, il avait toujours les idées brumeuses ; sa douleur au ventre était presque insupportable. *Balle dans le ventre,* pensa-t-il. *Il m'a eu, le salaud. Il m'a bien eu, et moi je ne l'ai même pas touché.*

— Appuie sur le champignon, Mel, gueula l'un des infirmiers au chauffeur. On n'arrive pas à arrêter l'hémorragie. Son corps avale le plasma comme si on prévoyait des restrictions.

— Pour lui, il va y en avoir, des restrictions, dit l'autre, un immense Noir, en se penchant sur Tobin pour lui mettre une compresse propre.

Sa blouse blanche était rayée de rouge, vit Tobin. *Mon sang,* pensa-t-il. *Mon sang.*

— J'ai un connard devant qui ne me laisse pas passer, dit le chauffeur.

Il donna une série de petits coups de sirène pressants. Quelques secondes plus tard, l'ambulance prit de la vitesse ; un de ses pneus rebondit sur un obstacle en prenant un virage sur les chapeaux de roues.

— Tu crois qu'on arrivera à temps ? demanda l'infirmier blanc à l'infirmier noir.

— Je ne sais pas, mon vieux. Ce sera juste.

*Ouais*, pensa Tobin, serrant les dents de souffrance, *mais on arrivera, c'est sûr. Je ne vais pas mourir comme ça. Il ne va pas me tuer aussi, ce salopard. Je ne vais pas mourir comme ça !*

Hurlant comme une bête blessée, l'ambulance continua à filer dans la nuit.

## VINGT ET UNE HEURES TRENTE-CINQ
## E. L. OXMAN

Collier ou Lorsec — peu importe, merde — émit un jappement plaintif et essaya de refermer la porte. Mais Oxman la frappa de l'épaule droite, en pesant de tout son poids. La porte cogna Collier de plein fouet, et il cria en titubant à reculons.

La masse de Collier n'opposant plus de résistance, la porte s'ouvrit toute grande en tapant contre le mur. Oxman chancela, reprit son équilibre et vit que le dingue était tombé. Collier se mit vivement à quatre pattes et commença à se relever.

— Stop ! aboya Oxman.

Il braquait sur Collier son .38, le doigt sur la détente ; il fit un violent effort pour ne pas tirer.

— Pas un geste ; pas même un souffle.

Collier se figea sur place. Il portait un pantalon noir, un pull bleu marine ; derrière lui, sur le canapé, un coupe-vent noir. Oxman recula, saisit la porte de sa main libre et la claqua violemment, sans quitter Collier des yeux. Puis il s'approcha de lui, s'arrêta à deux mètres, et, lui faisant signe de son .38, ordonna :

— A plat ventre ! Mains derrière le dos ! Exécution !

Collier obéit. Oxman haletait et il transpirait toujours. Il s'approcha de l'homme ; le doigt le démangeait toujours de presser la détente. Il posa un genou sur les reins de Collier, le canon de son .38 sur sa nuque, et, de la main gauche, prit ses menottes à la ceinture. Il lui fallut dix secondes pour les refermer autour des poignets épais de Collier, cinq autres secondes pour tâter ses vêtements à la recherche d'une arme. Le costaud supporta le tout sans broncher, le nez sur le tapis.

Oxman se redressa enfin et respira un peu mieux. Il s'approcha du coupe-vent, dont une poche était renflée. Le renflement, c'était le Smith et Wesson .38 qui avait sans aucun doute tué Jack Kennebank et Marco Pollosetti, qui avait peut-être tué Artie Tobin. Il le prit par le pontet et le mit dans sa poche.

Debout au-dessus de Collier, il lui lut ses droits d'une voix rauque. Il termina en disant :

— Vous avez bien compris ?

Collier roula sur le dos et le regarda.

Il avait retrouvé son ego, son équilibre mental, son assurance. Sur son visage, la peur avait fait place à une sorte de ruse arrogante qu'Oxman connaissait et qu'il savait dangereuse.

Oxman s'écarta de quelques pas ; la proximité de Collier le faisait bouillir de rage. Il regarda Collier se tortiller pour se mettre à quatre pattes, puis se relever sur les genoux. La haine qu'il ressentait pour ce tas de chair humaine malade était comme un cancer qui le rongeait.

— Je ressens la même chose pour vous, Inspecteur Oxman, dit Collier.

— Quoi ?

— La haine. Je la vois dans vos yeux. Mais la mienne est celle du pur et du juste, la haine du bien envers le mal, de Dieu pour celui qui a perdu la grâce.

— Ouais, dit Oxman.

— Je crois vous avoir sous-estimé. Les forces du mal sont encore plus grandes que je ne l'avais prévu. Comment m'avez-vous trouvé ?

— Votre putain de télescope, dit Oxman en regardant l'objet par la porte-fenêtre donnant sur le balcon, tel un doigt géant pointé vers le ciel. Tous les coups de fil que vous m'avez donnés, et toutes ces conneries sur l'Œil — c'est là que vous avez commis une faute, Collier. Une fois que j'ai eu l'idée du télescope, le reste n'était plus qu'une simple question de travail policier.

— Et les autres policiers ? Où sont-ils ?

— Ils arrivent.

— Vraiment ? dit Collier avec un petit sourire supérieur. J'ai abattu votre équipier ce soir. Vous le saviez ?

— Je le savais, salopard.

— Blasphème. Le mal proféré par la bouche du mal. Ç'aurait dû être vous, Inspecteur Oxman. C'est à votre vie, à votre vie pécheresse que je voulais mettre un terme. Un malheureux hasard m'a fait rencontrer l'Inspecteur Tobin à votre place.

Oxman s'était si intensément concentré sur Collier qu'il n'avait pas prêté attention au décor. A ce moment, il s'imposa à son attention. Il regarda autour de lui. Le luxueux appartement était plein d'un mélange de meubles de prix et d'objets de rebut, attestant la folie de Collier. Le long d'un canapé en brocart se trouvait une vieille baignoire rouillée posée à l'envers, et supportant une lampe cassée sans abat-jour. Sur un buffet en acajou, une série de petits objets ramassés dans les ordures : stylos sans capuchons, un vieux tendeur en caoutchouc, un écrin de bague ouvert, des douzaines d'autres objets moins facilement identifiables. Des sacs en toile et des sacs poubelles, pleins à craquer, jonchaient le tapis beige. Et, sur un mur, un panneau de liège pourvu de clous où pendaient environ une douzaine de clés.

— Cette pièce vous intéresse-t-elle, Inspecteur Oxman ? demanda Collier, toujours par terre. Tous ces objets ont été ramassés dans mon royaume par Willie Lorsec.

Un son s'échappa de sa gorge, davantage ricanement que rire.

— Excellente plaisanterie que ce nom, n'est-ce pas ?

— Plaisanterie ?

— Quelle lourdeur ; le mal totalement dépourvu d'imagination. Willie Lorsec est l'anagramme de Lewis Collier.

Un filet de sueur dégoulina dans le cou d'Oxman, qui l'essuya de la main.

— Pourquoi collectionnez-vous toutes ces ordures ?

— Pourquoi ? Comme preuves, bien entendu. Pour compléter ce que l'Œil observait, découvrir le péché que l'Œil ne pouvait pas voir. Ce que jettent les mortels nous apprend bien des choses sur leurs vies.

Maintenant, Oxman comprenait la méthode que lui avait inspirée sa folie : sous le déguisement de Willie Lorsec, chiffonnier, Collier avait rôdé à son aise dans la Quatre-Vingt-Dix-Huitième Rue, se renseignant sur la vie intime de ses habitants à partir du contenu de leurs poubelles. En même temps, il avait fait croire à tout le monde, Oxman compris, qu'il habitait le quartier. C'est ainsi qu'il avait pu aller et venir, s'échapper après chacun de ses meurtres, sans éveiller l'attention. Il avait fabriqué lui-même sa chance, au moins dans une certaine mesure.

— Et ces clés accrochées au mur ? dit Oxman. Qu'est-ce que c'est ?

De nouveau, Collier sourit ; il semblait presque s'amuser maintenant, comme si c'était lui qui tenait le pistolet.

— Les clés des divers immeubles et appartements de mon univers. Des copies. Willie Lorsec se liait d'amitié avec les gardiens, jouait au gin-rami avec eux, discutait base-ball avec eux, gagnait leur confiance. C'était facile de me faire prêter les clés assez longtemps pour en faire faire des copies, de sorte que, le moment venu, Dieu pût faire son œuvre.

— Arrêtez de parler de Dieu, merde, dit Oxman. Vous n'êtes pas Dieu.

— Mais si. N'ai-je pas puni de leurs péchés certains qui ont transgressé ma loi, n'ai-je pas soufflé comme la flamme d'une bougie leur vie pécheresse ? Même Benny Hiller, je l'ai conduit jusqu'à l'immeuble où il croyait que j'habitais et, ainsi, par la force de ma volonté, mettant fin à sa vie. Je suis toujours en mesure de mettre fin à la vôtre, Inspecteur Oxman. Je peux encore vous anéantir.

— Vous n'allez plus rien anéantir du tout. Tout est fini pour vous, Collier.

— Vraiment, Oxman ? Oxman, Oxman, comme vous êtes stupide !

Oxman fit un pas vers lui, mais s'arrêta en secouant la tête. Non. C'était bien fini ; il tenait le dingue, il lui avait passé les menottes, et le frapper maintenant serait aussi insensé que les propres actes de violence de Collier. Il y avait eu assez de folie ces derniers jours : il ne voulait pas devenir fou lui-même.

Il émit un long soupir qui, dans la pièce silencieuse, siffla comme de la vapeur qui s'échappe d'une soupape. Collier le regardait sans ciller, toujours un petit sourire aux lèvres. Oxman s'éloigna obliquement vers le téléphone posé sur une table à trois pieds. Il tendit la main pour décrocher...

A l'instant même où ses yeux se posèrent sur le cadran, Collier se releva avec agilité et chargea.

La rapidité de l'attaque surprit Oxman de flanc ; il essaya de se tourner de face, pour viser. Mais Collier, qui chargeait tête baissée, lui cogna violemment le bras, faisant tomber son pistolet qui rebondit par terre, et renversant Oxman sur la table à trois pieds. Collier tomba sur lui, et la table s'effondra. Oxman sentit des dents aiguës s'enfoncer dans son oreille gauche.

La douleur lui arracha un gémissement. Il saisit la tête de Collier à deux mains, la tordit de côté et lui fit lâcher son oreille. Il vit alors la bouche de Collier, toute rouge. Il grognait, en crachotant de la salive et du sang. Le poids de Collier le cloua au sol un moment, mais Oxman arriva à le tirer par le pull et à se dégager.

Se débattant au milieu des débris de la table, Oxman se releva sur un genou, en se tenant l'oreille gauche. La sueur l'aveuglait ; il pencha la tête pour l'essuyer de son bras. Mais parce que Collier avait les mains immobilisées dans le dos par les menottes, Oxman commit la faute de ne pas le surveiller d'assez près. Quand il releva la tête, il vit Collier sur le dos, jambes en l'air ; avec la force et l'agilité de la folie, il était parvenu à passer ses mains sous ses fesses, et il glissait maintenant ses bras autour de ses jambes et de ses chaussures pour les ramener en avant.

En un éclair, Oxman pensa au Smith et Wesson .38 qu'il avait dans sa poche, réalisa qu'il n'avait pas le temps de le sortir et se jeta sur Collier. Ils s'empoignèrent, roulèrent à terre. Collier avait une force prodigieuse ; il parvint à se mettre sur Oxman qu'il cloua au sol sous son poids. Oxman le repoussa des deux bras, souleva sa tête et ses épaules du tapis, parvint à se libérer.

Mais il vit trop tard que Collier avait saisi le fil du téléphone ; il le lui enroulait déjà autour du cou, en serrant.

Il sentit le souffle s'arrêter dans sa gorge, ses poumons se contracter. Avec l'énergie du désespoir, il tirait d'une main sur le fil, griffait Collier de l'autre. La pièce semblait vaciller, se dilater. Sa main gauche lâcha le pull de Collier, son bras battit l'air et retomba sur le tapis — et toucha du plastique dur, le téléphone.

Les doigts d'Oxman se refermèrent sur l'objet, il le souleva et l'abattit sur la tête de Collier. Il frappa, frappa et frappa contre le crâne qui craquait. La pièce s'assombrissait, il commençait à voir des étoiles. Son bras droit continuait à se lever et s'abaisser machinalement, abattant de toutes ses forces le téléphone sur la tête de Collier.

La pression diminua autour de sa gorge. Et Collier tomba à la renverse, bouche ouverte, le visage ruisselant de sang. Oxman, à coups de pied, le fit reculer jusqu'au canapé. Puis il se mit à genoux, et pantelant, arracha le fil enroulé autour de son cou.

Prenant appui sur le bras du canapé, Collier se releva d'un bond. Il hésita un instant, parut vouloir se précipiter sur Oxman ; mais Oxman s'était aussi remis debout, chancelant, et se préparait à le recevoir. Collier hurla quelque chose qui ressemblait à « Le Mal ! » et courut à la porte du balcon.

Oxman le suivit en titubant, vit Collier ouvrir brutalement, passer sur le balcon puis refermer derrière lui et s'appuyer de tout son poids contre la porte. Sans réfléchir, par réflexe, Oxman s'arrêta à deux pas de la porte et envoya un coup de pied dans le cadre métallique, juste au-dessus de la serrure. La force fut telle que la porte s'ouvrit vers l'extérieur dans une pluie de verre. Et propulsa Collier, titubant et déséquilibré, à travers le balcon.

Il aurait pu être arrêté par le garde-corps si l'Œil ne s'était pas trouvé sur sa trajectoire. Mais son pied heurta le trépied métallique, le faisant pivoter sur lui-même ; ses bras battirent l'air, se refermèrent sur le lourd télescope et l'entraînèrent en arrière avec lui. Les yeux dilatés de terreur, il resta une fraction de seconde en équilibre sur le garde-corps...

Puis lui et l'Œil basculèrent en arrière, à vingt étages au-dessus du sol, et disparurent.

Oxman courut au balcon ; ses semelles crissaient sur les éclats de verre ; il se pencha. Collier hurla pendant toute sa chute, étreignant toujours son télescope. Quand le cri cessa, Oxman fut saisit de vertige et il recula. Il regarda longuement la ville de l'autre côté du fleuve, la ville fourmillante, étouffante, changeante et destructrice, puis il se détourna et rentra dans l'appartement.

Des gens circulaient dans le couloir ; il entendait leurs voix alarmées et plaintives à travers la porte. Mais il ne leur accorda aucune attention. Il avait une main qui saignait, parsemée d'éclats de verre, et le sang continuait à couler de son oreille. Il n'y prêta pas attention non plus. Il ramassa le téléphone, vit qu'il fonctionnait toujours et se laissa tomber sur le canapé.

Entouré du rebut d'autres vies, du monde sombre et tourmenté de Lewis Collier, il appela Manders pour lui dire qu'enfin tout était fini.

*Epilogue*

# FIN OCTOBRE

Il était debout près de la fenêtre, chez Jennifer ; il regardait la circulation et les passants dans Riverside Drive. La vie du quartier avait repris son cours normal. Pendant un certain temps, les media s'en étaient donné à cœur joie avec les meurtres en série et la nature bizarre de leur exécutant, montant en épingle le fait que Lewis Collier se prenait pour Dieu, qu'il vivait virtuellement dans la Quatre-Vingt-Dix-Huitième Rue sous le nom de Willie Lorsec ; ils avaient même donné à entendre que la police aurait dû l'arrêter puisque Willie Lorsec était l'anagramme de Lewis Collier, manifestant ainsi le désir inconscient d'être arrêté — ignorant complètement le fait que Manders leur rappela dans un article, que personne à la police n'avait entendu parler de Lewis Collier jusqu'au soir de sa mort. Puis, peu à peu, les meurtres étaient devenus des nouvelles aussi vieilles et rassies que les résultats sportifs de l'année dernière, et les media avaient cherché d'autres affaires à sensation pour satisfaire l'appétit de leurs lecteurs et de leurs auditeurs. Et les gens de la Quatre-Vingt-Dix-Huitième Rue Ouest avaient digéré leur peur, avaient recommencé à respirer, et à sortir dans le monde. Ils avaient survécu, et la vie continuait.

Art Tobin avait survécu, lui aussi. Il avait passé quinze jours à l'hôpital, au début dans de grandes souffrances, puis quinze autres chez lui en convalescence. Oxman lui avait parlé l'après-midi même ; Tobin devait reprendre le service lundi en huit. Oxman était content. Content qu'Artie, son ami Artie, fût en vie et en forme. Même content qu'Artie recommençât à le taquiner des mêmes vieilles insultes familières.

Oxman lui-même avait survécu. Manders n'avait pas dénoncé ses rapports avec Jennifer à l'Inspection Générale des Services, mais il n'avait rien pu faire quant à son comportement le soir de la mort de Collier — le fait qu'il n'avait pas fait son rapport à Manders à partir du labo, et sa confrontation en loup solitaire avec Collier, qui avait eu lieu dans un autre Etat, hors de sa juridiction. Oxman avait été suspendu sans traitement. Il était passé en commission disciplinaire et sévèrement réprimandé, et il était toujours suspendu. Mais son dossier impeccable plaidait en sa faveur, et Manders et d'autres le soutenaient ; il semblait avoir de bonnes chances de reprendre bientôt le service. Peut-être en même temps qu'Artie, de sorte qu'ils pourraient refaire équipe. Il espérait que ça finirait comme ça ; il était flic avant tout. Etre flic, c'était tout ce qu'il savait faire. Etre flic, c'était tout ce qu'il était.

A part Jennifer, bien sûr. Leurs rapports aussi avaient survécu, s'étaient renforcés, maintenant que Beth avait définitivement emménagé avec sa mère et donné le coup de grâce à leur mariage en demandant le divorce. Il passait quelques nuits par semaine chez Jennifer, et elle passait les autres avec lui dans sa maison de Queens — Beth avait accepté de lui laisser la maison, parce qu'il avait accepté de lui laisser tout le reste. Et tout allait bien entre eux. Tout allait de mieux en mieux. Et maintenant, il était sûr.

Jennifer le rejoignit près de la fenêtre.

— A quoi penses-tu, E. L. ?

Il se tourna vers elle en souriant.

— Je pensais à toi.

— Pensées heureuses, j'espère ?

— Très heureuses, Jennifer... Envisagerais-tu la possibilité de te marier avec moi quand le divorce sera prononcé ?

Elle le regarda en penchant la tête, les yeux sérieux.

— C'est une demande en mariage ?

— Oui. Ça fait une semaine que j'y pense. Et ce moment en vaut un autre.

— Je ne sais pas, dit-elle. Le mariage... je ne sais pas. Il faut que je réfléchisse.

Mais ses yeux démentaient ses paroles ; il pensa qu'il lisait la réponse dans son regard. Il lui entoura les épaules de son bras.

— Réfléchis, dit-il. Nous avons tout le temps.

## DE BILL PRONZINI

*Aux Éditions Gallimard*

*Dans la collection Série Noire*

QUI TRAQUE-T-ON?, *nº 1459*

TAILLONS-NOUS!, *nº 1591*

OÙ ES-TU MILITAIRE?, *nº 1655*

FAUSSE CLÉ, *nº 1697*

L'ARTICLE DE LA MORT, *nº 1817*

IL N'Y A PAS D'INNOCENTS, *nº 1835*

C'EST PAS UN MÉTIER, *nº 1895*

MON POTE LE VENDU, *nº 1924*

PRIÈRE D'INCINÉRER, *nº 1965*

LA TERRE DU BOURREAU, *nº 1969*

LE MAUSOLÉE DE LA VENGEANCE, *nº 2008*

*Dans la collection Carré Noir*

LE COUP TORDU, *nº 493*

# SÉRIE NOIRE

*Dernières parutions :*

1869. — AU DOIGT ET À L'OREILLE . . . . . . . . . . *Ross Thomas*
1870. — LE PORT DE LA MAGOUILLE . . . . . . . . . *Dan Kavanagh*
1871. — GRAFFITI ROCK . . . . . . . . . . . . . . . . *Tito Topin*
1872. — FAUSSES NOTES . . . . . . . . . . . . . . . . *Ed McBain*
1873. — MATCHO ET LES FOURMIS BLANCHES . . . *Bialot & Courchay*
1874. — JAZZ GANG . . . . . . . . . . . . . . . . . . *H. Paul Jeffers*
1875. — L'ENNEMI PUBLIC N° 2 . . . . . . . . . . . . *Gérard Lecas*
1876. — RETOUR EN FLÈCHES . . . . . . . . . . . . . *Robert J. Steelman*
1877. — LE RESPECT SE PERD . . . . . . . . . . . . . *Christian Garrison*
1878. — LES COW-BOYS DEHORS ! . . . . . . . . . . . *Edmund Naughton*
1879. — DARLING DOLLAR . . . . . . . . . . . . . . . *Raf Vallet*
1880. — ARRÊTEZ LE CINOCHE ! . . . . . . . . . . . . *Evan Field*
1881. — LE BOUCHER DES HURLUS . . . . . . . . . . *Jean Amila*
1882. — LA SAUTERELLE ET LE DIRIGEABLE . . . . *Walter Wager*
1883. — FRIC EN VRAC . . . . . . . . . . . . . . . . . *Gérald Petievich*
1884. — LA VIERGE DE GLACE . . . . . . . . . . . . *Marc Behm*
1885. — QUI VOUS PARLE DE MOURIR . . . . . . . . *G. Carré & D. Cohen*
1886. — COUP DE CHALEUR . . . . . . . . . . . . . . *Ed McBain*
1887. — PLANQUE À BILLETS . . . . . . . . . . . . . *Gérald Petievich*
1888. — LES ANGES ONT CES YEUX-LÀ . . . . . . . . *Loren D. Estleman*
1889. — BRELAN DE NIPPONS . . . . . . . . . . . . . *Tito Topin*
1890. — LES AZTÈQUES SONT TOUJOURS LÀ . . . . *Paul Spike*
1891. — KAMERAD . . . . . . . . . . . . . . . . . . . *Alan Scholefield*
1892. — LE CAVALIER MAUDIT . . . . . . . . . . . . *James Sherburne*
1893. — UN ÉTÉ GLACÉ . . . . . . . . . . . . . . . . *Philippe Conil*
1894. — UN CLOWN EN CAGE . . . . . . . . . . . . . *Stuart Kaminsky*
1895. — C'EST PAS UN MÉTIER . . . . . . . . . . . . *Bill Pronzini*
1896. — JE TUE À LA CAMPAGNE . . . . . . . . . . . *Paul Clément*
1897. — LA FUGUEUSE ENCHANTÉE . . . . . . . . . *Robert B. Parker*
1898. — CHAUDS LES BALLONS . . . . . . . . . . . . *John D. MacDonald*
1899. — LA NUIT N'EN FINIT PAS . . . . . . . . . . . *Arden Winch*
1900. — AUX ARMES, MÉGALOS . . . . . . . . . . . . *Raf Vallet*
1901. — LA PÉTROLEUSE ET LE PUR-SANG . . . . . *James Sherburne*

1902. — LE SOLEIL QUI S'ÉTEINT . . . . . . . . . . *Robin Cook*
1903. — RUE DU CHAT CREVÉ . . . . . . . . . . . . . *Joseph Bialot*
1904. — LA MARIÉE EST TROP MORTE . . . . . . . . *John D. MacDonald*
1905. — 55 DE FIÈVRE . . . . . . . . . . . . . . . . . . *Tito Topin*
1906. — TOUT DANS LE COFFRE ! . . . . . . . . . . *Loren D. Estleman*
1907. — LADY TÊTE-DE-LARD . . . . . . . . . . . . . *Hardiman Scott*
1908. — LA VALSE DES PAVÉS . . . . . . . . . . . . . *John Wainwright*
1909. — ELLE A DU CHOU . . . . . . . . . . . . . . . *Robert Leigh*
1910. — CORRIDA DANS LE MÉTRO . . . . . . . . . . *David Serafín*
1911. — CHÈQUE AU FLINGUEUR . . . . . . . . . . . *Adam Kennedy*
1912. — PETIT PAPA POURRI . . . . . . . . . . . . . *Joseph Hansen*
1913. — APRÈS VOUS, MON PRINCE . . . . . . . . . . *John Pearson*
1914. — LA MORT TOURNE EN ROND . . . . . . . . . *Chris Wiltz*
1915. — L'ASSASSIN EST AU CIEL . . . . . . . . . . *William Bayer*
1916. — LES MINUTES DE SILENCE . . . . . . . . . . *Jack Livingston*
1917. — CHAUDES BISES . . . . . . . . . . . . . . . *Marie & Joseph*
1918. — PIÈGE POUR KING-KONG . . . . . . . . . . . *Ed McBain*
1919. — ON NE MEURT QUE DEUX FOIS . . . . . . . *Robin Cook*
1920. — 14ème NOCTURNE . . . . . . . . . . . . . . *Tito Topin*
1921. — TOUT LE MONDE SE TIRE . . . . . . . . . . *Michael Z. Lewin*
1922. — TROTSKI SE FAIT LA PAIRE . . . . . . . . . *Richard Hoyt*
1923. — C'EST DE FAMILLE ! . . . . . . . . . . . . . *Joseph Hansen*
1924. — MON POTE LE VENDU . . . . . . . . . . . . . *Bill Pronzini*
1925. — L'AFFAIRE EST DANS LE LAC . . . . . . . . *Richard A. Moore*
1926. — LE FILS DU VENT . . . . . . . . . . . . . . . *Jean-Paul Demure*
1927. — LE DIABLE ET SON JAZZ . . . . . . . . . . . *Nat Hentoff*
1928. — LA VEILLÉE DES ROMBIÈRES . . . . . . . . *Max Collins*
1929. — CAME DANS LE COIN . . . . . . . . . . . . . *Richard A. Moore*
1930. — LE CHIEN DE MONTARGIS . . . . . . . . . . *Jean Amila*
1931. — LA CHASSE AUX FURONCLES . . . . . . . . *Frank Parrish*
1932. — ROCK BÉTON . . . . . . . . . . . . . . . . . *Luc Vernon*
1933. — ÇA S'ARROSE . . . . . . . . . . . . . . . . . *Richard A. Moore*
1934. — LE TARÉ . . . . . . . . . . . . . . . . . . . *Michael Collins*
1935. — LES ENFANTS DE LA NUIT . . . . . . . . . . *Thomas Chastain*
1936. — PIANO BARJO . . . . . . . . . . . . . . . . . *Tito Topin*
1937. — LEQUEL DES DEUX . . . . . . . . . . . . . . *Mel Arrighi*
1938. — FOLIES D'INFÂMES . . . . . . . . . . . . . . *Pierre Siniac*
1939. — MOI, J'AIME LE CINÉMA . . . . . . . . . . . *Stuart Kaminsky*
1940. — CANINE ET GUNN . . . . . . . . . . . . . . . *Oppel & Dorison*
1941. — NID DE POULETS . . . . . . . . . . . . . . . *Ed McBain*
1942. — C'EST DU DÉLIRE . . . . . . . . . . . . . . *Frèdric Neuman*
1943. — AUTOPSIE D'UN MENTEUR . . . . . . . . . . *Jonathan Valin*

1944. — LA NUIT CANNIBALE . . . . . . . . . . . . . *Michael John*
1945. — MEURTRES POUR MÉMOIRE . . . . . . . . . *Didier Daeninckx*
1946. — ÇA N'ARRIVE QU'À MOI . . . . . . . . . . . . *Donald E. Westlake*
1947. — UN PEU DE DISCRÉTION . . . . . . . . . . . *Robert B. Parker*
1948. — LE MÉCHANT SAMARITAIN . . . . . . . . . *William Campbell Gault*
1949. — MYGALE . . . . . . . . . . . . . . . . . . . . . . *Thierry Jonquet*
1950. — RADIO-PANIQUE . . . . . . . . . . . . . . . . *Stuart M. Kaminsky*
1951. — LES ÉCOLOS SONT LES PIGEONS . . . . . . *William Campbell Gault*
1952. — HONEY MONEY . . . . . . . . . . . . . . . . . *Tito Topin*
1953. — ON M'A VOLÉ MON ANGE . . . . . . . . . . *E. V. Cunningham*
1954. — SA MAJESTÉ LE FLIC . . . . . . . . . . . . . *Raf Vallet*
1955. — LA MILICE DES FOUS . . . . . . . . . . . . . *John Wainwright*
1956. — LE GÉANT INACHEVÉ . . . . . . . . . . . . . *Didier Daeninckx*
1957. — LES YEUX POUR PLEURER . . . . . . . . . . *Mark Sadler*
1958. — SI ED MCBAIN M'ÉTAIT CONTÉ . . . . . . . . *Ed McBain*
1959. — LA MORT EST SANS REMÈDE . . . . . . . . . *Max Allan Collins*
1960. — RHAPSODIE EN JAUNE . . . . . . . . . . . . *Didier Cohen*
1961. — U.S. GO ROME . . . . . . . . . . . . . . . . . *Richard Oliver Collin*
1962. — LE GRAND NOIR ET LE PETIT BLANC . . . . *Edmund Naughton*
1963. — L'ORAGE NE VIENT JAMAIS SEUL . . . . . . *Mickey Friedman*
1964. — BALLON MORT . . . . . . . . . . . . . . . . . *Marc Villard*
1965. — PRIÈRE D'INCINÉRER . . . . . . . . . . . . . *Bill Pronzini*
1966. — LE QUAI DES EAUX TROUBLES . . . . . . . *Ted Wood*
1967. — LES MOIS D'AVRIL SONT MEURTRIERS . . . *Robin Cook*
1968. — NOUS AVONS BRÛLÉ UNE SAINTE . . . . . . *Jean Bernard Pouy*
1969. — LA TERRE DU BOURREAU . . . . . . . . . . *Bill Pronzini*
1970. — TU PAIES UN CANON ? . . . . . . . . . . . . *John Crosby*
1971. — MEURTRES À L'AMIABLE . . . . . . . . . . . *Lawrence Block*
1972. — LA QUEUE DU LÉZARD . . . . . . . . . . . . *Philippe Conil*
1973. — FAUT PAS FANTASMER COMME ÇA . . . . . *Mark Schorr*
1974. — L'AMOUR EN MIETTES . . . . . . . . . . . . . *Jean-Paul Demure*
1975. — L'AQUARIUM AUX SIRÈNES . . . . . . . . . *Lawrence Block*
1976. — CONTES DES 9 ET 1 NUITS . . . . . . . . . . *Les Heureux Lauréats*
1977. — NE FAIS PAS À AUTRUI . . . . . . . . . . . . *Arthur Lyons*
1978. — GANGRÈNE . . . . . . . . . . . . . . . . . . . *Emmanuel Errer*
1979. — DOPE À DETROIT . . . . . . . . . . . . . . . *Loren D. Estleman*
1980. — SI T'AS PEUR, JAPPE . . . . . . . . . . . . . *Marie & Joseph*
1981. — LA SOURIS DÉGLINGUÉE . . . . . . . . . . . *Henry Bromell*
1982. — TCHATCHA NOUGA . . . . . . . . . . . . . . . *Tito Topin*
1983. — BASE-BALL BOUM . . . . . . . . . . . . . . . *R. B. Parker*
1984. — SALUT LES COQUINS . . . . . . . . . . . . . *Raf Vallet*
1985. — DIEU A TIRÉ LE PREMIER . . . . . . . . . . . *Peter Hamill*

1986. — LE DER DES DER . . . . . . . . . . . . . . . . *Didier Daeninckx*
1987. — LES HÉROS ET LES SALAUDS . . . . . . . . . *Anthony Burton*
1988. — COTE SANGUINE . . . . . . . . . . . . . . . . *M. J. Naudy*
1989. — LES PNEUS DANS LE PLAT . . . . . . . . . . *Don Flynn*
1990. — TRAÎTRES TROPIQUES . . . . . . . . . . . . *Jean-Charles Fauque*
1991. — ON NE CHEVAUCHE PAS LES TIGRES . . . . *Jack Gerson*
1992. — HUIT MILLIONS DE MORTS EN SURSIS . . . *Lawrence Block*
1993. — À COUPS DE GOUPILLON . . . . . . . . . . . *R. B. Parker*
1994. — LE MANTEAU DE SAINT MARTIN . . . . . . *Joseph Bialot*
1995. — LE TUEUR DU DIMANCHE . . . . . . . . . . *José Giovanni*
1996. — ÇA NOUS FEND LE CŒUR . . . . . . . . . . *Teri White*
1997. — DES FOIS ÇA MORD . . . . . . . . . . . . . *Lawrence Block*
1998. — LE JAP SE DÉBRIDE . . . . . . . . . . . . . *E. V. Cunningham*
1999. — NOYADE INTERDITE . . . . . . . . . . . . . *Andrew Coburn*
2000. — LA BÊTE ET LA BELLE . . . . . . . . . . . . *Thierry Jonquet*
2001. — FAISANS ET MALFAISANTS I . . . . . . . . . *Max Allan Collins*
2002. — FAISANS ET MALFAISANTS II . . . . . . . . . *Max Allan Collins*
2003. — UN TAXI POUR LAS VEGAS . . . . . . . . . . *Mark Schorr*
2004. — AU BONHEUR DES OGRES . . . . . . . . . . *Daniel Pennac*
2005. — LES MAUVAIS ANGES FONT DU ZÈLE . . . . . . . . . . . . . . . . . . . . *Peter Dunant*
2006. — LA CUEILLETTE DES MORTS . . . . . . . . . *Michael T. Hinkemeyer*
2007. — AU BALCON D'HIROSHIMA . . . . . . . . . . *Jean Amila*
2008. — LE MAUSOLÉE DE LA VENGEANCE . . . . . *Bill Pronzini*
2009. — MÉTROPOLICE . . . . . . . . . . . . . . . . *Didier Daeninckx*
2010. — LE DIAMANT ORPHELIN . . . . . . . . . . . *William Irish*
2011. — PRUNEAUX D'AGENTS . . . . . . . . . . . . *Eric Kristy*
2012. — FUGUE POUR UN SURDOUÉ . . . . . . . . . *Jeremian Healy*
2013. — SUZANNE ET LES RINGARDS . . . . . . . . . *Jean-Bernard Pouy*
2014. — LE GROS COUP . . . . . . . . . . . . . . . . *Lesly Andress*
2015. — LE TOUTOU DU PRÉSIDENT . . . . . . . . . *Stuart M. Kennedy*
2016. — MOURIR À BEVERLY HILLS . . . . . . . . . . *Gerald Petievich*
2017. — LE TREIZIÈME MÔME . . . . . . . . . . . . . *Philippe Conil*
2018. — LA GRANDE ROUE DE BRAHMA . . . . . . . *Mickey Friedman*
2019. — LE BOIS DE JUSTICE . . . . . . . . . . . . . *John Wainwright*
2020. — LE SENTIER DE LA GUERRE . . . . . . . . . *Marc Villard*
2021. — DU SANG SUR L'AUTEL . . . . . . . . . . . . *Thomas H. Cook*
2022. — PROUVEZ-LE . . . . . . . . . . . . . . . . . *Frédéric Fossaert*
2023. — VOIR LOS ANGELES ET MOURIR . . . . . . . *Gerald Petievich*
2024. — LA MAISON DES PÉRILS . . . . . . . . . . . . *Richard Stevenson*
2025. — LA GRANDE ARPENTE DES CHAMPS D'EN BAS . . . . . . . . . . . . . . . . . . . . . *Marie & Joseph*

2026. — LES RAVAGES DE LA NUIT . . . . . . . . . . *Joseph Hansen*
2027. — SECOUE-TOI SHÉRIF ! . . . . . . . . . . . . . *D. R. Meredith*
2028. — LORFOU . . . . . . . . . . . . . . . . . . . . . . *Georges Patrick*
2029. — À BAS LES TOURISTES . . . . . . . . . . . . . *Roderick Cooper*
2030. — UN MAUVAIS MOMENT À PASSER . . . . . . *Gordon McGill*
2031. — FANTÔMES EN FLAMMES . . . . . . . . . . . *Bill Pronzini*
2032. — SHANGHAÏ SKIPPER . . . . . . . . . . . . . . *Tito Topin*
2033. — LA MORT DANS L'ART . . . . . . . . . . . . . *Jack Early*
2034. — LA BELLE DAME DANS UN VIOLON . . . . . *Jean-Paul Demure*
2035. — ADIEU LA VIE . . . . . . . . . . . . . . . . . *J.-P. Bastid et M. Martens*
2036. — ÇARE AU BON SAMARITAIN . . . . . . . . . *Jerry Oster*
2037. — LA TOUR, PRENDS GARDE . . . . . . . . . . *Paul Kinnet*

*Prochain volume à paraître :*

2039. — LE MACCHAB DE MA TANTE . . . . . . . . . *Albert Ashforth*

# SUPER NOIRE

*Dernières parutions :*

111. — LES MORTS S'AFFRANCHISSENT ....... *E. V. Cunningham*
112. — ÇA FAIT UNE PAYE ! ............... *Ed McBain*
113. — L'OMBRAGEUX .................. *Vincent Teresa*
114. — LA JOYEUSE MAGOUILLE ........... *Donald E. Westlake*
115. — NE TIREZ PAS SUR ERROL FLYNN ! ...... *Stuart Kaminsky*
116. — RETROUSSONS NOS MANCHES ........ *N. J. Crisp*
117. — LE PÉTARD RÉCALCITRANT.......... *George LaFountaine*
118. — ET SOMBRE LA GALÈRE !............ *O. J. Currington*
119. — PRENDS GARDE AUX CACTUS ! ........ *Bob Barrett*
120. — DES TUEURS PAS COMME LES AUTRES ... *Ken Greenhall*
121. — JUDY ET SES NABOTS ............... *Stuart Kaminsky*
122. — LE NOYÉ DE BEVERLY HILLS ......... *E. V. Cunningham*
123. — LA JOYEUSE KIDNAPPÉE............ *Elmore Leonard*
124. — DES OISEAUX ET DES FLAMMES ....... *Frank Parrish*
125. — RISQUÉ !....................... *Dick Francis*
126. — PAS DE QUOI PLEURER............ *Alfred Silver*
127. — LA MÉTHODE À SATAN............ *Kenneth Royce*
128. — LES PETITES TÊTES PIÉGÉES.......... *Derry Quinn*
129. — J'AI TOUT GÂCHÉ ................. *Ed McBain*
130. — LE MONTE-EN-L'AIR DANS LE PLACARD .. *Lawrence Block*
131. — GAGNE OU CRÈVE ! ............... *Douglas Rutherford*
132. — VALDEZ EST ARRIVÉ ! ............ *Elmore Leonard*
133. — TRÉS PEU POUR MOI ! .............. *N. J. Crisp*
134. — SUR UN P'TIT CHEVAL GRIS .......... *Frank Parrish*

## COLLECTION CARRÉ NOIR

*Dernières parutions :*

| | | |
|---|---|---|
| 421. | Ed McBain | *Tout le monde sont là.* |
| 422. | Pierre Siniac | *Pas d'ortolans pour La Cloducque.* |
| 423. | Charles Williams | *L'ange au foyer.* |
| 424. | Jean Amila | *La lune d'Omaha.* |
| 425. | Richard Neely | *Le tourmenteur.* |
| 426. | Viard & Zacharias | *Le roi des mirmidous.* |
| 427. | Jim Thompson | *Un chouette petit lot.* |
| 428. | J.-P. Bastid | *Méchoui-massacre.* |
| 429. | J.-P. Manchette/Bastid | *Laissez bronzer les cadavres.* |
| 430. | Jeffrey Ashford | *Pièges à flics.* |
| 431. | James Hadley Chase | *Tu me suivras dans la tombe.* |
| 432. | Peter Cheyney | *Les femmes s'en balancent.* |
| 433. | Ed McBain | *80 millions de voyeurs.* |
| 434. | Van Hamme | *Largo Winch et le groupe W.* |
| 435. | Geoffrey Home | *Pendez-moi haut et court.* |
| 436. | Van Hamme | *Largo Winch et la cyclope.* |
| 437. | Charles Williams | *Vivement dimanche.* |
| 438. | Harry Whittington | *Vingt-deux.* |
| 439. | Peter Cheyney | *La môme Vert-de-gris.* |
| 440. | Ed McBain | *Les heures creuses.* |
| 441. | J. Oriano | *O.K. Léon.* |
| 442. | James M. Cain | *Dans la peau.* |
| 443. | Robin Cook | *Crème anglaise.* |
| 444. | Dick Francis | *Panique au pesage.* |
| 445. | Van Hamme | *Largo Winch. Le dernier des doges.* |
| 446. | Alan Green | *Un drôle de corps.* |
| 447. | Ed McBain | *Branle-bas au 87.* |

| | | |
|---|---|---|
| 448. | Jim Thompson | *Deuil dans le coton.* |
| 449. | Joe Gores | *Hammett.* |
| 450. | Carter Brown | *Tous au pageot* |
| 451. | B.-J. Sussman & J.-P. Manchette | *L'homme au boulet rouge.* |
| 452. | Richard Matheson | *De la part des copains.* |
| 453. | Ed McBain | *Entre deux chaises.* |
| 455. | Curt Cannon | *Faites donner le Cannon.* |
| 456. | Dan Marlowe | *Sus aux sangsues.* |
| 457. | William P. McGivern | *Sans bavure.* |
| 458. | Charles Williams | *Mieux vaut courir.* |
| 459. | Jean Amila | *A qui ai-je l'honneur?* |
| 460. | James M. Cain | *Le bluffeur.* |

*Impression Bussière à Saint-Amand (Cher),*
*le 14 janvier 1986.*
*Dépôt légal : janvier 1986.*
*Numéro d'imprimeur : 3246.*
ISBN 2-07-049038-6./Imprimé en France.

37034